Classiques & Contemporains

Collection animée par
Jean-Paul Brighelli

Éric Boisset

Le Grimoire d'Arkandias

Présentation, notes, questions et après-texte établis par

MARIE CWICZYNSKI
LAURENCE OLIER
professeurs de Lettres

MAGNARD

Sommaire

ÉRIC BOISSET : UN RÊVEUR INTARISSABLE

La vie d'Éric Boisset se lit comme un roman. Né à Valence le 8 novembre 1965, il habite tout d'abord la cité des Limouches, où il se lie d'amitié avec son voisin de palier, un petit Antillais qui lui servira de modèle pour le personnage de Bonaventure. Puis son père achète, en plein cœur de la Drôme provençale, une grande ferme délabrée qu'il a décidé de rénover pour se distraire. Après sept années de vie citadine, c'est un choc pour le jeune Éric, qui s'accommode lentement à cette nouvelle existence.

C'est une véritable pastorale qui commence : le petit paysan de la ferme voisine lui apprend à traire les vaches, il passe ses journées dans les bois, il pêche ; l'été, avec ses cousins, il dort à la belle étoile dans une cabane ou au bord de la rivière... Le temps le plus heureux de sa vie ! Le cadre enchanteur de la Drome est aussi celui de son roman, *Le Grimoire d'Arkandias*, où l'on retrouve la Véore, rivière qui coule à Chabeuil, non loin de Bouvante-le-Haut, dans le massif du Vercors.

Mais sa vie prend aussi un tour épique : à l'instar de ses héros, Théophile et Bonaventure, il fabrique à l'aide de son petit voisin des bombes surpuissantes avec des granulés d'engrais. À dix-sept ans, il quitte tout pour suivre une jeune bohémienne rencontrée alors qu'il aidait son père à récupérer des métaux dans une décharge publique. Il épouse le mode de vie des gens du voyage. Mais lassé, selon ses propres termes, « des puces qu'il a attrapées au contact des singes », il décide de s'installer à Paris.

La jeunesse d'Éric Boisset ne se limite pas aux plaisirs de la campagne ni aux aventures d'un garçon téméraire et romantique. Dès l'enfance, il est sensible à la magie des mots, et il éprouve une singulière émotion en parcourant Stendhal, Rimbaud, Hemingway, qui deviennent ses maîtres. La lecture est pour lui un merveilleux tremplin pour le rêve et, bien vite, il va se mettre à écrire ce qu'il aimerait lire. Il publie donc plusieurs albums de bandes dessinées avant de rédiger son premier roman, *Le Grimoire d'Arkandias*. Fidèle à ses deux héros, il les remet en scène dans *Arkandias contre-attaque* où Théophile et Bonaventure auront à nouveau recours à la Magie rouge pour contraindre leur professeur de biologie à lever sa terrible et injuste sanction. Dans *Le Sarcophage d'outretemps*, ils devront lutter contre le destin et remonter le cours du temps pour sauver de la mort Pacôme, le poisson rouge de Théophile, et Samantha, sa souris. Tout cela, bien sûr, sous le regard inquisiteur et inquiétant d'Agénor Arkandias... En 1998, il a publié un autre roman, *Nicostratos*, qui a reçu, lui aussi, de nombreux prix.

Aujourd'hui, Éric Boisset habite une ferme rénovée en plein cœur du massif des Bauges et « tandis que les loups hurlent sous sa fenêtre », il laisse jaillir son inspiration... Chaque soir, de neuf heures à minuit, il teste, pour le plaisir de ses lecteurs, « mille et une combinaisons de mots ».

Éric Boisset
Le Grimoire d'Arkandias

À ma mère

1
Une visite à la bibliothèque

Théophile versa un trait de lait froid sur ses flocons de blé soufflé et attendit qu'ils gonflent. Comme son livre l'embarrassait, il le cala contre le pot de miel, bloqua la page avec un couteau et se servit un grand verre de jus de mûres, sans interrompre sa lecture ni tacher la nappe, ce qui prouvait une grande habitude de ce genre d'acrobaties. Théophile aimait beaucoup lire. C'était mieux que la télévision, où on vous montre tout sans rien vous laisser imaginer. Il lisait le soir avant de s'endormir et le matin en se réveillant. Il traînait son livre partout avec lui, l'emmenait à la salle de bains et le posait derrière le robinet pendant qu'il se débarbouillait la figure et se brossait les dents. Ensuite, il le descendait à la cuisine et continuait sa lecture en prenant son petit déjeuner. Marie, sa mère, partait travailler tôt le matin. Mais elle n'oubliait jamais de laisser pour lui sur la table un petit mot agrémenté[1] d'un dessin. Il parcourait le petit mot, et admirait le dessin, qui représentait le plus souvent un éléphant aux grandes oreilles, ou une petite mouette, ou l'énigmatique canard Jeannot. Puis il calait son livre contre la boîte à sucre ou le pot de confiture et plongeait dans la jungle de Mowgli ou la campagne de Delphine et Marinette. Il mâchait ses céréales chocolatées en pouffant[2] à cause des facéties des

---

1. Accompagné.
2. Riant.

singes, ou en soupirant avec tristesse lorsque la panthère aux yeux d'or mourait dans la neige, sous un ciel gris de nuages.

Cette histoire de la panthère perdue dans la campagne était l'une des plus tristes qui soit. Dire que quelques couvertures et un bouillon de bœuf eussent suffi à la sauver ! Delphine et Marinette manquaient tout simplement de sens pratique. S'il avait été là, lui, Théophile, il eût roulé la panthère dans une couverture, et avec l'aide des bœufs, il l'eût traînée jusqu'à l'étable, où il fait toujours chaud à cause des vaches. Avec un peu de saucisson et de jambon, quelques tisanes et des inhalations d'eucalyptus[1], la panthère se serait rétablie en moins d'un mois. Après quoi, elle aurait promené Théophile sur son dos dans la campagne, et même peut-être à l'école pendant la récréation. La tête des copains !

Théophile ferma son livre et alla poser son bol dans l'évier. Il n'aimait pas beaucoup essuyer la table, à cause de l'éponge qui était toujours pleine de mousse un peu grasse et qu'il fallait presser sous un filet d'eau tiède. Mais pour faire plaisir à sa mère, il était capable de grands sacrifices. Il pressa donc l'éponge sous le robinet, en réprimant de petits frissons. Quand elle eut dégorgé toute sa mousse, il donna un coup à la table. La pendule marquait neuf heures vingt-quatre, et on était mercredi, jour de liberté, jour de bibliothèque ! Il monta s'habiller en hâte, passa rapidement son pantalon de la veille et un tee-shirt propre à l'effigie de[2] la Fraise Masquée, courut à la salle de

---

1. Moyen de soigner les rhumes en aspirant par le nez des vapeurs de plantes très odorantes.
2. À l'image de, avec un dessin de.

bains, se tira la langue à lui-même dans la glace et ébouriffa avec du gel ses cheveux blonds cendrés. Il avait une allure magnifique avec son étroit visage doré, sa bouche fraîche et bien dessinée, et ce tee-shirt qui était du même brun sombre que ses yeux. Mais il était trop petit pour y accorder de l'importance : il n'avait que douze ans. Il prit sa carte de bibliothèque dans le tiroir de sa table de nuit et la glissa dans la poche arrière de son jean. Puis il dégringola l'escalier, prit son blouson et son petit sac à dos de cuir noir au portemanteau, et sortit dans la rue.

Il remonta le boulevard Paul-Cézanne et s'engagea sous la galerie qui longeait le jardin Sainte-Clotilde. Cet endroit lui plaisait beaucoup et il y venait souvent avec son ami Bonaventure, pour faire du roller. Les allées du jardin étaient enduites d'un asphalte[1] très lisse et très noir, admirablement onctueux sous les roues des patins. Quand on tombait sur ce revêtement de rêve on se brûlait un peu, mais sans s'écorcher. De plus, grâce à un petit tremplin naturel placé par la providence au bas d'une pente, on pouvait sauter par-dessus les bancs en poussant des cris terribles et retomber au milieu des pigeons, qui s'envolaient avec fracas et ne manquaient jamais de lâcher au passage une nappe de fientes[2] sur la cabane du marchand de frites. Une fois, le marchand avait poursuivi Théophile et son ami Bonaventure sur une centaine de mètres, et ça avait été drôle de voir ce gros bonhomme trottiner poussivement[3] en

---

1. Revêtement noir, goudron.
2. Excréments des oiseaux, souvent liquides.
3. Difficilement, en étant essoufflé.

mâchonnant son cigare. Ils en avaient beaucoup ri tout le reste de l'après-midi. Mais si le marchand de frites n'était pas dangereux, il fallait en revanche se méfier du garde, un borgne maigre et sournois coiffé d'un képi. Ce faux policier avait développé un
75 sixième sens pour suppléer à son œil manquant, et il repérait les patineurs à cent mètres à la ronde. Il s'approchait d'eux en tapinois[1] sous les buissons, et il les guettait longuement, dardant[2] sur eux son œil unique, et frémissant des reins et des épaules comme un fauve qui médite son attaque. Puis tout à coup il per-
80 çait les broussailles : trois pas, un bond, et c'en était fait du contrevenant[3] ! Car il ne fumait pas le cigare, lui. Et il n'était pas alourdi par les nourritures grasses.

Théophile s'arrêta un moment devant la fontaine pour regarder les moineaux s'ébattre dans le poudroiement[4] des jets
85 d'eau. Ces petits étourdis se posaient à tour de rôle sur la conque moussue[5], regardaient de tous côtés avec inquiétude, puis piochaient une goutte d'eau et levaient le bec en se rengorgeant avant de prendre leur essor[6] vers les tilleuls aux tendres feuilles fripées. Ce spectacle amusa Théophile qui trou-
90 vait mignons les becs des petits volatiles. Mais comme la cloche de Sainte-Madeleine sonnait dix heures, il pressa le pas.

1. En se cachant, se dissimulant.
2. Jetant méchamment (comme l'abeille jette son dard).
3. Celui qui désobéit au règlement.
4. Apparence de poudre brillante que provoquent des gouttes d'eau dans la lumière du soleil.
5. Fontaine en forme de grande coquille recouverte de mousse.
6. Envol.

Théophile connaissait tout le monde à la bibliothèque. Il salua madame Benedetti et lui donna ses livres de la semaine dernière ainsi que sa carte de lecteur. Madame Benedetti passa
95 l'un après l'autre les livres devant un rayon rouge et on entendit une suite de petits bips, comme à la caisse du supermarché. Puis elle bipa la carte de Théophile et lui signala qu'il avait un ouvrage en retard depuis une semaine, et qu'il lui faudrait le rendre le plus tôt possible, sous peine d'amende. Théophile prit
100 un air ennuyé. Ce gros livre, c'était *Le Comte de Monte-Cristo*. Il l'avait prêté à Bonaventure voici trois semaines, mais son ami n'aimait guère lire. Il préférait sauter par-dessus les bancs du parc ou exterminer des pizzas volantes radioactives sur son ordinateur.

105 — Elle sera de combien, l'amende, si je ne le rends que mercredi prochain ?

— Deux francs. Mais je peux te le prolonger si tu veux. Comme ça, tu n'auras pas d'amende du tout.

— D'accord, fit Théophile. Je veux bien.

110 Madame Benedetti tapa quelques mots sur le clavier de son ordinateur, et lui rendit sa carte en disant :

— Voilà, c'est fait. Bonne journée, Théophile.

Théophile monta directement au premier étage, où se trouvaient les livres pour adultes. Il n'aimait pas beaucoup la litté-
115 rature enfantine du rez-de-chaussée, ses enfants sages, ses confitures et ses bons sentiments. Il lui fallait des textes vifs, des histoires fortes et de l'action, comme dans *Les Trois Mousquetaires*

ou *Arthur Gordon Pym*. Il marcha entre les rayons en faisant glisser son regard sur les tranches des livres, et enfin, à la lettre A, il
120 trouva ce qu'il cherchait : les ouvrages de Marcel Aymé. Il avait découvert ce monsieur au rez-de-chaussée, avec *Les Contes du chat perché* et la pathétique[1] histoire de la panthère aux yeux d'or, et tout de suite il était tombé sous le charme de son écriture. Celui-là, oui, il savait y faire avec les mots. C'était simple,
125 et on voyait clairement chaque personnage, chaque animal, chaque chose, comme à travers une vitre toute propre. Et en plus c'était drôle, dès lors qu'il ne s'agissait plus de neige ni de panthère ! La petite poule blanche par exemple, était hilarante[2] avec son mauvais caractère. Et le cheval ? Et le cochon ? Comme
130 Théophile s'agenouillait en penchant la tête pour lire les titres sur la tranche des livres, son genou heurta un gros ouvrage posé sur le sol. Il pensa que ce gros volume était tombé d'une tablette et il le prit pour le remettre à sa place. Mais aucun emplacement vide n'était assez large pour le recevoir. Et
135 d'ailleurs le volume était si haut qu'il n'aurait pas pu entrer debout sur un rayon. D'où venait donc ce gros livre ? Il l'examina avec attention. La couverture était de cuir brun, et portait en lettres dorées ce titre attirant :

Leçons pratiques de Magie rouge.

140   Théophile savait ce qu'était la magie blanche dont usent les illusionnistes pour changer la couleur d'un foulard ou tirer un

---

1. Triste, émouvante.
2. Qui fait rire.

lapin d'un chapeau. Il avait également lu un certain nombre de romans où il était question de magie noire, de sorciers et de démons. Ces fariboles[1] ne lui faisaient pas peur du tout, dès lors qu'il ne les lisait pas seul le soir avant de se coucher. Mais la magie rouge, il en ignorait tout ! Il alla s'installer à une table, ouvrit le gros livre à couverture de cuir et s'absorba dans sa lecture.

Deux heures passèrent. Théophile avait eu un peu de mal à entrer dans le grimoire[2], mais à présent il y était englouti corps et âme. Une désagréable sonnette le tira de sa lecture. Il était midi et la bibliothèque s'apprêtait à fermer. Il se présenta donc au point de prêt avec son gros livre, et eut la surprise d'entendre madame Benedetti lui dire :

— Tu ne peux pas emprunter ce livre, Théophile. Regarde ce qui est inscrit sur la couverture : *Consultation sur place*. Ça signifie que tu peux le lire ici, mais pas l'emporter chez toi. Tu comprends ?

Évidemment qu'il comprenait, il n'était pas demeuré, tout de même. Il se gratta la tête, racla sa gorge et bredouilla :

— C'est que… j'aimerais beaucoup le finir… Il m'intéresse…

— Reviens cet après-midi et finis-le en salle de consultation. Je te le garde dans mon tiroir, si tu veux.

---

1. Bêtises, choses sans importance.
2. Livre de magie utilisé par les sorciers.

165 — D'accord, fit Théophile. À tout à l'heure, madame Benedetti.

Il rentra chez lui au pas de course, mit la table et posa sur la plaque de la cuisinière électrique une grande casserole d'eau salée. Le mercredi à midi, traditionnellement, il faisait des pâtes
170 pour Marie qui rentrait lui tenir compagnie et manger en tête-à-tête avec lui. Il n'avait pas son pareil pour cuire les *tortellini*[1], et il savait les assaisonner d'un peu d'ail, d'huile d'olive et de parmesan de Campanie[2]. Marie en reprenait souvent deux fois de suite, après quoi elle mettait une sucrette dans son café, en
175 demandant à Théophile de l'assommer avec le balai la prochaine fois qu'il la verrait se resservir de pâtes. Mais le petit garçon n'obéissait jamais à cet ordre saugrenu[3], parce qu'il aimait tendrement sa mère et qu'il la trouvait trop mince. Elle avait trente ans, un très beau sourire, de grands yeux noirs et des che-
180 veux châtains qui tombaient en boucles sur ses épaules. Elle riait sans cesse, faisait des bulles avec les malabars et fumait parfois une cigarette devant Théophile en lui expliquant que fumer est une très vilaine manie.

Théophile mit le pot à eau sur la table et jeta un coup d'œil
185 à la pendule : midi vingt ! Il décrocha le combiné du téléphone portable et composa un numéro. Après un instant, il lança d'une voix joyeuse :

— Bonav' ? C'est Théo. Tu fais quoi cet après-midi ?

---

1. Sorte de pâtes.
2. Fromage italien fabriqué près de Parme.
3. Bizarre, incompréhensible.

Il écouta la réponse de Bonaventure, et reprit :

190 — J'ai trouvé un bouquin vraiment dingue à la bibliothèque. Je ne peux pas t'en dire plus maintenant, parce que ma mère va arriver d'une minute à l'autre. Mais rejoins-moi cet après-midi à la bibli et je te le montrerai. Tu n'en croiras pas tes yeux ! À tout à l'heure, Bonav'.

195 Il reposa le combiné sur son socle et alla vérifier l'eau des pâtes. Elle était pleine de très petites bulles mais ne bouillait toujours pas. Il eut un mouvement pour aller vers son sac à dos et y prendre un livre, mais il se souvint tout à coup qu'il n'avait pas eu le temps d'en emprunter de nouveaux à la bibliothèque,

200 absorbé qu'il était par son grimoire de magie rouge. Il versa donc quelques pistaches dans une soucoupe et les grignota pour passer le temps.

Sa mère entra dans la maison en coup de vent dix minutes plus tard, les bras chargés d'un grand sac en papier plein de pro-

205 visions. Elle avait pris un peu de retard chez l'épicier, et avait dû se garer assez loin de la maison à cause d'un embouteillage. Elle avait marché dix minutes en portant son gros sac et n'en pouvait plus. Elle se laissa tomber sur une chaise, et Théophile lui servit un grand verre de jus de mûres. Puis il alla jeter les pâtes en pluie

210 dans l'eau frémissante, et on passa à table. Ils mangèrent de bon appétit leur moitié de melon, et Marie raconta que ce matin, rue de l'Herberie, deux ouvriers avaient découvert une chapelle mérovingienne[1] en piochant pour réparer les tuyaux du gaz.

---

1. De l'époque des Mérovingiens, dynastie qui régna sur la Gaule de 511 à 751.

– Si tu as un moment cet après-midi, va faire un tour là-bas avec ton ami Bonaventure. Les chantiers de fouille, c'est intéressant. Il y a des experts bien habillés qui viennent de très loin pour s'agenouiller dans la boue et y tremper leur barbe. Ils frottent des bouts d'os avec une brosse à dents, ils mettent des cailloux dans des sachets en plastique, ils collent dessus des étiquettes, et ils repartent, tout contents. Crois-moi, ç'est instructif.

– Cet après-midi, on va à la bibliothèque.

– Tu n'y es pas allé ce matin ?

– Si, mais je n'ai pas eu le temps d'emprunter de livres. Alors j'y retourne tout à l'heure, avec Bonaventure.

Il égoutta les pâtes et les disposa dans un plat, en y incorporant un filet d'huile parfumée d'une gousse d'ail écrasée. Il saupoudra le tout de parmesan de Campanie.

– Dieu que ça sent bon, fit sa mère en passant sur ses lèvres un preste[1] petit coup de langue. Théophile, mon cœur, sors le balai et sois vigilant !

Bonaventure rejoignit Théophile à trois heures à la bibliothèque. Il erra un moment au rez-de-chaussée avant de gagner le premier étage où il trouva son ami assis les poings aux tempes devant un gros livre à couverture de cuir. Il prit place à côté de lui, intimidé par l'atmosphère studieuse[2] de la salle de consul-

---

1. Rapide, agile ; mot qui vient de l'italien *presto*.
2. Sérieuse et favorable aux études.

tation. Théophile était si absorbé dans sa lecture qu'il ne remarqua pas sa présence. Bonaventure fouilla donc ses poches et en tira une poignée de petits œufs mauves, gélifiés[1] et parfumés à
240 la violette, qu'il jeta en pluie sur le grimoire ouvert. Théophile leva le nez de son livre et s'exclama :

— Bonav' ! Ça alors ! Que fais-tu là ?

— Tu m'as appelé tout à l'heure pour me demander de passer te voir ! Tu te rappelles, quand même ?!

245 — Bien sûr ! Excuse-moi, j'étais plongé dans ma lecture…

— Fais une pause ! Goûte ces œufs à la violette. Je les tiens de Vindimian. Il en a reçu une caisse. Ça vient d'Espagne. C'est délicieux…

— Il se fait livrer les bonbons par caisses, Vindimian ? Il a
250 gagné au Loto ?

— Non, son père a trouvé du travail. Il est devenu représentant en confiserie. Vindimian va grossir…

— Et perdre ses dents. Mais c'est bien que son père ait trouvé quelque chose. Depuis le temps qu'il cherchait….

255 Bonaventure attrapa une de ses tresses et la porta à sa bouche pour la mordiller d'un air soucieux. Les tresses afro lui allaient fort bien. Sa mère, qui était antillaise, les lui avait faites voici quatre mois, et depuis il était toujours bien coiffé, ce qui le changeait. Théophile aurait adoré se faire tresser la chevelure
260 à l'africaine, mais la maman de Bonaventure lui avait expliqué que pour obtenir un bon résultat il fallait avoir les cheveux

---

1. Transformés en gel.

bruns et crépus, et que faire natter à l'africaine une chevelure blonde, c'était prendre le risque de se retrouver avec sur la tête un poulpe[1] mort décoloré à l'eau de Javel.

265 Théophile mit dans sa bouche trois petits œufs à la violette et les mâcha en disant :

– Jette un coup d'œil à cha. Tu vas voir, ch'est dingue.

Il poussa vers Bonaventure le grimoire de magie rouge, et lui montra le passage dont il voulait qu'il prenne connaissance. 270 Bonaventure se pencha sur le gros livre avec circonspection[2] et y lut :

DE LA CONFECTION
DE LA BAGUE D'INVISIBILITÉ

Pour se rendre invisible au moyen d'une bague, il faut :

275 1 - Un pépin du fruit vert et rose appelé pastèque, qui pousse chez les Portugais

2 - Une livre d'eau gelée

3 - Une cinquantaine de fientes fraîches de pigeon ramier

4 - Un œuf punais[3]

280 5 - Un dé à coudre de sang de poule blanche

6 - Une once[4] de salpêtre[5]

---

1. Mollusque avec de longs bras, pieuvre.
2. Attention et précaution.
3. Pourri.
4. Ancienne mesure de poids qui valait la douzième partie de la livre romaine, soit un peu plus de 27 grammes.
5. Mélange naturel de nitrate dont on se servait pour fabriquer de la poudre de guerre et qui se forme naturellement sur les vieux murs.

7 - Une vesse-de-loup[1]

8 - Quatre gouttes de mercure liquide

9 - Une bague en or blanc

285 Mettre le creuset[2] vide sur la flamme et y poser la livre d'eau gelée.

Jeter les quatre gouttes de mercure dans l'eau tiède ainsi obtenue, et jouer à la flûte l'air qui doit charmer l'amalgame[3].

Briser l'œuf punais avec une pince en bois d'olivier en criant 290 d'une voix forte à trois reprises : *Amsa Kratchouf ! Kratchouf Sôminey !* Puis laisser tomber l'œuf dans le creuset.

Ajouter le dé à coudre de sang de poule blanche.

Mettre à cuire dans la mixture le champignon soigneusement lavé et débarrassé de toute trace d'humus[4] (ce point est 295 capital).

Ajouter une à une, les cinquante fientes fraîches de pigeon ramier.

Verser en pluie le salpêtre blanc réduit en poudre sur le mélange obtenu, puis s'écarter du creuset. À ce stade de la 300 recette, si toutes les indications qui précèdent ont été scrupuleusement suivies, une flamme verte s'élèvera au plafond et toute trace de potion disparaîtra du creuset. Y jeter immédiatement la bague ornée du pépin de pastèque. Les vapeurs âcres[5]

---

1. Champignon.
2. Récipient dont on se sert pour les expériences de chimie.
3. Mélange de produits différents, alliage du mercure avec d'autres éléments.
4. Terre formée par la décomposition des végétaux.
5. Irritantes, prenant à la gorge.

de la potion volatilisée changent le pépin en un diamant rose jetant mille feux.

La bague peut dès lors être portée au majeur de la main droite. Il suffit de tourner le diamant vers la paume de la main pour se rendre invisible, et de lui imprimer le mouvement inverse pour reparaître aussitôt.

Bonaventure repoussa le grimoire vers Théophile, secoua ses tresses et demanda simplement :

– Et alors ?

– Comment ça, et alors ? ! C'est tout l'effet que ça te fait ? Je découvre une recette qui permet de fabriquer une bague qui rend invisible, et tout ce que tu trouves à dire c'est « Et alors ? » !

Bonaventure battit des cils et regarda Théophile avec attention pour vérifier qu'il n'était pas en train de se moquer de lui.

– Tout de même, dit-il enfin. Ne me dis pas que tu y crois ! …

– Bien sûr que si, j'y crois ! Pourquoi n'y croirais-je pas ?

– Mais enfin, Théophile, c'est ridicule. Tu penses bien que si cette recette permettait vraiment de se rendre invisible ça se saurait ! On en parlerait à la télévision…

– Pas forcément. D'abord, il s'agit d'un livre très ancien, et à la télévision on ne parle que de nouveauté. Et ensuite, la recette a peut-être un sens caché… As-tu déjà entendu parler de Nicolas Flamel ?

– Non, jamais. Qui est-ce ?

– Un alchimiste du Moyen Âge. Il était libraire-juré[1] de

---

1. Était devenu libraire en prêtant serment pour accéder à cette corporation.

l'Université de Paris et il vivait modestement. Un jour, un
330 inconnu lui vend un grimoire fait d'écorces de bouleau. Il le
feuillette et tombe sur la recette de la Pierre philosophale…

— La Pierre philosophale ?! Qu'est-ce que c'est ?

— Une poudre rouge qui a la propriété de changer tous les
métaux en or ! On l'appelle aussi « Poudre de Projection ». Tu
335 en jettes une pincée dans le plomb fondu et pouf ! Le plomb
devient de l'or. Tu démoules ton lingot, tu l'essuies et tu le
portes à la banque. Eh bien figure-toi que Flamel a perdu
vingt-quatre années de sa vie à étudier la recette sans parvenir
au moindre résultat !…

340 — Le contraire m'eut étonné…

— Attends la suite et tu vas l'être. Flamel perd la foi et l'appétit. Il est bien près d'abandonner. Et puis un jour, alors qu'il
voyage en Espagne pour se distraire de ses travaux, il rencontre
à Saint-Jacques-de-Compostelle un médecin juif appelé Maître
345 Canches, qui lui explique comment interpréter la recette. Il
rentre à Paris, se remet au travail avec entrain, et le 25 avril
1382, à trois heures de l'après-midi…

— Pouf ! Les lingots !

— Tout juste. Il réussit sa première transmutation[1] en or.
350 Dès cet instant, il devient richissime. Il offre à la ville de Paris
des hôpitaux et des églises. Et à sa mort, il laisse un testament
de quatre mille écus d'or ! L'Acte est si énorme qu'il ne faudra
pas moins de quarante ans pour exécuter toutes les dispositions

---

1. Transformation d'un corps chimique en un autre.

qu'il contient !… Et cette histoire n'est pas une blague. Flamel
355 figure même dans le petit Larousse…

— Ça fait combien en francs, quatre mille écus d'or ?

— Je ne sais pas… Beaucoup ! Toujours est-il que sans ce
voyage en Espagne, et sans cette rencontre avec Maître
Canches, Flamel n'aurait jamais rien trouvé. Ça te prouve bien
360 que détenir la recette est une chose, mais que réussir à l'interpréter en est une autre…

— Il ne te reste qu'à partir en pèlerinage à Saint-Jacques-de-
Compostelle…

Théophile haussa les épaules.

365 — Que tu es bête ! Maître Canches est mort en 1411 ! Et
puis moi, j'ai eu plus de chance que Nicolas Flamel. Je n'ai pas
été forcé d'aller vers les explications : elles sont venues à moi…

— Que veux-tu dire ?

Théophile baissa les yeux et désigna le grimoire à couverture
370 de cuir.

— Ce matin, par hasard, je suis tombé sur ce gros livre. Il
avait glissé sous un rayon, va savoir comment. Je l'ai ouvert, et
j'ai trouvé ceci dedans…

Il tira de sa poche un morceau de papier jauni qui tombait
375 en loque tant il avait été plié et déplié souvent.

— J'ai cru tout d'abord que c'était un marque-page. Mais
comme je suis curieux je l'ai déplié, et alors là…

— Alors là quoi ?

— C'était la clef de la recette ! Un type la possédait, et il a

380 commis l'erreur de la noter sur ce bout de papier, puis d'oublier le papier dans le livre.

Bonaventure s'empara de ce billet jauni et l'examina en fronçant les sourcils. Puis il le rendit à Théophile en disant :

– On t'a fait une blague. Un type s'est amusé à glisser ça dans
385 le livre pour piéger les gogos[1]. Et toi tu es tombé dans le panneau. Mets ce billet au panier et allons faire du patin à Sainte-Clotilde. Il fait un temps superbe, et le borgne est en congé.

– Vas-y tout seul, Bonav'. Moi, j'ai mieux à faire que d'épouvanter les pigeons. Ce billet, c'est la providence qui me
390 l'envoie. Je n'ai pas l'intention de laisser passer ma chance.

– Tu es sérieux ?

– On ne peut plus sérieux.

– Bon. Très bien. J'irai donc patiner tout seul.

Il se mit debout et repoussa sa chaise sous la table.

395 – Quoi qu'il en soit, ajouta-t-il, je te déconseille de passer l'après-midi ici. C'est risqué…

– Risqué ?! Comment ça ?

– Si ton billet est authentique, le type qui l'a oublié va revenir le chercher. Gare à toi s'il te prend le nez dessus !…

400 À ces mots, Théophile devint tout pâle.

– Ça, fit il d'une voix étranglée, je n'y avais pas pensé… Heureusement que tu m'en parles… Il ne faudrait pas que…

Il n'acheva pas sa phrase, mais regarda de tous côtés avec inquiétude.

---

1. Personnes qui sont naïves et que l'on peut tromper facilement.

405   — Je plaisantais, s'esclaffa[1] Bonaventure. Et puis de toute façon, si la recette marche tu ne le verras pas arriver puisqu'il sera invisible. Et si elle ne marche pas, il ne cherchera pas à récupérer son bout de papier. Dans tous les cas, à quoi bon t'inquiéter ?

410   — Tu as deux francs ?

    — Deux francs ? ! Pourquoi faire ?

    — Pour photocopier la recette. Ensuite, je remettrai le grimoire où je l'ai trouvé, ni vu ni connu.

    — Tu es vraiment incroyable, tu sais ! pesta Bonaventure en
415 lui tendant une pièce de deux francs. Gaspiller deux francs pour de pareilles bêtises. Avec deux francs, on a dix micro-bananes effervescentes[2] !

    — Quand on sera invisible, on entrera chez les marchands de bonbons et tu mettras directement la tête sous le bocal, pen-
420 dant que je tournerai la poignée.

Madame Benedetti les conduisit à la photocopieuse et fit un tirage de la page qui intéressait Théophile en demandant :

    — Tu comptes essayer cette recette, Théophile ?

Théophile haussa les épaules et répliqua avec un parfait
425 naturel :

    — Bien sûr que non ! C'est juste pour faire une blague à un copain. Le sang de poule blanche et la fiente de pigeon ramier, ça nous fait plus rigoler qu'autre chose, vous savez…

---

1. Éclata de rire.
2. Qui piquent sous la langue, comme si elles dégageaient un gaz.

Ils retournèrent poser le grimoire à sa place et Bonaventure
430 demanda :

– Et le petit morceau de papier ? Tu ne le remets pas dans
le livre ?

– Mais non, voyons ! Comment veux-tu que je réussisse la
recette si je ne l'ai pas ?

435 – Parce que tu comptes vraiment essayer cette recette ?!? Tu
es dingo, tu sais ?

– C'est ce que ses voisins de palier disaient à Nicolas
Flamel, le 25 avril 1382. Je te répondrai simplement par un
proverbe de Marcel Pagnol : *Tout le monde savait que c'était*
440 *impossible. Un jour, un ignorant l'a fait.*

Les deux amis déambulèrent un moment dans les travées[1],
et Théophile hésita entre plusieurs titres de Marcel Aymé.
Comme Bonaventure soupirait à fendre l'âme, il en prit finalement deux au hasard et descendit les faire enregistrer au rez-de-
445 chaussée. Il y eut un moment d'embarras lorsque madame
Benedetti lui rappela qu'il devait se hâter de lire *Le Comte de*
Monte-Cristo, qui n'était prolongé que d'une semaine.
Théophile promit de faire un effort, et Bonaventure, tout à
coup guilleret[2], se mit à siffloter d'un air dégagé.

450 Ils remontèrent le boulevard Ledru-Rollin et allèrent s'asseoir un moment au soleil sur un banc du jardin Sainte-
Clotilde. Bonaventure entrouvrit son sac de toile et y prit

---

1. Allées, rangées de livres.
2. Joyeux, content.

deux sablés au chocolat. Il en offrit un à Théophile, et dévora
l'autre avec appétit. Quelques moineaux effrontés[1] vinrent
455 sautiller aux pieds des deux garçons en flûtant[2] de petites pro-
testations, parce que le gâteau au chocolat les intéressait, eux
aussi, et que les miettes ne venaient pas très vite. Bonaventure
ramassa quelques fragments de pâte sablée tombée sur son
pantalon et les leur jeta. Il y eut une brève querelle, puis cha-
460 cun trouva sa miette et les passereaux s'égayèrent dans les
tilleuls.

   – Ils sont marrants, ces piafs, dit Bonaventure. Ils sont gros
comme des abricots, mais ils n'hésitent pas à t'engueuler si tu
tardes un peu trop pour leur donner ce qu'ils veulent. Tu as vu
465 le petit tout gris ? Il était vraiment furibard[3]. Il tournait la tête
dans tous les sens, comme toi tout à l'heure, à la bibliothèque,
quand tu surveillais l'arrivée du sorcier…

   Content de ce trait d'esprit, il mit sa main devant sa bouche
et pouffa en secouant ses tresses. Mais Théophile n'avait pas le
470 cœur à rire. Il avait sorti de son sac à dos la photocopie de la
recette, et il la relisait en consultant par moments le vieux morceau de papier trouvé dans le grimoire.

   – Ce qu'il écrit petit, ce type ! C'est fou ! Il me faudrait une
loupe pour déchiffrer certains passages…
475   – J'en ai une. Je te la prêterai. Mais à mon avis, ce dont tu

---

1. Insolents, sans aucune honte.
2. Produisant le même son qu'une flûte.
3. Furieux (adjectif familier).

as le plus besoin pour le moment, c'est de grand air et d'exercice. Tu es jaune comme un citron !

Théophile leva le nez de ses notes et se frotta les yeux en disant :

480 — Tu as raison. Il faut que je m'aère. À force de lire, j'ai les yeux qui se croisent… Tu as tes patins ?

— Oui, dans mon sac. Si tu veux, je t'accompagne chez toi chercher les tiens et on revient ici sauter quelques bancs.

— Adopté ! Mais je te préviens que ce coup-ci je tente le saut 485 périlleux arrière !

— Faire le saut périlleux arrière quand on a les yeux qui se croisent, c'est risqué. Mais après tout pourquoi pas ? Une bonne chute sur la tête, ça remet parfois les idées en place.

Le reste de leur après-midi se passa en courses joyeuses dans 490 les allées asphaltées. Ils ne purent toutefois pas se livrer à leur jeu favori, car deux vieilles dames s'étaient installées sur le banc des sauts, au grand soulagement du marchand de frites. Ils s'en consolèrent en organisant un concours de slalom autour de boîtes de soda placées en lignes sur une portion d'allée toute 495 droite. Il faisait presque nuit quand Théophile rentra chez lui, les cheveux en bataille et les joues en feu. Il mangea de grand appétit le gratin d'aubergines et les boulettes d'agneau que Marie avait préparés. Puis il monta se laver les dents, et il se mit au lit à neuf heures avec un livre de Marcel Aymé intitulé *Le Passe-muraille*. Il 500 lut avec passion l'histoire de monsieur Dutilleul, un modeste employé au ministère de l'Enregistrement qui *possédait le don singulier de passer à travers les murs sans en être incommodé* et qui se retrouvait piégé dans l'épaisseur d'une muraille après avoir absorbé deux cachets de *poudre de pirette tétravalente*[1].

505 Le don d'invisibilité n'exposait pas à ce genre de risque, Dieu merci. Au pire, on redevenait visible, et c'était tout. Il ferma les yeux et s'efforça d'imaginer la détresse de l'infortuné Dutilleul. À quoi pouvait donc bien ressembler un mur de pierre vu de l'intérieur ? À une galerie de spéléologie[2] très étroite et très

510 sombre, qui de toute part vous collerait au corps, empêchant tout mouvement ? Oui, sans doute à cela ! Impossible de se gratter, ni même de bouger un orteil ! L'horreur absolue ! Le contact des galets froids lui glaça les joues et le front. Il retint son souffle le plus longtemps qu'il put, comme Dutilleul à ses

515 derniers moments. Puis son corps emprisonné fut parcouru de secousses convulsives[3], et il se figea bouche ouverte dans la pierre, en hurlant un cri muet. Il fut bien aise d'ouvrir les yeux et de retrouver la quiétude de sa chambre à coucher.

Il se leva et alla prendre la recette du grimoire dans la poche

520 avant de son petit sac à dos noir. Puis, en pyjama, il s'installa à son bureau. D'un revers de coude il se dégagea un espace de travail où il posa la photocopie et le petit addendum[4] de papier jauni. Il prit dans le premier tiroir du bureau une feuille de papier blanc, et s'aidant de la note trouvée dans le grimoire, il

1. Création de Marcel Aymé.
2. Étude scientifique des grottes et des cavernes.
3. Mouvements accompagnés d'une forte contraction des muscles.
4. Note que l'on ajoute, en général à la fin d'un ouvrage, pour apporter des précisions.

525 entreprit le lent travail de traduction qui devait lui ouvrir les portes de l'invisibilité.

À onze heures, Marie entra brusquement dans la chambre. Elle avait vu de la lumière sous la porte, et elle pensait que Théophile avait oublié d'éteindre sa lampe en s'endormant.
530 Elle fut stupéfaite de le trouver au travail à une heure pareille.

– Théophile ! s'exclama-t-elle. Mais que fais-tu debout à onze heures du soir ?

– Mes devoirs, m'man, mentit Théophile en cachant la recette avec son coude. J'ai presque fini…

535 – Pourquoi ne les as-tu pas faits cet après-midi, au lieu d'aller jouer avec Bonaventure ? Je t'ai expliqué cent fois que les devoirs passaient avant le patin…

Il n'y avait rien à répondre à ça. Théophile prit un air confus et baissa la tête en faisant une petite grimace. Il était vraiment très
540 mignon avec ses cheveux en désordre, sa peau brunie de soleil et ses yeux noirs qui brillaient de jeunesse et de santé. Sa mère eut un petit pincement au cœur. Incontestablement, elle avait réussi là un merveilleux petit garçon, qui n'avait pas son pareil sur la terre. Elle lui fit un beau sourire, et murmura tendrement :

545 – Tu les finiras demain. Allez, range tes affaires et couche-toi tout de suite.

Théophile fourra ses feuilles dans le tiroir du bureau et courut se remettre au lit. Sa mère vint le border, et elle lui passa une main dans les cheveux en disant :

550 – Bonne nuit, mon cœur. Fais de beaux rêves. J'ai mis ton

pantalon à la machine, il tenait debout tout seul tellement il était sale. Prends-en un propre demain matin, sur la table de repassage à la buanderie.

Elle lui posa un bisou sur la joue, éteignit la lumière et sortit de la chambre.

555

BIEN LIRE

CHAPITRE 1

• Quelle définition Théophile donne-t-il de la magie blanche et de la magie noire ?

• Où des ouvriers ont-ils découvert une chapelle mérovingienne ? Comment pensez-vous qu'ils aient fait ?

• L. 267 : Pourquoi Théophile a-t-il du mal à articuler ?

• Comment réagit Bonaventure à la lecture de la recette ? Et Théophile (l. 310-391) ?

• L. 454-467 : Quels sont les différents noms donnés aux oiseaux ?

2
L'inconnu aux ongles noirs

Le lendemain matin, Théophile n'entendit pas le radio-réveil. Il ouvrit un œil à neuf heures moins le quart, et perçut la voix du monsieur qui donne la météo. Tétanisé[1], il sauta hors du lit et descendit les escaliers quatre à quatre. Pas le temps de
5 lire, ce matin ! Il prit une banane dans le compotier et la fourra dans son sac à dos. Puis il se colla deux poignées de céréales dans la bouche. Il fit passer le tout avec un grand verre de lait froid, se mit tout nu au grand étonnement de Samantha, la souris blanche, qui frétillait dans sa cage, et remonta chercher
10 un slip, des chaussettes et un tee-shirt dans l'armoire de sa chambre. Il redégringola les escaliers et courut à la buanderie pour y prendre le pantalon propre repassé par Marie la veille au soir. Il l'enfila à grands gestes saccadés, chaussa ses baskets sans les délacer, jeta une croûte de gruyère à Samantha et sortit de la
15 maison en claquant la porte.

Heureusement, il n'habitait pas loin de son collège. Il remonta au pas de course la rue du Chardonnet, obliqua impasse d'Athènes et grimpa à petites foulées le grand escalier de la montée de la Ronce. Parfaitement réveillé, il passa le portail du col-
20 lège en même temps que quelques retardataires, dont son ami Bonaventure, qui marchait en dormant et ne le reconnut pas.

---

1. Comme paralysé par l'émotion, la surprise.

— Salut Bonav', lança-t-il en lui touchant l'épaule. Ça va ce matin ? La forme ?

Bonaventure haussa les épaules et bailla en secouant ses tresses, qu'il laissait pendre le matin devant son visage comme un rideau afin de n'être pas dérangé.

— C'est toi, Théo ? fit-il de derrière son écran de lianes minces. Tu es en retard, ma parole.

— Pas en retard, juste à l'heure. Hier soir, je me suis couché tard. J'ai travaillé à ce que tu sais…

— À ce que je sais ?! Comment ça ?

Théophile lui prit le bras et l'entraîna à l'écart des autres pour lui dire, un ton plus bas :

— Voyons… J'ai travaillé à la recette !… Je l'ai traduite presque complètement.

— Tu veux dire que tu as perdu ton temps à cette idiotie ?! Je croyais que le patin t'avait remis les idées en place. Mais je constate que non… C'est triste, de voir un garçon aussi malin que toi devenir tout à coup aussi bête !

— Tu manques de fantaisie, Bonav'. Enfin, quoi, mince, ça ne te plairait pas d'être invisible ?

— Ça me plairait, si ça se pouvait ! Mais ça ne se peut pas, alors je m'en fous !

— Écoute ! J'ai besoin que tu m'aides. Je ne sais pas lire la musique, ni en jouer. Et pour réussir la recette, il faut, à un moment donné, jouer un air de flûte. Un petit air très court, qui ne te posera pas de problème, vu que tu as quatre ans de conservatoire derrière toi…

Bonaventure écarta ses tresses et ouvrit des yeux ronds.

50 – Tu me demandes de jouer de la flûte pendant que tu touilleras ta mixture ? C'est bien ça ? !

– Tout juste ! C'est exactement ce que j'attends de toi.

Bonaventure parut déconcerté par l'étrangeté de cette requête.

55 – Enfin quoi, reprit Théophile. On est potes, oui ou non ?

– Oui, bien sûr.

– Alors donne-moi un coup de main ! Tiens. Je t'ai noté l'air de flûte sur ce bout de papier, afin que tu puisses t'entraîner…

Bonaventure jeta un coup d'œil à l'air de musique et fit la 60 grimace en disant :

– Houla ! Ce n'est pas en clef de sol, mais en clef d'ut[1] ! Il va falloir le transposer… C'est du boulot…

– Pour toi ce sera un jeu d'enfant. Moi, de mon côté, je vais finir de traduire la recette. Demain et samedi on réunit les élé-65 ments. Et dimanche on fabrique la bague…

– La bague ? Il faut faire une bague ? !

– Pas la faire, mais la transformer. La magnétiser[2], quoi ! …

– Et comment on fait pour la magnétiser ?

– On la trempe dans un bain tiède d'ingrédients secrets, au 70 son d'un air de flûte… Ensuite, la bague est « charmée ». Ça veut dire que si tu la passes à ton doigt et que tu la fais tourner Paf ! Tu deviens invisible…

---

1. Autre nom de la note do.
2. Charmer, ensorceler, communiquer un fluide magnétique.

– Le dimanche, je ne peux pas sortir… Il y a toujours de la famille à la maison. Faisons plutôt ça samedi.

75   – Il faut qu'on le fasse ce dimanche, Bonav'. C'est très important. À cause de la lune… Je t'expliquerai tout ça en détail plus tard. Maintenant dépêchons-nous, le cours va commencer.

Théophile mit à profit le cours d'anglais pour traduire la fin

80 de la recette. Il cacha les extraits du grimoire dans son livre d'exercices, et travailla discrètement, tout en répondant de temps à autre à une question, afin de ne pas éveiller la méfiance de monsieur Tourette. Monsieur Tourette fit réciter à la classe les verbes irréguliers, et Théophile se leva à deux reprises. Une

85 première fois pour déclamer *To go, I went, Gone*, puis un peu plus tard pour lancer d'une voix assurée : *To do, I did, Done*.

À la récréation de dix heures, la recette de magie rouge était traduite. Théophile prit Bonaventure à part dans un coin du préau et lui tendit une feuille de papier blanc où l'on pouvait

90 lire, calligraphié au feutre noir, le texte suivant :

DE LA CONFECTION
DE LA BAGUE D'INVISIBILITÉ

Pour se rendre invisible au moyen d'une bague, il faut :

1 - Un pépin du fruit exotique dit orange, qui pousse chez

95   les Sarrasins[1]

2 - Une livre d'eau gelée

3 - Une cinquantaine de fientes fraîches de pigeon ramier

---

1. Nom donné au Moyen Âge aux peuples musulmans d'Orient, d'Afrique et d'Espagne.

4 - Un œuf punais

5 - Un dé à coudre de sang de poule noire

6 - Une once de soufre

7 - Une once de salpêtre

8 - Une trompette-des-morts[1]

9 - Quatre gouttes de mercure liquide

10 - Une bague en or blanc dont le chaton soit nu

Procéder de la façon suivante :

Enchâsser[2] le pépin d'orange dans le chaton de la bague.

À la cinquième lune de l'an, une heure avant minuit, se tenir prêt, couvrir les lampes et fractionner l'heure en cent centièmes.

Au premier centième de l'heure, mettre le creuset vide sur la flamme et y poser la livre d'eau gelée.

Au douzième centième de l'heure, jeter les quatre gouttes de mercure dans l'eau tiède ainsi obtenue, et jouer à la flûte l'air qui doit charmer l'amalgame. L'air sera joué *Allegro ma non troppo*[3] et sans interruption durant tout le reste du grand œuvre.

Au vingt-et-unième centième de l'heure, briser l'œuf punais avec une pince en bois d'olivier en criant d'une voix forte à trois reprises : *Amsa Kratchouf ! Kratchouf Sôminey !* Puis laisser tomber l'œuf dans le creuset.

Au vingt-huitième centième de l'heure, jeter en pluie le soufre sur l'amalgame.

---

1. Champignon noir qui a la forme d'une trompette.

2. Encastrer.

3. « Assez rapide mais pas trop », en italien ; indication de rythme notée sur une partition de musique, au début d'un mouvement.

Au trente-quatrième centième de l'heure, ajouter le dé à coudre de sang de poule noire, après l'avoir magnétisé en le portant successivement à son front, à son épigastre[1] et à son nombril.

125   Au quarante-troisième centième de l'heure, mettre à cuire dans la mixture le champignon soigneusement lavé et débarrassé de toute trace d'humus (ce point est capital).

Au quarante-neuvième centième de l'heure, ajouter une à une, et de centième d'heure en centième d'heure, les cinquante 130 fientes fraîches de pigeon ramier.

Au quatre-vingt-dix-neuvième centième de l'heure, verser en pluie le salpêtre blanc réduit en poudre sur le mélange obtenu, puis s'écarter du creuset.

À ce stade de la recette, si toutes les indications qui précèdent 135 ont été scrupuleusement suivies, une flamme verte s'élèvera au plafond et toute trace de potion disparaîtra du creuset. Y jeter immédiatement la bague ornée du pépin d'orange, puis cesser de jouer l'air de flûte. Les vapeurs âcres de la potion volatilisée changent le pépin d'orange en un diamant orange jetant mille feux.

140   La bague peut dès lors être portée au majeur de la main droite. Il suffit de tourner le diamant vers la paume de la main pour se rendre invisible, et de le tourner vers le dos de la main pour réapparaître aussitôt et à volonté.

Bonaventure en prit rapidement connaissance, puis déclara 145 avec force :

---

1. Partie du ventre entre les côtes et l'estomac.

– Non, non et non ! Je refuse de m'associer à ça ! J'aime les bêtes, et je ne supporterai pas de te voir maltraiter ce petit chat !

– Un petit chat ? ! Mais quel petit chat ? De quoi parles-tu ?

150 – À la dixième ligne, dans la liste des ingrédients, il est question d'une bague et d'un chaton… Ne compte pas que j'accepte de jouer de la flûte pendant que toi, tranquillement, tu noieras un chaton bagué dans la potion magique !

– Mais enfin, Bonav' tu es fou ! Comment peux-tu croire que je serais assez cruel pour noyer un petit chat dans la 155 potion ? Un chaton, c'est le milieu d'une bague. L'espèce de petit renflement sur lequel la pierre précieuse est fixée…

Bonaventure parut rassuré. Il tendit la main à Théophile en lui disant :

– Dans ce cas c'est tout différent ! Tope-là, Théo. Je marche 160 avec toi.

Il tira de son sac une poignée de petits serpents en gelée et en offrit quelques-uns à Théophile en ajoutant :

– Le problème, ce sera de trouver une bague en or blanc. Un anneau, passe encore. On en trouve de pas chers au bureau 165 de tabac. Mais une vraie bague, et en or blanc en plus, alors là, ouf !…

– Ne te fais pas de souci pour ça, et occupe-toi simplement de travailler ton air de flûte. Le reste, je m'en charge.

Comme chaque jour, les deux garçons mangèrent ensemble 170 à la cantine. Mais à cause des oreilles indiscrètes qui traînaient

partout, ils ne purent parler librement de leur projet. Ils convinrent de s'isoler un moment après le repas, puis ils se mêlèrent aux conversations de leurs camarades. Vindimian, un petit brun aux oreilles décollées, prétendit qu'il avait fait la
175 veille au soir un score de quatre mille deux cent trente-sept unités sur le Tank Clash Programme de sa console vidéo. Son voisin de droite, Sébastien Paturel, ricana que c'était impossible, et que « les meilleurs au niveau mondial » ne dépassaient pas les trois mille unités, score qu'il avait lui même frôlé à plusieurs
180 reprises… Bonaventure, qui était spécialiste de ces questions, s'institua juge du débat, et il fit à chacun des deux garçons quelques questions d'ordre technique ayant trait à l'ordre des tableaux et à la gamme des missiles. Les deux imposteurs, qui n'avaient jamais dépassé la quatrième phase de jeu, furent
185 confondus en peu de temps, et on changea de sujet.

Théophile lança habilement la conversation sur la magie, et chacun y alla de sa petite anecdote. Benaitreau affirma que les sorciers, ça existait, et qu'il suffisait de mettre un cheveu dans un œuf pour lancer un sort puissant sur la poule de son choix.
190 Chaboud, qui savait toujours tout mieux que tout le monde, haussa les épaules en disant que le coup de l'œuf était censé viser le propriétaire du cheveu, et pas la poule, mais que de toute façon tout ça c'était de la blague, et que le seul moyen efficace pour jeter un sort, c'était les rognures d'ongles cousues
195 dans un pruneau. Théophile raconta l'histoire de *Garou-Garou le passe-muraille*, et affirma pour rigoler qu'elle était inspirée

d'un fait authentique. Un monsieur, à Paris, en 1875, qui avait fait tomber par mégarde[1] un peu de savon à moustaches dans une bouteille de sirop pour la toux, et qui s'était retrouvé capable de traverser les murs après une grosse grippe. Les savants avaient immédiatement analysé le mélange, mais on n'avait jamais réussi à retrouver la proportion exacte de savon à moustache, et l'invention s'était perdue. C'était un mensonge, naturellement, mais Théophile adorait broder et enjoliver à propos des petites choses. Ça lui venait naturellement, et pendant le court temps où il racontait ces choses, il y croyait, ce qui est le propre de tous les grands menteurs. Comme son auditoire demeurait stupéfait, il lança sur un ton sarcastique[2] :

– Je plaisante, les mecs ! On vous ferait vraiment gober n'importe quoi !

Mais il ne plaisantait qu'à moitié, car il n'était sûr de rien.

À cinq heures, il se rendit à la bibliothèque pour de menus travaux de recherche. La recette comportait des passages un peu obscurs, et il avait besoin du secours d'une bonne encyclopédie. Il monta directement au premier étage, prit dans les rayons un gros dictionnaire et plusieurs volumes de l'*Encyclopaedia Universalis*, puis alla s'installer à une table dans le coin le plus reculé de la salle. Il travaillait depuis un petit quart d'heure lorsque madame Benedetti vint le trouver. Elle semblait préoccupée.

1. Erreur, faute d'attention.
2. À la fois moqueur et méchant.

– Excuse-moi de te déranger, Théophile, lui dit-elle. Mais j'ai une question à te poser…

Théophile leva les yeux de son dictionnaire en disant :

– Oui ? Je vous écoute, madame Benedetti…

225 – Dans le gros livre que tu as lu hier, n'aurais-tu pas trouvé par hasard un petit morceau de papier plié en quatre ?

À ces mots, le cœur de Théophile se mit à battre la chamade[1]. Madame Benedetti faisait-elle allusion à la petite note manuscrite qui accompagnait la recette ? Il prit une profonde 230 inspiration, et s'efforça de ne rien laisser paraître du trouble intérieur qui l'agitait.

– Un morceau de papier plié en quatre ? Non, madame Benedetti, je n'ai rien trouvé de ce genre dans le grimoire… Il était de quelle couleur, ce morceau de papier ? Blanc ? Vert ? 235 Bleu ?

– Je ne sais pas. Un monsieur est venu me trouver ce matin. Il avait à la main le gros livre que tu as consulté hier. Il m'a expliqué qu'il avait travaillé dessus la semaine dernière, et qu'il ne retrouvait plus une note manuscrite de grande importance 240 oubliée entre deux pages. Il pensait qu'un lecteur l'avait emportée par inadvertance[2], et il m'a demandé de lui communiquer les noms des personnes qui avaient consulté ce livre après lui…

---

1. Être affolé, battre vite, fort et n'importe comment.
2. Sans le faire exprès, sans y faire attention.

Théophile sentit un frisson glacial lui descendre le long de la colonne vertébrale. Le sorcier existait donc ! Et il était déjà à sa recherche ! Il avala péniblement sa salive et demanda d'une voix blanche :

— Vous… Vous lui avez donné mon nom ?

— Non, rassure-toi. Nous ne donnons jamais ce genre de renseignements. Et puis, ce monsieur ne m'inspirait pas confiance. Il avait un aspect louche…

— Un aspect louche ? répéta Théophile épouvanté. Comment ça ?

— Ça va te paraître idiot… Mais figure-toi que ce monsieur très bien habillé avait des ongles immensément longs, et tout noirs ! Pour le reste, il était parfaitement soigné, et il sentait bon l'eau de toilette. Mais il ne coupait pas ses ongles, et ce détail m'a inspiré de la méfiance…

Théophile se sentit pâlir. Il referma son dictionnaire et se leva en disant :

— Je dois rentrer, madame Benedetti. Ma mère m'attend…

Il fit quelques pas dans la salle et se retourna, les jambes flageolantes[1], pour ajouter :

— Si… Si le monsieur revient, ne lui donnez pas mon nom. Il pourrait penser que j'ai trouvé sa note dans le livre, et que je l'ai volée ou Dieu sait quoi… Je n'aimerais pas avoir affaire à lui… Il ne m'inspire pas confiance, à moi non plus.

— Voyons, Théophile ! Ne te fais aucun souci ! Ce monsieur

---

1. Tremblant de peur.

continuera d'ignorer ton nom. S'il revient, je lui dirai de com-
270 mencer par fouiller ses tiroirs avant d'accuser mes lecteurs ! Et
s'il fait du scandale, j'appellerai les gendarmes. Je ne suis pas du
genre à me laisser impressionner par un goujat[1] aux ongles malpropres, non mais des fois !

Théophile rentra chez lui d'un pas rapide, en se retournant
275 à chaque coin de rue pour voir si on ne le suivait pas. À deux
reprises, il croisa des messieurs bien habillés. Il vérifia aussitôt
la taille et la propreté de leurs ongles, et fut soulagé. Sitôt à la
maison, il décrocha le téléphone portable, afin de mettre
Bonaventure au courant de la catastrophe. Mais son ami était à
280 son cours de solfège au conservatoire, comme chaque jeudi.
Théophile se coupa mélancoliquement[2] une tranche de pain, la
tartina de beurre et la saupoudra de chocolat noir râpé. Puis il
se servit un verre de lait et goûta en surveillant la fenêtre, le
couteau à beurre à la main.

285 Ce soir-là, à table, il se montra distrait, lointain et nerveux.
Il bondissait à chaque bruit de moteur dans la rue, et ne répondait que par monosyllabes[3] aux questions que lui posait sa
mère. À un moment donné, on frappa à la porte. Il se figea, la
fourchette dans la bouche et ouvrit tout grand les yeux, en res-
290 pirant par petites saccades[4]. Mais ce n'était que la voisine,

---

1. Homme qui n'est ni poli ni honnête, mufle.
2. En étant rêveur et triste.
3. Mots d'une seule syllabe, comme oui, non …
4. Secousses.

madame Reverdy, qui venait rendre à Marie le moule à char-
lotte prêté un mois plus tôt. Elle leur apportait aussi une moitié de gâteau au yaourt, enveloppée dans un torchon propre et
blanc qui sentait la vanille tiède et la fleur d'oranger. Ils mangèrent le gâteau au dessert, puis Marie se leva pour préparer une
infusion de tilleul.

— Tu as des soucis, Théophile ? demanda-t-elle tout à coup
en posant sur la plaque une casserole d'eau froide. Tu n'as pas
dit un mot de tout le dîner…

— Non, m'man. Tout va bien, je t'assure…

— Allons, je te connais. Je vois bien que quelque chose te tra-
casse. Tu peux tout me dire, tu sais. As-tu eu une mauvaise note ?

— Oh non, au contraire ! J'ai eu dix-sept à la composition
d'anglais.

— Alors qu'est-ce qui ne va pas ? Pourquoi es-tu si nerveux ?

— Je ne suis pas nerveux, m'man. Je me sens très calme au
contraire.

— Allons donc ! Quand madame Reverdy a frappé tout à
l'heure, tu as failli avaler ta fourchette. De quoi as-tu peur ?

— Mais de rien, je te jure. Je suis simplement un peu fatigué, parce que je me suis couché tard hier au soir. Demain
matin, je serai en pleine forme, tu verras…

Marie toucha le front de Théophile, lui palpa les ganglions
du cou et lui demanda d'ouvrir grand la bouche en regardant le
lustre.

— Tire la langue et fais « Aaaaaaaaahhhhh ».

– Aaaaaaaaahhhhhh, fit Théophile, conciliant.

– Ta gorge n'est pas rouge. Tout va bien de ce côté-là ! Ce n'est peut-être qu'un peu de fatigue, après tout.

320 Elle versa l'eau frémissante dans un grand pot transparent, et les fleurs de tilleuls gonflées et blondes se mirent à tourner avec lenteur dans leur prison de verre.

– Le tilleul, c'est excellent pour ce que tu as. Bois-en une tasse, et tu dormiras en souriant.

325 Elle lui servit une tasse de tilleul blond sucré au miel. Il la but à petite gorgée, en faisant un effort pour parler et se montrer insouciant. Mais dès qu'il l'eut finie il bâilla, embrassa sa mère et monta se laver les dents.

Il se mit au lit avec un livre, et cacha la recette du grimoire 330 entre deux pages pour l'étudier en toute discrétion. Il avait cherché dans le gros dictionnaire de la bibliothèque le sens exact des mots qui ne lui étaient pas familiers. Et dans l'*Encyclopaedia Universalis*, il avait trouvé les pistes des endroits où se procurer les divers ingrédients nécessaires pour la recette. 335 La plupart étaient d'ailleurs assez communs : l'eau gelée, par exemple. Ou le pépin d'orange. Tout ça ne posait pas le moindre problème. Mais la bague, elle, en revanche, en posait un, et un gros. La recette indiquait qu'elle devait être munie d'un « chaton nu ». Or toutes celles de sa mère étaient ornées 340 d'une perle ou d'un petit brillant. Que faire ? Dessertir[1] le solitaire de tante Véronique avec une petite pince, au risque de

---

1. Enlever la pierre de son chaton, de sa monture.

l'abîmer ? Non, il n'en avait pas le droit ! Il fallait trouver autre chose. Il eut soudain honte d'avoir fait le malin devant Bonaventure. « Occupe-toi de l'air de flûte ! avait-il claironné[1].
345 La bague, je m'en charge… » Il se serait donné des gifles.

L'autre aspect ennuyeux de la question, c'était ce type aux ongles longs et noirs qui le cherchait. Comment faire pour s'en débarrasser ? Madame Benedetti avait promis de faire écran, mais ce n'était qu'une faible vieille dame d'au moins quarante
350 ans. Et le type avait sans doute des pouvoirs, comme tous les sorciers. Il la regarderait dans les yeux un court instant, et elle deviendrait toute drôle, toute lointaine, comme les personnes qui se réveillent d'une anesthésie générale, et elle avouerait tout, en donnant des détails, et le type n'aurait plus qu'à venir direc-
355 tement à la maison pour plonger ses ongles sales dans le tendre gosier de Théophile.

— Non, non et non, murmura-t-il en fermant les yeux et en se prenant le cou à deux mains. Je ne peux pas accepter ça !

Il resta un moment à réfléchir, les yeux fermés ; puis il se
360 frappa le front du plat de la main en s'écriant :

— Mais oui ! Evidemment ! Pourquoi n'y ai-je pas pensé plus tôt ? Il suffit que je remette le bout de papier jaune à sa place dans le grimoire ! je n'en ai plus besoin, puisque j'ai traduit la recette ! Le type le récupérera, et il me fichera la paix.

365 Il se frotta joyeusement les mains, posa son livre sur sa table de nuit, éteignit sa lampe et tomba endormi sur son oreiller.

---

1. Affirmé en étant sûr de soi.

Le lendemain matin, vers huit heures, il s'éveilla frais et dispos, et courut tout de suite à la salle de bains pour s'y doucher. Il resta un long moment sous le rude jet d'eau tiède épanoui en 370 corolle[1], se lava les cheveux et les rinça avec soin. Puis il ferma aux trois quarts le robinet d'eau chaude, ouvrit tout grand celui de l'eau froide et replongea sous un filet frais, mais non glacial qui lui donna un regain[2] de tonus.

– Ouha! fit-il en recevant ce jet plus vif sur les épaules et 375 sur la nuque. Ça réveille!…

Il s'habilla rapidement, coiffa ses cheveux blonds en arrière avec un peigne et descendit déjeuner, son livre de Marcel Aymé à la main. Il trouva sur la table un mot de Marie qui disait :

Mon petit chéri,
380 *Je suis monté t'embrasser hier soir à neuf heures à peine passées, et tu dormais déjà paisiblement. Tu dois avoir la grande forme ce matin! N'oublie pas tes affaires de gymnastique. Je t'ai mis vingt francs dans la boîte bleue sur le buffet, pour cette pièce de théâtre dont tu m'as parlé, et où vous allez avec l'école la semaine pro-385 chaine. Bonne journée, travaille bien en classe.*
À ce soir, bisous

Maman

Le dessin qui accompagnait ce petit mot représentait un gros éléphant occupé à boire à la paille un bol de lait choco-

---

1. Prenant la forme de l'ensemble des pétales d'une fleur.
2. Retour, renouveau.

390 laté. La trompe du pachyderme allait en s'amenuisant[1], et elle était prolongée d'une paille très fine qui trempait dans un bol minuscule. Théophile glissa le mot dans son livre et déjeuna en se promenant dans la campagne normande avec la jument verte qu'il tenait par la bride. À neuf heures moins le quart il
395 ferma son livre, mit ses affaires de classe dans son sac et sortit de la maison.

Il ne pensait plus à l'inconnu aux ongles noirs, et ne se retourna pas une seule fois dans la rue comme il l'avait fait la veille au soir. Car à la réflexion, ce type ne le connaissait ni de
400 nom ni de vue, alors à quoi bon s'en faire ? Dans la cour du collège, il salua Benaitreau et Chaboud. Puis il courut vers Bonaventure, et l'attira sous le préau en lui disant à mi-voix :

— Il m'est arrivé un truc complètement dingue, hier à la bibliothèque ! Figure-toi que le type qui a oublié sa moitié de
405 recette dans le grimoire de magie rouge est venu trouver madame Benedetti. Il voulait récupérer son bout de papier ! Il était furibard, à ce qu'il paraît… Heureusement, madame Benedetti ne lui a pas donné mon nom…

— Il était comment, ce type ?
410 — Épouvantable ! De grands ongles noirs, des dents pointues…

— C'est un vampire ?!

— Un sorcier, plutôt. Enfin, à mon idée…

---

1. Diminuant, devenant de plus en plus petite.

– Voilà ce que c'est que de se mêler de magie rouge ! Les
415 histoires de chiens, ça ne rapporte que des puces ! Que vas-tu
faire ?

– Remettre le bout de papier à sa place dans le grimoire. Ni
vu ni connu…

– C'est stupide ! Pourquoi le type aurait-il l'idée de retour-
420 ner le chercher dedans ?

Théophile prit un air dépité.

– Tu as raison. Il va le chercher partout, sauf dans le grimoire, puisqu'il a vu qu'il n'y était plus ! Ah ! Mon Dieu, comment faire ?…

425 Il se laissa de nouveau envahir par l'inquiétude. Fort heureusement, Bonaventure avait de la ressource. Il ramena ses
tresses derrière ses oreilles en disant :

– Tu n'as qu'à donner le papier à la dame de la bibliothèque,
en lui demandant de le rendre au type quand elle le verra.

430 – Je ne peux pas ! J'ai dit à madame Benedetti que je n'avais
pas le papier… Si maintenant je le lui amène, elle me prendra
pour un menteur !

– Ce serait horrible qu'elle pense ça de toi, fit Bonaventure
ironique.

435 Mais voyant son ami pâle et défait, il ajouta plus sérieuse-
ment :

– Il ne reste pas trente-six solutions : tu réempruntes le grimoire, tu fais semblant de le consulter, tu pousses un cri et tu
cours vers madame Benedetti avec le papier à la main en lui

440 disant : « Regardez madame, ce que j'ai trouvé par hasard, coincé entre deux pages qui s'étaient un peu collées l'une à l'autre… » et le tour est joué !

— La vache, fit Théophile. Tu as la forme, toi, ce matin ! Ça fuse !…

445 — Je n'ai pas à me plaindre, fit modestement Bonaventure. Ce matin, j'ai bien déjeuné.

À cinq heures, Théophile se présenta à la bibliothèque. Il 450 trouva madame Benedetti occupée à couvrir quelques livres neufs avec du plastique transparent. Les feuilles de plastique étaient autocollantes, si bien qu'elle n'utilisait pas de scotch. Théophile la regarda faire un moment, puis il se racla la gorge. Madame Benedetti leva les yeux vers lui et s'écria joyeusement :

455 — Bonjour Théophile. Comment vas-tu depuis hier ?

— Bien madame, merci. Je suis venu consulter le gros livre de magie rouge. Vous savez, celui dans lequel un monsieur avait oublié un papier soi-disant précieux… À propos, il est revenu ?

— Qui ça ? Le papier ou le monsieur ?

460 — Le monsieur…

— Non. Pas depuis hier. Il passera peut-être dans la soirée. Aujourd'hui nous ne fermons qu'à dix-neuf heures. Viens, je vais te donner le grimoire.

Il suivit madame Benedetti jusqu'à la salle de consultation et 465 prit place à une table, entre un monsieur maigre et distrait qui lisait un journal anglais et une grosse dame qui consultait des

incunables[1] en épluchant une orange. Madame Benedetti fit aimablement remarquer à la grosse dame qu'elle avait entre les mains un ouvrage précieux qui méritait quelques égards, et elle
470 lui rappela qu'il était interdit de manger dans la bibliothèque. Mais la grosse dame le prit de haut, et madame Benedetti lui arracha finalement le livre des mains en la priant d'aller saucissonner[2] ailleurs. La dame, affreusement vexée, se leva en emportant un petit chien dans un panier.

475   Théophile attendit que madame Benedetti se fut éloignée vers l'escalier pour prendre discrètement dans sa poche le petit morceau de papier jauni. Il le glissa dans le grimoire entrouvert et referma ce dernier en poussant un soupir de soulagement. Il laissa passer une minute, puis ouvrit tout grand le livre sur la
480 table et commença à le feuilleter avec ostentation[3]. Il tomba bien vite sur le billet qu'il venait d'y glisser, et qui, ô coïncidence, se trouvait juste à la page de la recette d'invisibilité. Il s'en saisit d'un air faussement étonné, et l'examina avec attention. Alors, il eut un choc de sang à la poitrine et fut vraiment
485 stupéfait : le morceau de papier qu'il avait entre les doigts n'était pas celui qu'il avait glissé dans le grimoire quelques instants plus tôt ! C'en était un autre ! Plus neuf et plus blanc. Il feuilleta rapidement le grimoire, et trouva son petit morceau de papier à lui quelques pages plus loin. Il posa ces deux billets côte à côte

---

1. Ouvrages très anciens, antérieurs à 1500.
2. Pique-niquer, manger rapidement en faisant autre chose.
3. Sans aucune discrétion.

⁴⁹⁰ sur la page du grimoire, et se gratta la tête en fronçant les sourcils. Puis d'une main tremblante il déplia le feuillet blanc et il lut :

Ne jouez pas avec le Grand Art, ou le Grand Art se jouera de vous. Remettez en place dans le livre ce que vous en avez ôté, et pas-
⁴⁹⁵ *sez votre chemin.*

I, TEGO ARCANA DEI !

Agénor ARKANDIAS

Théophile lâcha le morceau de papier et porta sa main à sa tempe. Mon Dieu ! Le type aux ongles noirs était revenu à
⁵⁰⁰ l'insu de madame Benedetti. Et il avait laissé un mot pour lui dans le grimoire ! Un mot menaçant, qui plus est ! Il ramassa le message et le mit dans sa poche. Puis il glissa le feuillet jauni entre les pages du grimoire, conformément aux instructions de ce monsieur « Arkandias ». Il referma lourdement le gros livre à
⁵⁰⁵ couverture de cuir, se leva d'un bond en bousculant la table, s'excusa auprès du monsieur maigre qui lisait le *Time* et s'éloigna à grands pas vers les escaliers. Il alla trouver madame Benedetti, et fit un gros effort pour lui dire d'une voix calme :

— Je m'en vais, madame Benedetti. J'ai laissé le grimoire sur
⁵¹⁰ la table, en salle de consultation.

— Parfait. Tu y as trouvé ce que tu cherchais ?

— Pas exactement. Mais à dire vrai, ces vieux livres réservent toujours des surprises. Bonsoir madame Benedetti, à bientôt.

Dans la rue, il aspira fortement l'odeur des lilas, et il se frotta

515 les joues pour reprendre courage. Allons, pensa-t-il, ne nous laissons pas aller à la panique ! Cet Arkandias ne me connaît pas. Il ne m'a jamais vu, et par conséquent il ne peut pas me nuire. Il va revenir consulter le grimoire, et il verra que j'ai trouvé son message et que j'ai obéi à ses instructions. Ça le cal- 520 mera, et toute cette histoire sera oubliée…

Il rentra chez lui d'un pas tranquille, et goûta de grand appétit, tout en relisant une nouvelle de Marcel Aymé. Puis il monta dans sa chambre, ôta ses baskets et s'allongea sur son lit pour faire le point de la situation. Il relut le message 525 d'Arkandias, le trouva un peu pompeux[1] et se demanda ce que signifiaient les majuscules : *I, TEGO ARCANA DEI !* Il s'agis- sait sans doute d'une menace, puisque ces mots étaient suivis d'un point d'exclamation. Ou tout au moins d'une mise en garde… Mais à quoi cela rimait-il de faire des mises en garde 530 dans une langue incompréhensible ! Ordinairement, on met en garde avec le souci d'être entendu… Couché sur le dos et les mains croisées derrière la nuque, Théophile médita longue- ment ces incohérences. Peut-être que le type espérait l'impres- sionner avec une sorte de formule magique, perfide[2] et mysté- 535 rieuse, afin de le dissuader d'éprouver la recette… Alors là, c'était raté ! Le Grand Art ne lui faisait pas peur du tout, et il comptait bien essayer la recette dimanche ! De ce côté là, rien n'avait changé. Le Grand Art… Non mais je vous jure ! Avait-

---

1. Imposant et orgueilleux.
2. Méchante, dangereuse.

on idée ? Et ce prénom : *Agénor* ?! Hein ! Il y avait de quoi
540 rire… Il se laissa aller à pouffer en remuant les épaules et en
répétant à mi-voix *Agénor Arkandias,* comme si ce nom consti-
tuait à lui seul une excellente plaisanterie. La sonnerie du téléphone le tira de ses rêveries. Il courut décrocher le portable.

– Théo ? C'est Bonav'. Comment ça va depuis tout à
545 l'heure ?

– Ça baigne. Je suis passé à la bibliothèque…

– Tu as fait comme on avait dit ?

– Non, je n'ai pas pu. Figure-toi qu'il y avait un message
pour moi dans le grimoire…

550 – Un message pour toi ! Mais un message de qui ?

– Du type aux ongles noirs. Il s'appelle Arkandias. Il me
demandait de remettre le papier jaune à sa place et de ne plus
me mêler de magie rouge…

– Tu lui as obéi ?

555 – Sur le premier point, oui. Mais quant au reste, il peut
courir ! J'ai la recette, et quoiqu'il advienne on la testera
dimanche…

– Justement, je t'appelais un peu pour ça. J'ai transposé le
morceau de musique que tu m'as donné hier, et je l'ai essayé à
560 la flûte pendant mon cours de solfège.

– Alors ? Ça donne quoi ?

– Une horreur ! C'est faux tout du long ! Discordant[1] à hurler. J'ai dû tout arrêter, parce que madame Audibert, mon pro-

---

1. Faux, désagréable à entendre.

fesseur d'harmonie, se bouchait les oreilles en gémissant. Elle a
565 failli avoir une attaque de nerfs. C'est infâme, ton truc ! Tu ne
te serais pas trompé en le recopiant, par hasard ?

— Je ne crois pas. J'ai fait très attention à mettre chaque note
à sa place sur la portée…

— Tu as le morceau sous les yeux ? Je veux dire la photocopie
570 de l'original ?

— Elle est dans ma chambre, pourquoi ?

— Monte me la chercher, et lis-la moi au téléphone. Je suis
sûr que tu as semé des canards[1] partout…

Tout en continuant de parler dans le portable, Théophile
575 monta les marches de l'escalier.

— Tu sais, Bonav', je ne suis pas très doué pour lire la
musique. Autant avec les mots je me débrouille, autant avec les
notes…

— T'inquiète, tu liras lentement.

580 Théophile prit la recette dans le tiroir de son bureau et alla
s'asseoir sur son lit.

— Houla ! gémit-il après avoir jeté un coup d'œil à la portée.
J'avais oublié que c'était en clef d'ut ! Moi, je ne lis que la clef
de sol. Et encore, péniblement…

585 — Lis-le moi comme s'il était écrit en clef de sol, et je véri-
fierai ta copie en la lisant de la même façon. Comme ça je verrai si les notes sont à leur place sur la portée. Vas-y, commence !

— Première mesure : Do, Mi, Sol… Non, Si…

---

1. Fausses notes qui entraînent un son criard.

— Quoi ? Sol, ou Si ?

590 — Si ! Deuxième mesure…

— Attends ! Essaye de battre la mesure et de lire en rythme. Ça a de l'importance, le rythme. Celui-ci est à trois temps… Tu bats en traçant un triangle avec ta main… Allons-y…Un, deux, trois…

595 — Écoute, Bonav' ! Tu ne crois pas que tu pousses un peu ! J'ai déjà du mal à lire les notes, et tu veux en plus que je batte la mesure ? Demande-moi de jongler avec trois balles, aussi, tant que tu y es !…

— Bon, Bon ! Oublie la mesure. Contente-toi de lire…

600 — Je reprends depuis le début. Do, Mi, Si…

La vérification de ces deux lignes de notes fut assez longue, et très éprouvante pour les nerfs de Bonaventure. Mais il ne fit aucune remarque à son ami, car il avait du tact. Au terme de l'exercice, il déclara simplement :

605 — La copie que j'ai entre les mains est parfaite, Théo ! Il n'y manque pas un bémol…

— Pourtant, tu m'as dit que le morceau sonnait faux tout du long !…

— Tu peux copier juste un morceau faux, il restera faux !
610 Même si ta copie est juste… Tu me suis ?

— Je crois. Tu essayes de me dire que le morceau a été écrit faux. C'est bien ça ?

— Tout juste ! Et je te jure que de ma vie, je n'ai jamais rien entendu de plus horrible. Le type qui l'a composé faisait sans

615 doute ses gammes en griffant un tableau d'école avec ses longs
ongles noirs… Sans ça, ce n'est pas possible ! Allez, salut Théo,
à demain.

Il allait raccrocher, mais il se ravisa tout à coup :

– Dis donc, pendant que je te tiens, tu as fait l'exercice de
620 français ? Le truc avec les accords de participes ?

– Oui. Tu veux que je te le dicte ?

– Sans te commander, ça m'arrangerait.

Marie rentra du travail à sept heures. Elle prépara une salade
de pommes de terre nouvelles avec des œufs durs et de petits
625 dés de harengs, deux filets de truites et des haricots verts.
Théophile mangea la salade de pommes de terre avec voracité[1],
et n'épargna pas les filets de truites. Mais il bouda les haricots,
légumes insipides[2] et filandreux[3], suspects à force d'être verts.
Marie insista pour qu'il en mangeât au moins trois. Il les suçota
630 sans conviction du bout des lèvres, avec des hoquets de dégoût.
Peu après il fit honneur au yaourt à la vanille, et brisa une poignée d'amandes princesse[4] qu'il croqua en grande friandise.

– Ça va l'appétit, ce soir ! Tu es allé faire du patin avec
Bonaventure ?

635 – Non, m'man. Je suis retourné à la bibliothèque.

– Encore ! Mais tu y passes tes journées !

– J'avais des choses à chercher dans une encyclopédie, pour

---

1. Appétit énorme et gourmandise.
2. Fades, sans goût, sans saveur.
3. Pleins de fils.
4. Variété d'amandes à enveloppe tendre.

l'école, improvisa Théophile. On prépare un exposé, avec Bonav'!

— Un exposé sur quoi?

640 — Sur la musique du Moyen Âge. Bonav' a retrouvé de vieux airs dans un livre. Il les jouera devant la classe, et moi, entre les morceaux, je lirai notre travail.

— Ce sera charmant! fit Marie avec aplomb. Surtout si vous portez des collants rayés jaunes et bleus, et de petits chapeaux

645 avec des grelots. Joueras-tu du tambourin?

Comme Théophile regardait sa mère d'un air étonné, elle éclata de rire.

— Je plaisante, évidemment! Votre idée est merveilleuse. Quand ton ami Bonaventure viendra à la maison, demande-lui

650 d'apporter sa flûte. J'aimerai beaucoup qu'il me joue un air de musique moyenâgeuse…

— Je lui en parlerai. Il acceptera sûrement…

Marie ébouriffa tendrement les cheveux de Théophile en reprenant:

655 — Mais je veux qu'il me le joue en collant, et qu'il soit accompagné d'un petit ours sachant jongler avec des balles…

Théophile éclata de rire et se jeta dans les bras de sa mère, qui le serra sur son cœur à l'étouffer.

Ce soir-là, Théophile veilla fort tard. Il étudia la recette d'in-

660 visibilité très en détail, et sur un morceau de bristol il dressa la liste des ingrédients qu'il lui faudrait se procurer le lendemain, en s'efforçant de les classer selon leur degré croissant de rareté. Le plus simple à se procurer, c'était le pépin d'orange. Ça avait sans

doute été une semence rare en France au Moyen Âge, mais à pré-
665 sent on trouvait des oranges partout et en toute saison, si bien
que vraiment, ce n'était pas la peine de se préoccuper de ce détail.

Le second ingrédient dans l'ordre croissant de la rareté,
c'était l'eau gelée. Il en fallait une livre, soit environ un demi-
litre, un peu moins en réalité, la livre ne valant un demi-kilo-
670 gramme que depuis fort peu de temps. Il suffirait de remplir
d'eau un saladier ou un plat à gratin et de le mettre au congé-
lateur. Là encore, enfantin !

Troisièmement, la fiente fraîche de pigeon ramier.
L'expression était ambiguë. En effet, l'adjectif fraîche devait-il
675 être pris au sens propre, ou au sens figuré ? S'agissait-il de fiente
de pigeon refroidie au frigidaire, ou de fiente récente, donc
tiède, mais qui pouvait être qualifiée de fraîche comme on dit
d'un fruit qu'il est frais parce qu'il n'a encore subi aucune alté-
ration[1] ? Théophile opta pour cette seconde interprétation, et
680 pensa tout de suite au jardin Sainte-Clotilde où les pigeons
ramiers roucoulaient en abondance. Il s'y rendrait avec
Bonaventure dans la matinée de dimanche. Deux ou trois
séries de sauts en roller au milieu de ces volatiles permet-
traient de recueillir une cinquantaine de fientes sur le toit de
685 la baraque à frites.

Quatrièmement, l'œuf punais. Là, les choses se corsaient un
peu. Contrairement à ce qu'il avait cru tout d'abord, un œuf
punais n'était pas un œuf couvé, mais un œuf pourri. Le gros

---

1. Modification, dégradation.

dictionnaire de la bibliothèque était formel sur ce point. Restait
690 à trouver le moyen de faire pourrir un œuf en peu de temps. Il
devait en effet pouvoir disposer de l'œuf au plus tard le surlen-
demain dimanche, à midi. Il envisagea tout d'abord de le laisser au soleil sur le rebord de la fenêtre de sa chambre. Mais
l'œuf aurait-il le temps de pourrir dans la journée de samedi ?
695 Certainement pas ! Il faudrait au moins trois semaines de grand
soleil sur la frêle[1] coquille pour entraîner une amorce de putréfaction[2]. Peut-être qu'en le mettant sous des coussins, dans un
endroit humide ? Non, on risquait une éclosion ! Et au four à
micro-ondes ? Surtout pas, il exploserait ! Alors il ne restait
700 qu'une solution : l'enterrer dans le jardin ! Mais non, ça n'irait
pas non plus. Ce serait trop long. Et puis la coquille risquait de
se briser sur une pierre, ou sous la pression de la masse de terre
dont elle serait recouverte. Le mieux était de l'acheter directement pourri ! Mais les marchands d'œufs punais étaient rares,
705 et n'affichaient pas cette spécialité à la devanture de leur boutique. Il se leva de sa chaise et fit quelques pas dans la chambre
en réfléchissant fortement. Voyons…Voyons… Les Chinois
ne mangeaient-ils pas des œufs pourris ? Ils mangeaient bien
des nids d'hirondelles ! Non pas de faux nids en vermicelles
710 blancs très fins, comme le croyait Chaboud, mais de vrais nids
en herbe, qu'ils partaient cueillir à la tombée du jour avec des
cannes de bambous, dans des grottes infestées de chauves-sou-

---

1. Fragile.
2. Décomposition, pourriture.

ris. Théophile avait vu un reportage là-dessus à la télévision. Un truc incroyable ! Il y avait une boutique de produits chinois impasse de Grenette, il suffirait d'y faire un saut demain vers midi, en sortant du collège, et le tour serait joué.

En cinquième position sur la liste, venait le dé à coudre de sang de poule noire. Alors ça, ça promettait d'être duraille[1] ! Il y avait bien des poules noires dans les basses-cours des campagnes environnantes, mais jamais il n'aurait le cœur d'en sacrifier une, fut-ce pour devenir invisible. Restait la solution de la prise de sang. Une prise de sang, ce n'est pas douloureux, et on s'en remet très bien. On mange un sandwich au jambon en sortant du laboratoire, et on part pour le collège d'un pas tranquille, avec au pli du bras un petit morceau d'adhésif retenant un coton tâché d'une goutte rouge. Oui, mais pour les poules ? Comment trouver la veine ? Et puis il fallait une seringue ! Jamais il n'oserait aller en acheter une à la pharmacie. Non, il devait trouver autre chose. Il résolut de demander conseil le lendemain matin au traiteur de la rue Berthelot, qui rôtissait dix poules par jour sur le trottoir de sa boutique, et donnait faim à tout le monde.

Sixième ingrédient de la recette, le soufre. Là, il s'était renseigné en puisant dans plusieurs ouvrages de la bibliothèque. Le soufre en poudre, qu'on appelait également fleur de soufre, était utilisé pour traiter les vignes. L'opération s'appelait tout bêtement le soufrage, et voilà pourquoi sa mère insistait pour qu'il

---

1. Très dur (mot familier).

lavât sa grappe de muscat dans un verre d'eau, à table, avant de la manger. Bonaventure et lui trouveraient sûrement du soufre à la coopérative agricole de Montespan, le petit village d'à-côté. Bon.

Septième élément, le salpêtre. Ça, il connaissait. Son père lui en avait montré sur le mur humide d'une bergerie à l'abandon, un jour qu'ils étaient en promenade tous les trois avec Marie. Ça ressemblait à une écume blanche très légère qui poussait comme une barbe à la surface des vieilles pierres, et ça servait paraît-il à fabriquer la poudre à canon. Bonav' et lui iraient se promener à vélo dimanche matin dans la campagne. Ils trouveraient certainement une ruine aux murs blanchis de salpêtre ; et il n'y aurait qu'à faire la cueillette.

Et ils profiteraient de leur promenade pour cueillir le huitième ingrédient : une trompette-des-morts. Ce champignon au nom funeste était pourtant parfaitement comestible, et s'appelait « craterelle » à la page cent quatre-vingt-douze du petit Larousse. Il ressemblait à une fleur d'iris moisie trempée dans de la bouse de vache. Théophile en avait vu parfois dans la campagne au mois d'octobre, mais il n'y avait jamais touché. Il se défiait instinctivement des champignons, ces végétaux terreux et rabougris[1] qui empestaient la vieille chaussette et poussaient clandestinement dans la putréfaction des souches. Certains étaient de redoutables tueurs. On les effleurait par mégarde en ramassant une châtaigne, puis on n'y pensait plus. Et une heure

---

1. Déformés, complètement ratatinés.

plus tard, on tombait raide mort en portant ses doigts à sa bouche pour croquer un carré de chocolat ou une barre de céréales, sans avoir eu le temps de faire le rapprochement. Il fallait toujours se laver les mains après avoir touché, ou même simplement regardé d'un peu trop près un champignon vénéneux. Le plus terrible de tous était l'amanite tue-mouches, la rigolote au chapeau rouge parsemé de points blancs, dont les Schtroumpfs, ces inconscients, faisaient leur maison dans les albums de bandes dessinées. Celle-là, mieux valait ne pas même prononcer son nom.

Le neuvième ingrédient était le mercure liquide. Le plus difficile à obtenir de toute la liste ! Selon le petit Larousse, le mercure ne se trouvait dans la nature qu'à l'état de sulfure rouge vermillon appelé cinabre, que l'on traitait par le grillage. Le dictionnaire omettait de préciser qu'on trouvait également du mercure dans le poisson surgelé et dans les crevettes, et qu'en buvant une tasse d'eau de mer à Palavas-les-Flots on en absorbait plusieurs milligrammes. De toute façon, il n'était pas question de distiller de l'eau de mer pour en extraire le précieux métal, ce serait trop long. Et puis de l'eau de mer, Théophile n'en avait pas ! Ça réglait le problème ! Mais peut-être qu'en distillant[1] des crevettes et du poisson surgelé ? Non ! Ce n'était pas raisonnable… Il alla s'allonger sur son lit, et croisa ses mains sous sa nuque en regardant le plafond. Où trouver du mercure liquide ? Voyons… Procédons avec méthode… Dans

---

1. Séparant un liquide mêlé à un corps.

la nature ? Non. Dans un magasin ? Pas davantage. En brisant une trentaine de thermomètres ? Ça, c'était une idée ! Mais ça
790 reviendrait cher, et il y aurait de minuscules bouts de verre partout. En éventrant des petites piles de montre avec une pince coupante ? Non, ça risquait d'être encore plus onéreux… Il se frappa tout à coup le front du plat de la main en s'écriant : « Mais oui ! Évidemment ! En salle de chimie, à l'école ! Il y a
795 une pleine cornue[1] de mercure liquide dans le placard du petit laboratoire au fond de la cour, à côté du jardin ! » Il s'y introduirait discrètement pendant la récréation, et il en subtiliserait quatre gouttes qu'il verserait dans une petite fiole. Personne ne remarquerait l'absence de quatre gouttes dans une bouteille
800 pleine ! Il se frotta les mains en riant de plaisir.

Plus aucun ingrédient ne manquait ! Il allait pouvoir la réaliser, sa recette ! Il se leva d'un bond, fit quelques pas dans la chambre et perdit brusquement toute sa superbe en repensant à la bague. C'était le gros morceau, cette bague au chaton nu !
805 Et il fallait absolument une bague en or blanc, en plus ! Il n'avait décidément pas le cœur d'emprunter celle de tante Véronique. Si la recette tournait mal, la bague serait perdue, et Marie aurait du chagrin. Il décida de soumettre ce problème de bague à Bonaventure dès le lendemain matin. Peut-être que lui
810 aurait une bague, ou une idée. Théophile n'avait ni l'une ni l'autre, et il était fatigué. Il se déshabilla en éparpillant ses vête-

---

1. Récipient qui sert à distiller.

ments aux quatre coins de la chambre, enfila son pyjama rouge et se glissa entre les draps tout en éteignant la lampe. L'instant d'après, il dormait profondément.

3

Quatre gouttes de mercure liquide

Le lendemain matin, Bonaventure eut la désagréable surprise
d'être envoyé au tableau pendant le cours de français. Il recopia
en grandes lettres les phrases que Théophile lui avait dictées par
téléphone la veille au soir, et madame Perdoncin, dont la naï-
5 veté faisait le charme, commença par le féliciter de ses progrès.
Mais par une de ces fantaisies dont elle était coutumière[1], elle
lui demanda tout à coup d'approfondir l'exercice devant le reste
de la classe, afin que chacun comprenne bien les mécanismes de
l'accord des participes passés!... S'ensuivit un pénible quart
10 d'heure, où Bonaventure s'emberlificota[2] dans les auxiliaires et
les compléments d'objet directs, au désespoir de Théophile qui
articulait des réponses depuis le premier rang. Finalement,
Bonaventure expliqua qu'il avait très bien su faire l'exercice, et
que les réponses lui étaient venues naturellement, mais qu'il ne
15 se trouvait pas en mesure de les commenter devant ses camarades, à cause du trac qui brouille les idées et fait qu'on ne comprend plus rien aux choses les plus simples. Il accordait les participes comme une poule pond des œufs, d'instinct et sans rien
y comprendre, voilà tout! Madame Perdoncin trouva char-
20 mante cette image, et en profita pour expliquer à la classe la
différence entre une métaphore et une comparaison. Puis elle

---

1. Qui a l'habitude de faire quelque chose ou de réagir d'une certaine façon.
2. Se mélangea, s'embrouilla.

renvoya Bonaventure à sa place et demanda qu'une bonne âme veuille bien reprendre la démonstration là où elle s'était arrêtée, c'est-à-dire au début. Théophile se porta aussitôt volontaire, ce qui soulagea tout le monde.

À l'intercours, il alla trouver Bonaventure à son pupitre près de la fenêtre, et il s'installa à côté de lui en disant :

— Je vais avoir besoin de toi, Bonav'… Je m'apprête à tenter un truc risqué…

— Quel genre de truc ?

— Il faut que j'aille faire un tour en salle de chimie, à la récré de dix heures. J'ai besoin de quatre gouttes de mercure liquide…

— Tu comptes les voler ?

— Pas les voler, les emprunter, nuance…

— Oui, mais tu ne les rendras pas…

— Si la recette réussit, une grande flamme verte dissoudra tous les ingrédients, et je ne pourrai pas les rendre, en effet. Mais si ça rate, je les récupérerai dans un filtre à café, et j'irai les remettre à leur place dans la bouteille du labo. Juré-craché…

— Et tu as besoin de moi pour quoi ?

— Pour faire le guet, le temps que je me faufile dans le labo.

Bonaventure secoua ses tresses et répliqua posément :

— Je ne marche pas. Vois ça avec Chaboud.

— Mais que veux-tu que je fasse avec Chaboud ? Il a des nerfs de fille ! Il me claquera dans les pattes…

— J'ai la poisse[1], Théo ! Perdoncin m'est tombée dessus de

---

1. Guigne, malchance ; quelqu'un qui porte la poisse porte malheur.

grand matin. C'est signe que la journée sera mauvaise! Si je bouge une oreille, je n'arriverai pas indemne[1] à la sortie de midi.

– Tous les risques seront pour moi. Tu resteras dehors, à manger ton pain au chocolat. Si Van Effenterre rapplique, tu siffles! Deux coups brefs… Je m'échapperai par la porte qui donne sur le couloir, et je monterai directement dans les classes…

– Et si Van Effenterre me demande pourquoi je siffle?

– Tu lui diras que tu as aperçu un merle dans le buis, ou que tu répètes un air que tu dois jouer ce soir au Conservatoire. Enfin, tu trouveras quelque chose. Pour le baratin[2], je te fais confiance. Je t'ai vu à l'œuvre au tableau. Le coup de la poule, il fallait oser…

Bonaventure baissa la tête et laissa tomber ses tresses sur son visage. Un instant plus tard, il les en écarta d'un revers de main en disant:

– Bon, d'accord, je marche! Mais à une condition…

– Laquelle?

– Cet après-midi, on patine! On saute le banc, vieilles dames ou pas! Et on sème la terreur chez les pigeons! Tu es partant?

– Oui, répondit Théophile en pensant aux cinquante fientes fraîches dont il avait besoin pour la recette. J'allais même te le proposer.

Il leur fallut endurer une heure de mathématiques avant que

---

1. Entier, sans aucun dommage.
2. Long discours qui cherche à tromper quelqu'un.

la récréation ne sonne. Ces soixante minutes mirent Théophile au supplice. Il ne comprenait rien aux fractions, et les identités remarquables lui donnaient la migraine. Comment pouvait-on perdre son temps à ces choses, et s'y intéresser pour de bon,
75 lorsque tant de bons livres restaient à découvrir sur les rayonnages des bibliothèques ? Il crayonna des perruches et des lapins dans la marge de son cahier de brouillon, tandis que Bonaventure, matheux de naissance, se distinguait en faisant d'excellentes réponses. Dès le premier tintement de sonnette
80 Théophile se leva, prit ses affaires et courut vers la porte. Monsieur Griénez, qui achevait de copier au tableau l'énoncé de l'exercice à faire à la maison, se retourna aussitôt vers lui pour le foudroyer du regard. La nature l'avait doté d'une paire d'yeux minces d'un bleu très pâle, qui ne cillaient jamais, et
85 dont il se servait pour fasciner sa proie, comme le python Kaa dans *Le Livre de la Jungle.* Théophile, hypnotisé, revint s'asseoir à sa place et sortit son cahier de brouillon. Il recopia soigneusement l'énoncé de l'exercice, et attendit que tout le monde se soit levé pour sortir à son tour, en queue de cortège, au pas lent
90 des pénitents.

Dehors, il faisait beau. Le soleil éclairait avec beaucoup de grâce les feuilles vertes des marronniers et la houle[1] rouge des lierres festonnant[2] les arches du préau. Les deux amis allèrent s'asseoir sur un banc dans le jardinet attenant à la salle de chi-

---

1. Forme ondulée comme les vagues de la mer agitée.
2. Décorant, faisant une bordure en forme d'arcs.

95 mie. Les fenêtres du laboratoire donnaient sur des plates-bandes fleuries, et à leur gauche de lourdes grappes de lilas s'écroulaient en ensevelissant un muret de pierres sèches. Théophile jeta un regard par la fenêtre pour s'assurer que la voie était libre, puis il se leva en disant à Bonaventure :

100 — Poste-toi près de la porte et ouvre l'œil. Si Van Effenterre ou qui que ce soit se pointe, tu siffles ! Ok ?

— D'accord. Mais fais vite ! La récréation ne dure que dix minutes…

Théophile jeta un dernier regard en direction du préau, puis 105 il disparut dans le bâtiment. Il entra sans bruit dans la salle de classe, et la traversa à pas de loup en essayant de ne pas faire craquer les lames disjointes du vieux parquet. Jamais il n'avait vu de classe si calme. Les fenêtres sans rideaux laissaient entrer de grands pans de soleil, où brillaient des grains de poussière 110 dorée. L'air tiède sentait le vieux bois et la poudre de craie. Dans une grande armoire vitrée couvrant toute la longueur du mur au fond de la salle, on voyait des oiseaux empaillés, des fossiles et des ténias[1] dans des bocaux de formol[2]. Théophile entra dans le petit laboratoire attenant à la salle de classe, et ouvrit 115 une armoire métallique. Il empoigna à deux mains la lourde bouteille de mercure liquide, et la posa sur le plan de travail carrelé de blanc. Puis, avec un sang-froid de cambrioleur professionnel, il prit dans la poche de son sac à dos une petite fiole de

---

1. Vers intestinaux formés d'un grand nombre d'anneaux plats.
2. Solution chimique employée comme désinfectant ou comme conservateur.

verre blanc qui empestait l'eau de toilette au glaïeul. Il la
120 déboucha, et avec d'infinies précautions il y versa les quatre
gouttes de mercure liquide. Mais la bouteille était instable, à
cause du poids du mercure qui s'y déplaçait par à-coups. À
peine l'eut-il inclinée qu'un flot de métal liquide noya la petite
fiole de verre et coula sur ses mains. Un soleil d'acier liquide
125 explosa par terre, et mille petites billes tremblantes roulèrent
sous les meubles.

– Merde, chuchota Théophile. C'est bien ma veine…

Il essaya de rassembler les billes éparpillées sur le plancher,
mais elles lui filaient entre les doigts comme des gouttes d'eau.
130 Pris de panique, il reboucha la bouteille et la reposa à sa place
dans l'armoire métallique. Le niveau avait baissé de moitié !
Une vraie catastrophe ! Il mit la fiole de verre dans sa poche et
sortit de la classe sans demander son reste.

Bonaventure fut soulagé de le voir reparaître sur le seuil.

135 – Alors ? interrogea-t-il. Tu l'as ?

– Je l'ai. Mais je m'y suis pris comme un manche ! J'ai mis
du mercure liquide partout !

Bonaventure siffla entre ses dents et demanda :

– Où ça, partout ? Sur les instruments de mesure ?

140 – Non, par terre. J'ai essayé de le ramasser, mais pas moyen.
C'est traître, ces petites billes. Ça se faufile dans les interstices[1]
du parquet…

– Quand Van Effenterre trouvera son mercure par terre, ça

---

1. Espaces vides, fentes, laissés entre deux objets, ici entre les lames du parquet.

risque d'aller très mal. Ce n'est pas un rigolo, Van Effenterre.
145 Viens, ne restons pas là.

Ils battirent prudemment en retraite vers le préau.

À la sortie de midi, Théophile prit Bonaventure à part et lui
montra la petite fiole de verre blanc pleine de mercure.
Bonaventure l'examina avec attention, puis la rendit à
150 Théophile en disant :

— C'est marrant, ce truc. Enfermé comme ça dans une petite
bouteille ronde, ça ressemble à une tige de métal. On croirait
que tu as mis sous verre un beau clou tout neuf.

— J'aurais préféré avoir à mettre un clou en bouteille,
155 crois-moi. Le mercure, ce n'est pas facile à transvaser. Ça reste
collé au fond de la bouteille, tu l'inclines, tu l'inclines, et plaf !
tout vient d'un coup !

— Et tu te retrouves avec du mercure plein les chaussettes !

— Oui. Et plein le plancher, surtout. Enfin, je l'ai repoussé
160 sous l'armoire du mieux que j'ai pu, avec mon pied.

— Pense à te laver les mains avant de te mettre à table, ce
midi. J'ai lu quelque part que c'était un métal très toxique, qui
provoque une maladie appelée hydrargyrisme.

— Je sais ! répliqua Théophile en frottant ses mains sur son
165 pantalon. Tu deviens vert comme un lézard et tu perds toutes
tes dents !… Mais ne t'inquiète pas, je me savonnerai les mains
deux fois plutôt qu'une. Bon, il faut que j'y aille, Bonav'. J'ai
une course à faire.

– Où ça ?

170   – Chez le Chinois de l'impasse de Grenette. Je dois acheter un œuf punais.

– Un œuf comment ?

– Un œuf punais. Pourri, quoi ! C'est pour la recette…

– Des œufs pourris, tu n'en trouveras pas chez monsieur

175 Wou Han. C'est un commerçant honnête, il ne vend pas de mets avariés. Ma mère lui achète parfois des nems, ou des rouleaux de printemps. Ils sont toujours de première fraîcheur…

Théophile haussa les épaules.

– L'œuf pourri est une spécialité des Chinois. Un truc qu'ils

180 mangent par gourmandise… Enfin quoi, tout le monde sait ça !

Bonaventure secoua ses tresses et répliqua simplement :

– Si c'est une spécialité, alors peut-être qu'il en vend. Mais je n'en ai jamais entendu parler.

Il rajusta son sac à dos de toile verte et rouge sur son dos,

185 puis ramena ses longues tresses derrière ses oreilles avant d'ajouter :

– Bon. Tu passes chez moi à quelle heure, pour le roller ?

– Vers quatorze heures, quatorze heures trente…

– Ça marche. À cet aprèm', Théo.

190 Les deux compères se claquèrent la paume, entrechoquèrent leur poing et se serrèrent la main, sous le regard attentif d'un monsieur qui se tenait de l'autre côté de la rue et les observait depuis un moment déjà par-dessus son journal. Ce monsieur bien habillé suivit des yeux Théophile qui s'éloignait vers la rue

195 du Chardonnet. Puis il replia soigneusement son journal, se gratta le menton du bout de ses longs ongles noirs, et se dirigea vers une grande voiture de maître garée au coin de la rue.

BIEN LIRE

CHAPITRE 3
- Pourquoi Théophile a-t-il besoin de Bonaventure ?
- L. 124 : Qu'est-ce que le « soleil d'acier » ?
- Pourquoi faut-il que Théophile se lave les mains avant de passer à table ?
- Qui est, d'après vous, l'homme qui observe les deux garçons ?

4
Un œuf punais

Théophile entra dans la boutique de monsieur Wou Han en franchissant un rideau de perles de bois. Une délicate odeur de riz parfumé lui charma aussitôt les narines, et il s'avança entre les rayonnages chargés de boîtes bigarrées[1], en examinant avec
5 curiosité les sachets de fines nouilles translucides[2] et les bocaux de nougats au gingembre[3]. Il trouva belles les laques rouges des étagères, sur lesquelles brillaient des empilements de poissons plats et secs, diamantés de cristaux de sel. Des guirlandes de petits champignons noirs pendaient du plafond, répandant au
10 moindre courant d'air une odeur tout à la fois entêtante et douceâtre. Théophile s'approcha du comptoir, et jeta un coup d'œil aux pâtisseries présentées dans des caisses plates tapissées de papier. Il y avait là des boules d'or à la frangipane, des beignets d'acacia parfumés au miel, et de bizarres petits cubes de pâte
15 verte et rose, coiffés chacun d'une amande effilée. Comme Théophile percevait l'écho assourdi d'une conversation dans l'arrière-boutique, il toussota. La conversation cessa aussitôt et monsieur Wou Han parut, élégant et bronzé, en chemisette blanche et pantalon de velours sombre.
20 — Bonjour, mon garçon, lança-t-il avec un aimable sourire. Que puis-je pour toi ?

---

1. De toutes les couleurs, bariolées.
2. Opaques, qui laissent passer la lumière sans être transparents.
3. Plante utilisée comme condiment, épice.

Théophile hésita. Il n'était plus très sûr d'avoir frappé à la bonne porte. Ce monsieur n'allait-il pas se vexer qu'on le prenne pour un marchand d'œufs pourris ? Son magasin sentait si bon…

— Hé bien voilà. Je… Je suis à la recherche d'un œuf…

— Je ne vends pas d'œuf, mon petit. Mais tu en trouveras à quatre pas d'ici, à la superette…

— C'est-à-dire que je recherche un œuf d'un genre bien spécial…

— Un œuf de quoi ? de canne ? de dinde ?

— Non, de poule. Mais je le voudrais un peu vieux, et même franchement pourri… En réalité, j'ai besoin d'un œuf punais !

Monsieur Wou Han eut un imperceptible froncement de sourcils.

— Qui t'a raconté que je vendais des œufs pourris ? Fou Tcheou, mon concurrent du boulevard Ledru-Rollin ?

— Pas du tout… Mais il me semblait avoir lu quelque part que les Chinois… Enfin, je pensais que…

— Que nous mangions des œufs pourris ? Tu pensais que les Chinois se régalent d'œufs punais, c'est bien ça ?

Il fit un pas vers Théophile, qui recula d'autant.

— Hé bien non, mon jeune ami ! Nous ne mangeons pas d'œufs pourris, ni de cervelle de singe, ni de crotte de chauve-souris ! Ce midi, je vais manger une salade de tomates et une escalope de veau avec de petites pommes de terre sautées ! Et au dessert, j'ouvrirai une boîte de litchis au sirop. Voilà ce que c'est, le menu d'un Chinois ! Tu vois qu'au fond, nous sommes des gens comme les autres…

50   – Je… Je n'en doutais pas… bredouilla Théophile, très ennuyé. Je pensais simplement que comme les traditions culinaires[1] varient d'un pays à l'autre, j'avais peut-être une chance de trouver chez vous mon œuf. N'en parlons plus…

– Parlons-en, au contraire. Pourquoi veux-tu donc acheter 55 un œuf avarié ?

– Pour faire une blague à un camarade, improvisa Théophile. Je briserai l'œuf sous son pupitre, et ça sentira très mauvais. Un peu comme une boule puante, mais en pire.

– Prends garde d'être toi aussi asphyxié par les vapeurs de cet 60 œuf que tu destines à ton ami, fit monsieur Wou Han énigmatique. Maintenant excuse-moi, j'ai du travail. Bonne journée, mon garçon.

Il le salua d'un bref hochement de tête et disparut dans l'arrière-boutique. Théophile haussa les épaules et s'éloigna vers le 65 rideau de perle, la tête basse et le cœur gros. Il n'avait pas son œuf punais ! Tout était perdu.

Il était si absorbé dans sa déception qu'il ne vit pas, sur le seuil de la boutique de monsieur Wou Han, un inconnu bien habillé qui le regardait s'éloigner en souriant. Ce monsieur, qui 70 avait les ongles fort longs et fort noirs, pénétra dans la boutique et sortit de sa poche quatre billets de cinq cents francs. Il les

---

1. Qui ont un rapport avec la cuisine, la gastronomie.

tendit à monsieur Wou Han en lui disant d'une voix étrange-
ment métallique :

– Je suis content de vous, monsieur Wou Han. Vous avez
joué votre petite comédie avec un parfait naturel…

– Je suis à vos ordres, monsieur Arkandias. Que dois-je faire
des œufs qui me restent ?

– Enveloppez-les, et faites-les déposer à l'adresse que vous
connaissez. Je ne puis pas m'attarder. Je dois suivre ce jeune
impertinent, et découvrir où il habite. À bientôt, cher ami. Je
ne vous serre pas la main, pour la raison que vous savez…

– Oui. À cause des ongles… Mes respects, monsieur
Arkandias. Au plaisir.

Le monsieur bien habillé s'éloigna sur le trottoir.

À midi, Théophile déjeuna avec Marie. Elle avait préparé
une entrée de radis artistement découpés et tortillés en fleurs,
des cardons[1] à la moëlle et des escalopes panées. Au dessert, elle
sortit du four une tarte aux myrtilles qui parfuma d'un seul
coup toute la cuisine. Théophile mit un point d'honneur à ne
pas penser à son œuf. Il ne voulait pas remuer ce souci devant
sa mère, à qui rien n'échappait. Il fit honneur à la tarte, puis
débarrassa la table. Marie se prépara une tasse de café et alluma
une cigarette en disant :

– C'est ma première de la journée. Je ne devrais pas la fumer
devant toi, ça risque de t'empoisonner. Si la fumée te dérange,

---

1. Plante potagère, entre la blette et l'artichaut.

ou si la gorge te pique, ou si tu as envie de tousser, dis-le moi. Je sortirai fumer dans le jardin.

Théophile rassura sa mère, mais elle alla tout de même ouvrir la fenêtre. Elle fuma sa cigarette debout contre l'évier, en
100 rejetant ses bouffées vers le jardin. Après avoir passé un rapide coup d'éponge sur la toile cirée, Théophile monta chercher ses patins dans sa chambre. Il accorda deux pincées de daphnies[1] à Pacôme, et le regarda tourner joyeusement dans son bocal. Pour lui être agréable, Pacôme nageait comme un dauphin. Il
105 progressait de côté en poussant l'eau avec sa nageoire pectorale[2], et se gargarisait[3] à petits bruits en faisant la planche à la surface de son bocal. Théophile le regarda s'ébattre un moment. Mais les pitreries du poisson rouge ne parvenaient pas à le faire sourire : il pensait à son œuf, cet œuf punais dont l'ab-
110 sence risquait de tout compromettre. Il laça ses rollers et descendit l'escalier avec précaution. Marie avait passé un tablier de jardinier mauve, et elle faisait la vaisselle en fredonnant une chanson. Théophile vint l'embrasser. Il n'eut pas à se hausser sur la pointe des pieds, car avec ses patins il était à la bonne
115 hauteur.

— Tu patines où, cet après-midi ? À Sainte-Clotilde ?

— Oui, m'man. Avec Bonav'. Je risque de ne pas rentrer tôt…

---

1. Puces d'eau qui servent de nourriture aux poissons rouges.
2. Se situant au niveau de la poitrine.
3. Se rinçait la gorge avec de l'eau.

– Essaye d'être là vers six heures. Je te rappelle que nous mangeons chez Catherine, ce soir.

– Oh non! Encore! On est toujours fourré là-bas!

– Nous n'avons pas vu les Montmayeul depuis deux mois. Si c'est ce que tu appelles être toujours fourré chez eux…

– C'est que le temps passe vite, quand je ne les vois pas.

– Heureusement que Catherine n'entend pas ça. Elle en aurait une syncope[1]. Quoi qu'il en soit, je me suis engagée auprès d'eux, et il n'est pas question que nous nous désistions. Sois là à six heures, Théophile. À tout à l'heure, mon cœur.

Théophile alla prendre son blouson au portemanteau, et il sortit en bougonnant.

Un moment plus tard, il entrait en trombe dans l'allée du jardin Sainte-Clotilde. Il obliqua vers la fontaine, décrivit une large courbe et vint freiner pile devant Bonaventure, qui l'attendait depuis dix minutes environ, en mâchant de la gomme assis dans l'herbe.

– Alors Théo? lança-t-il gaiement. Cet œuf pourri? Tu l'as?

Pour toute réponse, Théophile haussa les épaules. Il se laissa tomber dans l'herbe près de son ami, qui salua sa chute en soufflant un gros ballon rose.

– Tu veux un chouing, Théo?

– Oui, s'il te plaît. Ça me détendra.

– Tiens! Ce sont des *Monkey Stranglers,* goût dentifrice. Un truc extra qui vient d'Amérique. Tu m'en diras des nouvelles.

---

1. Malaise qui entraîne un évanouissement.

Théophile mâcha pensivement sa gomme, fit une grosse
145 bulle, la croqua et confia tristement :

— Le Chinois de l'impasse de Grenette ne vend pas d'œufs
punais. Tu avais raison. Nous sommes perdus…

— Mais non, voyons ! lança joyeusement Bonaventure. Rien
n'est jamais désespéré… Pour ce qui est de ton œuf, j'ai une
150 idée.

— Vraiment ? !

— Oui. Je vais te raconter une anecdote que je n'ai jamais
dite à personne. Un jour que nous avions de la famille à la maison, ma mère décide de faire une omelette pour le repas de
155 midi. Elle ouvre son frigo : plus d'œufs ! Elle me dit : « Boubou,
descend à l'épicerie me chercher une douzaine d'œufs… » Et
elle me donne le porte-monnaie. Je descends, et je trouve l'épicerie fermée. Alors je vais un peu plus loin, chez Lavigne, où on
ne va jamais d'habitude, parce qu'il n'aime pas les noirs. Bon.
160 J'entre, je dis bonjour, il ne me répond pas. Je demande une
douzaine d'œufs, il sourit, et il disparaît dans son arrière-boutique. Il revient un moment plus tard, avec à la main une boîte
poussiéreuse. Je paie, je rentre chez moi et ma mère ouvre la
boîte. Elle met à fondre un morceau de beurre dans la poêle,
165 elle prend le premier œuf, elle se retourne vers nous et elle nous
dit : « Il est bizarre, cet œuf. Il est léger… » Elle le casse sur le
bord de la poêle, et alors là…

— Alors là quoi ?

— Une odeur, mon vieux ! Horrible ! Atroce ! Infecte ! On

170 est tous sorti de la cuisine en courant, comme la fois où Sébastien Paturel avait lancé un jet de bombe lacrymogène en classe de dessin. Mais l'odeur nous a suivis dans le couloir et on a dû évacuer l'appartement. Pour finir, mon père s'est mis un torchon sur le nez et il a rampé jusqu'à la fenêtre pour l'ouvrir 175 et faire un courant d'air. Ce salopard de Lavigne nous avait vendu des œufs punais !...

— Vous êtes retournés le voir, histoire de vous expliquer avec lui ?

— À quoi bon faire des histoires ? On a jeté les œufs et on a 180 mangé des pâtes.

— Vous êtes trop gentils. Avec ce genre de types, il ne faut pas se laisser faire… Moi, je lui aurais foutu un pavé dans sa vitrine !

Il se dressa tout à coup, au comble de l'indignation et s'écria :

— Et si on y allait ? Il n'est jamais trop tard pour bien faire… 185 On passe à fond de train en rollers, et on lui jette un gros caillou dans sa devanture. Ça lui fera les pieds, non ?

— Le coup du pavé, j'y ai pensé avant toi. Mais je suis connu dans le quartier. Ma mère risquerait d'avoir des ennuis…

— Si tu veux, je le fais tout seul ! Ou alors on se camoufle 190 comme les commandos, avec des cagoules et des lunettes de soleil…

— Non, laisse tomber. Les morceaux de verre pourraient blesser des passants, ou des clients de la boutique. J'ai une autre idée…

195   — Dis toujours !

— Il te faut un œuf pourri, pas vrai ? Alors voilà ce qu'on peut faire. On entre dans l'épicerie, je demande une douzaine d'œufs, j'en sors un de la boîte et je te le donne. Puis je casse les onze autres sur la caisse enregistreuse, et on se taille en fermant

200   la porte. Avec un peu de chance, Lavigne meurt asphyxié !

— Génial ! On y va tout de suite. C'est loin d'ici ?

— À cinq minutes à peine, en patins.

Ils firent halte à l'angle de la rue Fontaine-Saint-Martin pour mettre au point leur plan.

205   — Je pense tout à coup à un truc, chuchota Théophile. Et si il te vendait des œufs frais, ce coup-ci ! On aurait l'air bête. Ça foutrait tout par terre…

— Quand je sortirai le premier œuf de sa boîte, je verrai bien s'il est léger ou non. Si je te fais un clin d'œil, c'est qu'il est

210   léger, donc punais.

— À ce moment-là moi je me recule, et mine de rien, j'entrouvre la porte, histoire de faciliter notre sortie…

— Avant de reculer vers la porte, attends que je t'ai passé l'œuf. Puis tiens la porte grande ouverte, c'est préférable. On

215   aura un sacré sprint à piquer, tu sais. Tu te sens prêt ?

— Fin prêt, fit Théophile en se massant les cuisses. Je partirai comme une balle.

Ils poussèrent la porte de la boutique et s'avancèrent vers le comptoir, où trônait une caisse enregistreuse à affichage digital

220   bleuté. Monsieur Lavigne était au téléphone. Il ne répondit pas

au bonjour poli que les deux jeunes gens lui adressèrent, mais en voyant leurs pieds chaussés de patins il aboya :

– Pas de patins dans ma boutique, les mômes ! Vous allez me rayer les carreaux !

225 – C'est des roues en caoutchouc, m'sieur, répliqua Bonaventure en souriant aimablement. Ça ne risque rien. Et puis on en a pour une minute, je n'ai besoin que d'une douzaine d'œufs…

Monsieur Lavigne raccrocha son combiné.

230 – Une douzaine d'œufs ? Tiens, tiens… Ne bouge pas, j'ai ce qu'il te faut.

Il disparut dans son arrière-boutique, et Bonaventure se tourna vers Théophile pour murmurer :

– Ça marche ! Il mord à l'hameçon…

235 Monsieur Lavigne reparut, l'air content de lui, une boîte alvéolée[1] à la main.

– Tiens ! fit-il en tendant la boîte à Bonaventure. C'est de l'extra-frais ! Tu m'en diras des nouvelles…

Bonaventure sortit un œuf de la boîte alvéolée bleue, et il le 240 soupesa discrètement. Puis il se tourna de nouveau vers Théophile et il lui cligna de l'œil. Théophile roula jusqu'à son camarade et prit l'œuf avec précaution. Il revint ensuite vers la porte et l'ouvrit toute grande. Enfin, il se positionna de trois quarts et orienta ses patins vers le trottoir. Il était prêt.

---

1. Faite de creux réguliers dans lesquels on met les œufs.

245 — Eh, toi! le petit blond! s'écria monsieur Lavigne. Tu rentres ou tu sors?

— Ni l'un ni l'autre, m'sieur. J'hésite…

— Tu vas me faire le plaisir de rendre cet œuf que tu caches dans ta main, et de déguerpir d'ici tout de suite! J'ai repéré ton 250 petit manège, tu sais…

— Je ne peux pas vous rendre cet œuf, m'sieur. Mon ami m'en a fait cadeau…

— Mais tu te fiches de moi, ma parole! Apporte cet œuf immédiatement, ou je vais le chercher.

255 — Tenez, m'sieur! fit Bonaventure qui jugeait le moment venu de passer à l'action. Ne vous donnez pas la peine d'aller le chercher. Je vous offre les onze qui restent…

Et d'un vif mouvement de poignet, il fit jaillir les onze œufs de leurs alvéoles. Les frêles coquilles se brisèrent sur le comptoir, et 260 aussitôt une odeur abominable infecta les narines de Théophile. Lavigne enjamba son comptoir avec une agilité surprenante et tenta de saisir Bonaventure au collet. Ce dernier se dégagea d'un coup d'épaule et traversa le magasin à toute allure en hurlant:

— Fonce, Théo! Fonce! On a le gros père au train!

265 Les deux garçons prirent leur appel et sautèrent par-dessus les cageots d'oranges. Lavigne tenta de se lancer à leur poursuite, mais quand il atteignit le trottoir il n'eut que le temps de les voir disparaître au coin de la rue, trente mètres plus loin.

Les deux fuyards achevèrent leur course folle au portillon du 270 jardin Sainte-Clotilde. Ils roulèrent à vitesse réduite jusqu'à la fontaine et tombèrent assis sur un banc. Bonaventure était hors d'haleine, et Théophile avait les joues rouges. Ils se turent pendant une longue minute afin de reprendre leur souffle, puis ils se regardèrent et éclatèrent de rire.

275 — Eh toi! le petit blond! s'écria Bonaventure en contrefaisant la voix rogue[1] de monsieur Lavigne. Tu rentres ou tu sors?

— J'hésite, m'sieur! répliqua Théophile d'une voix aiguë. J'attends que ça sente l'œuf pourri!

Et ils se remirent à rire en se tenant les côtes et en secouant 280 les épaules. Ils ne tardèrent pas à avoir mal au ventre, et entre deux hoquets, Bonaventure, le visage congestionné, souffla:

— Pouce… Je n'en peux plus…

Théophile ouvrit la bouche pour essayer d'articuler quelque chose, mais il repensa à la phrase de son ami: « Fonce, Théo! 285 On a le gros père au train! » et il repartit de plus belle, les deux mains posées sur son épigastre douloureux.

Enfin leur crise de fou rire se calma. Bonaventure s'essuya les yeux avec un mouchoir, et Théophile regarda son œuf d'un air satisfait en disant:

290 — Je l'ai! Je n'arrive pas à y croire… Quel bonheur!

— Tant mieux si tu es content. Moi, je me sens plus léger maintenant que j'ai pris ma revanche sur ce sale type! Mais n'en parle à personne, Théo. Pas même à ma mère. Elle n'apprécierait pas du tout…

---

1. **Sévère et méprisante.**

295   – T'inquiète. Je suis un tombeau. Bon, c'est pas tout ça, mais il faut qu'on s'occupe des fientes de pigeons ramiers.

Il emballa soigneusement son œuf dans du papier essuie-tout, et il le mit dans une boîte qu'il déposa au fond de son sac à dos.

300   Les deux jeunes gens passèrent une heure à sauter par dessus le banc et à retomber au milieu des pigeons, dont les envols claquaient comme des coups de tonnerre. Bonaventure en profita pour perfectionner son grand écart, et Théophile sa vrille. Quant au saut périlleux, les deux garçons en parlaient beau-

305 coup mais n'osaient pas le tenter.

Un cercle d'admirateurs ne tarda pas à se former autour des deux jeunes virtuoses. Bonaventure avait noué ses tresses sur sa nuque avec un foulard, et il pirouettait avec beaucoup de sérieux sans jamais sourire, car le patin était pour lui une chose

310 sérieuse. Théophile, plus détendu, faisait des grimaces et s'amu-sait à retomber très près des spectateurs du premier rang. Il finit même par tomber parmi eux, après une prise d'appel manquée, et il culbuta un gros monsieur qui se trouvait là et n'avait rien vu venir. Le gros monsieur roula dans l'herbe cul par-dessus

315 tête, et resta un moment allongé dans les jacinthes[1]. Théophile crut qu'il l'avait tué. Il s'avança pour lui tâter le pouls et lui desserrer la cravate, comme le conseillent les manuels de secou-risme, mais le monsieur étonna tout le monde en se redressant d'un bond et en s'écriant, guilleret :

---

1. Plantes bulbeuses portant une grappe de fleurs colorées (mauve, rose...) et parfumées.

320 — Je n'ai rien ! Je faisais Zazen[1] dans les fleurs…

Bonaventure pensa aussitôt que ce malheureux avait perdu la raison en heurtant le sol avec sa tête. Mais le monsieur ajouta :

— Je suis professeur de judo, et je tombe environ deux cents 325 fois par jour. Reprenez le spectacle, jeunes gens ! Ne vous faites pas de souci pour moi.

Ils reprirent donc leur démonstration, au milieu d'un cercle spontanément élargi, et ce n'est que vers trois heures et demie qu'ils prirent congé de la foule et du sympathique judoka. La 330 baraque à frites n'allait plus tarder à ouvrir. Il était temps de récolter les fientes. Théophile grimpa sur le toit du petit édicule[2] avec une boîte en plastique et une spatule en bois qu'il avait pris soin d'apporter dans son sac, cependant que Bonaventure se postait près de la fontaine pour faire le guet et prévenir toute incursion[3] 335 surprise du garde borgne. À genoux sur les rondins de bois, il cueillit les fientes fraîches en les comptant à haute voix. Sa récolte faite, il redescendit dans l'herbe et mit sa boîte hermétiquement bouchée dans son sac à dos de cuir noir.

— Viens, Bonav' ! lança-t-il en ajustant les bretelles du sac 340 sur ses épaules, ne perdons pas de temps. On a encore beaucoup à faire…

— Comment ça ? Tu as ton œuf ? Tu as tes fientes ? Que te faut-il de plus ?

---

1. Sorte de méditation.
2. Petite maison construite dans un lieu public.
3. Arrivée inattendue, invasion.

— Un dé à coudre de sang de poule noire !

345 — Mais c'est dégoûtant ! Où comptes-tu trouver ça ?

— Le dé à coudre, je l'ai dans ma poche. Et pour le sang, j'ai mon idée…

— En tout cas, ne compte pas sur moi pour maltraiter un animal ! Les poules, moi, je les aime.

350 — Moi aussi, je les aime. Surtout cuites à point. C'est pourquoi on va aller faire un tour à la rôtisserie de la rue Berthelot…

— Je n'aime pas quand tu plaisantes comme ça, Théo ! Ça t'amuse, qu'on rôtisse les poules ?

— Pas spécialement. Mais j'aime manger le poulet, avec des 355 frites et beaucoup de moutarde. Et toi-même, quand on va au Mac Do, tu prends souvent des beignets au poulet… Alors ?

Bonaventure haussa les épaules et bougonna[1] simplement :

— Alors rien ! Le monde est mal fichu, c'est tout.

_____

1. Dit en râlant.

BIEN LIRE

CHAPITRE 4
• **Comment réagit M. Wou Han à la demande de Théophile ?**
• **L. 140 : Qu'est-ce qu'un « chouing » ? Orthographiez correctement le mot.**
• **Pourquoi Lavigne a-t-il vendu des œufs punais à Bonaventure ?**
• **Pourquoi les deux patineurs sont-ils appelés des virtuoses (l. 307) ?**

5
Un dé à coudre de sang de poule noire

La rôtisserie du Chapon Blanc faisait l'angle de la rue Berthelot et du boulevard Paul-Cézanne. Ses hautes vitrines enluminées de dorures laissaient entrevoir de grandes corbeilles en osier pleines de produits de luxe : boîtes de foie gras, conserves artisanales de cassoulet à la graisse d'oie, petits pots de caviar, vins fins. À toute heure de la journée, d'infortunées volailles tournaient sur des broches dans un genre de gril électrique vitré qui occupait toute la largeur du trottoir. À lui seul, ce gril assurait la publicité de la boutique. Les tendres volailles fondant en délice devant les résistances électriques exhalaient[1] en effet un fumet[2] divin qui profitait du moindre courant d'air pour remonter le boulevard et affamer les riverains et les passants. Le boulanger cessait tout à coup de pétrir et se léchait les moustaches en pensant au repas de midi. Puis, un peu plus loin, la fleuriste portait sa main à son ventre en faisant une petite grimace, et à l'angle du cours Gambetta le cordonnier crachait dans une bottine de cuir son mégot brusquement insalivé[3].

Théophile et Bonaventure hésitèrent un moment devant ce magasin qui leur faisait forte impression. N'allait-on pas les éconduire[4] comme des malpropres ? La vitrine portait en

1. Laissaient se répandre une odeur (agréable).
2. Odeur agréable des viandes pendant leur cuisson.
3. Plein de salive.
4. Renvoyer, mettre à la porte.

grandes lettres blanches la mention : *Volailles fermières élevées au grain.*

— Tu vois, fit observer Théophile. Ça, c'est bon pour nous… Ça veut dire que le traiteur va chercher ses volailles directement
25 dans les fermes avoisinantes, et qu'il les plume dans son arrière-boutique…

— Quelle importance, qu'il les plume ici plutôt qu'ailleurs ? Ce n'est pas de plumes que tu as besoin, mais de sang…

— Ballot ! Comment reconnaîtrai-je une poule noire, si elle
30 est plumée ? J'ai besoin qu'elle ne le soit pas, tu comprends ?

— C'est juste. Je n'avais pas pensé à ça…

Théophile donna un léger coup de coude à Bonaventure en lui disant :

— On y va ?

35 — Vas-y tout seul. Je t'attends dehors. Je ne tiens pas à te voir saigner une poule, même morte.

— Comme tu voudras.

Théophile entra dans la boutique et s'avança timidement vers un monsieur en blouse blanche, qui était occupé à coller
40 des étiquettes sur des boîtes de pâté de grive. Il travaillait avec application, en tirant un bout de langue pour s'aider à coller droit. Théophile s'approcha de lui et toussota afin de signaler sa présence. Le monsieur tourna la tête et demanda :

— Que veux-tu, mon garçon ?

45 — Eh bien voilà… bredouilla Théophile. Je sais bien que ça va vous paraître bizarre, mais j'aurais besoin d'un peu de sang de poule noire…

Le monsieur fronça les sourcils et se pencha vers le jeune garçon en tendant l'oreille et en demandant :

50   – Comment ? Je n'ai pas bien compris… Que veux-tu ?

– Du sang de poule noire. Je vous le paierai, naturellement…

– Du sang de poule noire ? ! Mais que vas-tu en faire ? Du boudin ?

55   Théophile eut un sourire.

– C'est pour l'école. On va l'étudier au microscope, et le comparer à du sang de poule blanche… Compter les globules, chercher les maladies… Comme à la clinique, en somme.

– Alors ça, ce n'est pas banal ! Et il t'en faut beaucoup ?

60   – Quelques gouttes. La valeur d'un dé à coudre, environ…

– Suis-moi dans l'arrière-boutique. On va voir ce qu'on peut faire…

Le traiteur précéda Théophile dans le petit entrepôt climatisé attenant à sa boutique. Il alla ouvrir la porte de la chambre

65 froide et pénétra dans ce grand réfrigérateur sombre. Théophile repensa à ce que sa mère lui avait dit autrefois, à propos des frigos. Il ne fallait jamais s'y enfermer, même pour jouer à cache-cache. Mais le monsieur était avec lui, et de plus il y avait une poignée à l'intérieur de la porte. Il s'engagea donc

70 dans la chambre d'un pas résolu. Le traiteur tâtonna pour trouver l'interrupteur, et on entendit le clic des néons. Une faible lueur tomba du plafonnier, et Théophile recula d'un pas, frappé d'horreur : dans de grandes cuves de plastique gris s'amoncelaient des cadavres de poules fraîchement égorgées. Il

75 y en avait de toutes les couleurs ; des rousses, des blanches, des noires… Des bicolores, même. Le monsieur attrapa une petite poule noire par les pattes et la tendit à Théophile en disant :

– Voilà ce qu'il te faut, petit. Celle-ci est encore tiède. On devrait pouvoir lui tirer un demi-verre de sang bien rouge.

80 Théophile devint tout pâle et recula en grimaçant de dégoût.

– Eh bien ! Qu'y a-t-il, mon garçon ? Tu m'as bien demandé du sang de poule noire ?

– Oui… Mais je ne me sens pas très bien dans ce frigo… Je 85 vais sortir, si vous permettez. Je vous attendrai dehors.

– Comme tu voudras. Je te le mets dans quoi, ton sang ? dans une boîte en plastique ?

– Si ce n'est pas trop vous demander, oui. Je veux bien.

Théophile alla se poster à l'entrée de la chambre froide, et 90 pendant tout le temps que dura la dégoûtante opération, il regarda ailleurs en essayant de penser à des choses joyeuses. Il s'était beaucoup amusé, aux dernières vacances de neige, avec Romain et Noémie. Dévaler tout schuss les pistes rouges, ça c'était agréable. Et manger de la raclette également, surtout 95 lorsque l'on a bien faim après une journée de grand air, que les pommes de terre ne sont pas farineuses, et que le fromage fondu les imprègne bien. Ça valait le poulet-frites, au fond, une bonne raclette. Largement, même. Et le meurtre d'une pomme de terre était tout de même moins pathétique que celui d'une caquetante[1] petite poule noire. Oui, mais il y avait le jambon. Et le jambon, c'était un espiègle[2] petit cochon rose au groin humide. Un bébé cochon affolé tétant sa goutte. Décidément, on n'en sortait pas! Au bout d'une longue minute, le traiteur éteignit enfin la lumière et sortit de la chambre froide. Il tendit à Théophile une boîte sanglante, et le raccompagna vers la lumière du magasin.

– Je vous dois combien, m'sieur? demanda Théophile en portant sa main à sa poche.

– Rien, mon garçon, puisque c'est pour l'école… Tu as déjà bien du mérite de prendre sur ton samedi pour préparer tes leçons. Il ne manquerait plus que ça te coûte quelque chose.

Il était gentil, ce monsieur, et pourtant peu sensible au sort des poules. Cela donnait à penser. Théophile ne s'attarda cependant pas à creuser ce paradoxe[3]. Il remercia le traiteur, mit la boîte dans son sac à dos et sortit du magasin. Il alla rejoindre Bonaventure, qui l'attendait assis sur une borne d'incendie quelques mètres plus loin.

– Alors? Tu l'as?

– Je l'ai, triompha Théophile en brandissant son sac.

Et il ajouta finement, montrant ses patins:

– Ça marche comme sur des roulettes…

– Ouarff! pouffa Bonaventure. On ne me l'avait jamais faite, celle-là…

---

1. Qui glousse (bruit que font les poules, notamment au moment de la ponte).
2. Coquin, malin mais sans aucune méchanceté.
3. Contradiction, idée contraire à ce qu'on aurait tendance à penser.

Un peu plus tard, les deux amis se séparèrent devant le portillon du jardin Sainte-Clotilde. Théophile passa ses doigts
écartés dans ses cheveux, puis frotta ses jeans poudreux en
disant :

– Demain matin, je passerai chez toi vers neuf heures. On
ira à vélo à Montespan, chercher les ingrédients qui nous man-
quent.

– Montespan, ça fait une trotte ! Mais enfin, pourquoi pas…
Maintenant qu'on est lancé, autant aller jusqu'au bout. Il nous
manque quoi, au juste ?

– Du soufre, du salpêtre et une trompette-des-morts.

– Et la bague ? Tu l'as ?

Théophile se frappa le front du plat de la main.

– Mince ! La bague ! Ça m'était complètement sorti de la
tête… Et justement je comptais t'en parler ce matin. Parce
que là-dessus, je sèche ! Ma mère tient beaucoup à ses bijoux,
tu comprends. Elle n'en a pas énormément, et…

– Je comprends. Moi, ma mère en a des pleins coffres ! Ce
sont des bijoux fantaisie, naturellement. Mais dans le lot, il y en
a quelques-uns qui sont en or. Si je lui emprunte une bague, elle
n'y verra que du feu. Ma sœur lui pique sans arrêt des bracelets
et des colliers… C'est quel genre de bague, déjà, qu'il faut ?

– Une bague en or blanc, avec un chaton nu…

– Ah oui, je me rappelle. Une bague sans pierre, quoi. Je
devrais pouvoir trouver ça…

– Ce serait génial, Bonav' ! Pour le coup on le tiendrait,
notre anneau d'invisibilité !

Ils se claquèrent la paume, entrechoquèrent leur poing et se serrèrent la main.

Théophile rentra chez lui en patinant lentement sur les trottoirs, au doux soleil de six heures du soir. Les roues de caoutchouc faisaient un bruit mat sur l'asphalte, et le jeune garçon sentait dans ses cuisses et dans ses reins la bienheureuse pesanteur de la fatigue physique. Comme il marquait un temps d'arrêt en attendant que le feu passe au vert pour les piétons à l'angle du boulevard Ledru-Rollin, un monsieur s'avança vers lui et lui demanda l'heure. Il consulta sa montre et répondit aussitôt :

– Dix-huit heures passées de cinq minutes, m'sieur.

– Merci, mon garçon, fit le monsieur. Tu es bien aimable…

Il prit une pièce de dix francs dans son porte-monnaie et la tendit à Théophile en ajoutant :

– Tiens ! Prends ceci. Tu achèteras une friandise…

– Non merci, m'sieur. L'heure, ça se donne. Ça ne se vend pas…

– Allons mon garçon, insista le monsieur, accepte ce menu défraiement[1] ! Tu me vexerais si tu refusais…

Pour avoir la paix, Théophile accepta cette pièce qui s'offrait à lui. Ce n'est qu'en la prenant des doigts du monsieur qu'il remarqua que ce dernier portait des gants. Des gants de cuir, au mois de mai ! Et par une si belle journée ! Il mit la pièce dans sa

---

1. Paye, remboursement.

175 poche et examina un peu mieux ce monsieur, mais ne lui trouva pas d'autre bizarrerie que les gants. Le monsieur était bien habillé, coiffé à la perfection, et même très discrètement parfumé. Seule sa voix, peut-être, était un peu étrange. Une voix de métal, grave et sonore. Il ne put s'empêcher de demander :

180 — Excusez-moi, mais je suis intrigué par vos gants… Pourquoi en portez-vous aujourd'hui, alors qu'il fait si doux ?

Le monsieur eut un sourire.

— Je souffre de la maladie de Raynaud. J'ai froid aux mains en toutes saisons…

185 — Oh ! Excusez-moi, balbutia Théophile confus. Si j'avais su que vous étiez malade…

— Ne t'excuse pas, voyons ! On dit que la curiosité est un vilain défaut. Moi, je crois au contraire que c'est une qualité. Être curieux, c'est vouloir connaître. Et quoi de plus fascinant 190 que la connaissance ? N'est-ce pas, mon garçon ?

Il avait prononcé cette dernière phrase sur un ton allusif[1]. Théophile se sentit tout à coup mal à l'aise.

— Je dois te parler, ajouta le monsieur en lui prenant le bras. J'ai des choses importantes à te dire…

195 — À moi ? Mais… Vous ne me connaissez pas !

— Je te connais mieux que tu ne crois. Je te suis depuis deux jours… J'avais laissé pour toi un petit billet dans le grimoire de magie rouge. Mais tu n'en as pas tenu compte…

À ces mots Théophile devint tout pâle, et ses jambes

---

1. Qui contient une allusion.

200 flageolèrent. Il recula de quelques pas sur ses patins en bredouillant :

– Vous… Vous êtes…

Le monsieur, qui s'amusait visiblement de le voir si défait, ôta ses gants de cuir et montra ses ongles noirs en disant :

205 – Je suis Agénor Arkandias, en effet. Je ne voulais pas me manifester à toi, mais tu es si entêté. Tu es parvenu à te procurer l'œuf, le sang de poule, et je t'ai vu tout à l'heure ramasser des fientes fraîches dans le jardin Sainte-Clotilde. Je ne puis tout de même pas te laisser préparer la recette sans intervenir…

210 – Co… Comment avez-vous retrouvé ma trace ? Vous n'avez pas pu me suivre en ville ! J'avais mes patins !…

Le monsieur éclata de rire, en montrant de petites dents jaunies par le tabac.

– Mettons que j'ai moi aussi mes patins… Des patins d'un

215 genre un peu spécial, naturellement.

Il voulut prendre de nouveau le bras de Théophile, mais ce dernier roula à reculons jusqu'au bord du trottoir.

– Ne sois pas stupide, mon garçon. Donne-moi ce que tu caches dans ton sac, et oublie ce que tu as vu. Il est dangereux

220 de jouer avec le Grand Art… Tu n'es pas de taille…

– Si vous me touchez encore, je hurle ! Et je vous signale qu'il y a un policier au coin de la rue…

– Merci. Je l'avais remarqué. Cependant, un policier n'est pas grand-chose… Donne-moi ce sac sans faire d'histoires…

225 Ne m'oblige pas à te contraindre par la force…

Tout en prononçant ces paroles, le monsieur s'était avancé de quelques pas vers Théophile. Il fit soudain un geste brusque pour essayer de lui arracher son sac à dos. Mais Théophile esquiva cette attaque en se jetant de côté. Le monsieur bascula sur la jambe du jeune garçon et alla donner de la tête contre un réverbère. Il tomba assis par terre, et se prit le crâne à deux mains en grimaçant de douleur. Théophile l'enjamba et se mit à patiner à reculons en ondoyant[1] des hanches. Il prit rapidement de la vitesse, pivota d'un bond en l'air pour se remettre dans le sens de la marche et disparut au coin de la rue des Tanneurs. De bonnes âmes voulurent porter secours à monsieur Arkandias. Mais ce dernier les écarta d'un geste rageur et se remit debout tout seul. Il brossa ses pantalons poudreux, enfila ses gants et s'éloigna d'un pas incertain, la tête pleine de cloches, le long du boulevard Ledru-Rollin.

Aiguillonné[2] par la peur, Théophile rentra chez lui en patinant à toutes jambes. Il renversa une poubelle rue Favre, fit un écart pour éviter deux avocats en robe qui sortaient du Palais de Justice, et dut sauter en catastrophe par-dessus un petit chien au débouché du passage Desfrançois. À sa vue, les passants se jetaient sur la chaussée ou dans des encoignures[3] de porte. Un vieux monsieur essaya même de lui donner un coup de canne, mais fort heureusement il le rata.

Marie était en train d'étendre le linge dans le jardin quand

---

1. Bougeant avec souplesse.
2. Stimulé, excité, comme un bœuf par un aiguillon, une pointe de fer.
3. Coins.

250 elle eut la surprise de voir passer derrière la haie de troènes[1] un éclair blond qui ressemblait à sa progéniture[2]. L'éclair négocia son virage en évitant de justesse la borne à incendie, et un instant plus tard on entendit un grand bruit devant la maison. Marie lâcha aussitôt sa corbeille à linge et s'élança dans 255 l'allée gravillonnée en criant :

— Théophile ! Est-ce que tout va bien ?

Elle le trouva assis parmi des pots de fleurs renversés, sur la première marche du perron.

— Tu es blessé ? demanda-t-elle en se laissant tomber à 260 genoux près de lui. Montre-moi tes mains ! Ouvre la bouche, fais voir tes dents. Est-ce que ta tête a cogné sur quelque chose ?

— Non m'man, bredouilla Théophile, honteux et un peu désorienté. Tout va bien. J'ai amorti le choc avec mes bras. Mais je ne sais pas comment j'ai fait mon compte pour rater ce 265 virage…

— Tu arrivais à toute allure, comme si tu avais eu le diable aux trousses ! Et tu n'as pas ton casque, en plus ! Combien de fois devrai-je te répéter que le casque est indispensable quand on fait du patin ?

270 — Je le mets quand il fait froid. Mais quand il fait beau je transpire, et la jugulaire[3] m'irrite le cou.

— Et alors ? Quelle importance ? Ne comprends-tu pas que si tu avais eu le malheur de tomber tête la première sur une

1. Arbustes qui ont des baies noires.
2. Enfant.
3. Attache qui maintient le casque en passant sous le menton.

marche, ton crâne se serait brisé comme une coquille d'œuf ?

275 Cette comparaison frappa Théophile, car il repensa brusquement à l'œuf punais qui était dans son sac à dos ! Et si par malheur il s'était brisé ? Ce serait affreux ! Une vraie catastrophe. Il baissa les yeux et prit une contenance navrée[1].

— Allons, fit sa mère qui le croyait touché par les reproches
280 qu'elle venait de lui faire, n'en parlons plus. Aide-moi à remettre d'aplomb ces pots de fleurs. Tu as fait un *strike*[2], comme au bowling ! Il n'y en a plus un seul debout…

Quand il eut fini de réordonner les pots sur les marches du perron, Théophile monta s'enfermer dans sa chambre. Il sortit
285 du sac ses trois petites boîtes, et ouvrit tout de suite celle qui renfermait l'œuf punais. Grâce à Dieu, le précieux œuf était intact ! Les épaisseurs de papier essuie-tout l'avaient préservé du choc. Il vérifia les deux autres boîtes, celles qui contenaient le sang et les fientes, puis rangea le tout en sécurité dans le pre-
290 mier tiroir de son bureau, le seul qui fermait à clef.

Il descendit prendre le téléphone portable dans le salon et remonta s'allonger sur son lit.

— Allô Bonav' ? C'est moi, Théo. Il vient de m'arriver un truc incroyable, mon vieux ! J'ai été attaqué dans la rue.
295 — Par qui ? Par Lavigne ?

— Non, par Arkandias ! Le type à qui j'ai piqué la recette…

---

1. Air désolé, embêté.
2. Au bowling, exercice qui consiste à faire tomber toutes les quilles avec le premier lancer de boule.

— Celui qui a les ongles noirs?

— Tout juste! Il est atroce. Il m'a abordé en faisant mine de me demander l'heure. Et d'un seul coup, il m'a sauté dessus pour m'arracher mon sac à dos! Rien que d'en reparler, j'ai les cheveux qui se dressent sur la tête...

— Mais c'est incroyable, ça! Comment a-t-il fait pour te retrouver?

— Je ne sais pas! Mais figure-toi qu'il nous a suivis tout l'après-midi!

— La vache! C'est horrible! Et dire qu'on ne s'est aperçu de rien... Il ne t'a pas suivi jusque chez toi, au moins?

— Je ne crois pas. Je l'ai semé en piquant un sprint rue des Tanneurs! Tu aurais vu ça... Bon, je te laisse, j'ai du boulot. Il faut que je répète toutes les phases de la recette, histoire de ne pas me louper demain soir. Au fait, j'ai un problème avec les centièmes d'heures. Je n'arrive pas à les convertir en minutes...

— C'est fastoche, pourtant! Dicte-moi tes centièmes au téléphone, je te donnerai les conversions demain.

Théophile alla prendre sa recette dans le tiroir du bureau, et il dicta en détachant bien les syllabes.

— J'ai pris bonne note, fit Bonaventure au terme de la dictée. Tu auras ça demain.

— Merci Bonav'. Essaye aussi de voir pour la bague, si tu peux.

— La bague, je l'ai. Une belle bague en or blanc, avec une perle. Je m'apprêtais à la démonter quand tu m'as appelé...

– Génial ! Bon allez, à demain neuf heures. Bonne soirée.

Il n'avait pas plus tôt raccroché que Marie lui cria depuis la
325 cuisine :

– Tu es prêt, Théophile ? Tu n'as pas oublié que nous
dînions chez Catherine, ce soir ?

C'était le coup de grâce ! Il venait de se faire agresser dans la
rue, il avait fait une chute en patins, et maintenant il allait
330 devoir se barber chez les Montmayeul ! Il ne se sentait pas le
courage de passer une heure à table à décortiquer des écrevisses
et à se barbouiller de sauce rouge. Il faudrait également endurer les félicitations de Catherine sur ses bons résultats scolaires,
et subir le voisinage de Nina, une coquette de quatorze ans qui
335 le regarderait en battant des cils et en prenant des poses. Que
faire ? Prétexter des maux de tête ou une brusque douleur dans
l'épaule pour échapper à la corvée ? Non, Marie pourrait s'inquiéter, et l'emmener passer des radios à l'hôpital. Et puis elle
se faisait une telle joie à l'idée de dîner avec son amie qu'il pou-
340 vait bien faire un effort, après tout. Il ne cessait de lui mentir
ces temps derniers. Ce petit sacrifice viendrait en déduction de
sa culpabilité. Il résolut donc d'y aller mais d'adopter avec Nina
une attitude froide et distante, en prenant au besoin un air
dégoûté si d'aventure elle s'avisait de recommencer ses petits
345 manèges ciliaires[1]. Il n'eut pas lieu de regretter sa décision, car
non seulement Nina passait la soirée chez une amie, mais de

---

1. Que l'on fait avec les cils.

plus il mangea des frites, nourriture dépourvue de carapace, et une glace au miel et au nougat qui le réconcilia pour toujours avec Catherine Montmayeul.

350 Il passa le reste de la soirée à feuilleter des bandes dessinées dans la chambre de Nina. Elle en avait de pleins tiroirs. Il relut *Astérix en Corse*, et plusieurs vieux *Tintin* usés à la corde. Puis, comme il s'ennuyait un peu, il fureta[1] de-ci de-là. La chambre était vraiment affreuse, avec sa moquette rose et son papier 355 peint assorti. Des poupées et des peluches gisaient[2] pêle-mêle dans un fauteuil en rotin. C'est en soulevant une pile de vieux illustrés qu'il tomba par hasard sur un étrange petit carnet blanc scellé d'un cadenas doré. Il l'examina et eut la joie de constater qu'il s'agissait du journal intime de Nina ! Les confessions d'une 360 petite coquette ! Voilà qui était intéressant ! Il força le cadenas avec une épingle à cheveux et lut en étouffant de rire. Dieu que cette fille pouvait être sotte ! Son journal n'était qu'un tissu d'idioties. À chaque page il était question de garçons bruns aux yeux bleus ou de garçons blonds aux yeux verts, et de « cœur 365 qui battait plus vite », ou encore de « respiration qui s'accélérait... » On était bien loin de Stendhal ou de Chateaubriand. Mais il fut stupéfait de tomber sur un passage évoquant « un beau jeune homme aux yeux sombres et à la peau brune, qui a de magnifiques cheveux blonds vénitiens[3] et qui s'appelle

---

1. Chercha avec curiosité, fouilla.
2. Étaient étendues sans aucun mouvement, comme mortes.
3. Comme les habitants de Venise.

370 Théophile... » Rouge de confusion, il ferma le journal et le replaça où il l'avait pris.

BIEN LIRE

CHAPITRE 5
- Pourquoi Théophile ne reste-t-il pas dans le frigo avec le boucher ?
- Comment Arkandias aborde-t-il Théophile ?
- Comment Théophile s'y prend-il pour échapper à Arkandias ?
- Où Théophile passe-t-il la soirée ? Cela se déroule-t-il comme il l'avait prévu ?

6

Un peu de soufre, du salpêtre et une trompette-des-morts

Le lendemain matin, Théophile fut réveillé par les cantiques de la messe dominicale[1]. Une odeur de pain grillé montait de la cuisine. Il bailla longuement en serrant les poings, puis tâtonna vers son radio-réveil. Il resta un moment assis dans son
5 lit, les yeux mi-clos, luttant contre l'envie de se rendormir. Un mince rayon de soleil filtrait entre les rideaux ocellés[2] de lumière. Il faisait sans doute très beau dehors. Ça allait être agréable de rouler dans les sentiers avec Bonav'. Ils iraient d'abord à la coopérative agricole de Montespan, pour le soufre,
10 puis dans les bois et le long des champs, à la recherche du salpêtre et de la trompette-des-morts.

Ces pensées le firent sourire, mais tout à coup il réalisa qu'on était dimanche, et que la coopérative avait toutes les chances d'être fermée ! La tuile ! Que faire, mon Dieu ? Où
15 trouver du soufre un dimanche ? Il se pinça la cuisse pour se punir de n'avoir pas pensé à ce détail pourtant élémentaire, et il se leva d'un bond pour courir à la salle de bains. Après une rapide toilette, il revint dans sa chambre chercher un tee-shirt propre. Il oignit[3] ses doigts d'un peu de gel translucide violet et
20 ébouriffa rapidement sa chevelure. Puis il attrapa ses baskets et

---

1. Du dimanche.
2. Couverts d'ocelles, c'est-à-dire de tâches arrondies dont le centre et le bord ne sont pas de la même couleur.
3. Enduisit.

descendit vers la cuisine au petit trot, ce qui eut pour effet d'ébranler l'escalier sur sa base. Il s'installa devant son bol de céréales et Marie, qui se levait tôt même le dimanche, lui servit un grand verre de jus de mûres en s'étonnant :

25   — Déjà debout?! Tu aurais pu faire la grasse matinée. Tu te lèves tôt toute la semaine…

— Et toi? Tu te lèves encore plus tôt que moi chaque jour. Et pourtant tu es debout.

— Moi, je suis vieille. Et les vieux, ça ne dort pas. Ça profite

30   de chaque minute.

— Tu n'es pas vieille! Tu as trente ans!

Marie éclata de rire et secoua ses belles boucles brunes :

— Quand j'avais ton âge, je dormais jusqu'à midi le dimanche. Et je gardais toute la journée sur la joue l'empreinte

35   de mon oreiller. Mais depuis que je travaille, j'ouvre l'œil à six heures et demie! Je n'y peux rien, c'est comme ça. Et dès que je suis réveillée, je me mets à penser à tout ce que j'ai à faire à la maison. Je me retourne dans les draps, je change dix fois de position, et finalement je me lève, parce que je ne peux plus res-

40   ter couchée. Tu le veux chaud ou froid, ton lait?

— Froid. J'ai promis à Bonaventure de passer le voir ce matin. On aimerait aller faire un tour de vélo dans la campagne. Il connaît un bois où on peut faire du cross… Je peux y aller?

45   — Oui, si tes devoirs sont faits, et si tu me promets d'être rentré pour le repas de midi. À propos, ça avance votre exposé?

Théophile parut tomber des nues[1].

– Quel exposé ? demanda-t-il en touillant[2] avec une cuillère le mélange de céréales et de lait froid.

50 – Mais celui sur le Moyen Âge, voyons ! Tu m'en as parlé l'autre jour. Tu as déjà oublié ? !

– Ah ! Tu veux dire l'exposé sur la musique moyenâgeuse ? Bien sûr que ça avance ! C'est même presque fini. On le présente demain devant la classe. Et à propos, est-ce que 55 Bonaventure ne pourrait pas venir dormir à la maison ce soir ? On aimerait mettre au point quelques dernières petites choses…

– Mais très volontiers. J'aime beaucoup ton camarade Bonaventure. Veux-tu que j'appelle sa mère pour lui en parler ?

60 – Ce n'est pas la peine, je le lui dirai tout à l'heure. Et au besoin, elle t'appellera.

– Dis à ton ami qu'il n'oublie pas d'amener sa flûte. Je tiens absolument à ce qu'il me joue au moins un morceau. Le répertoire des troubadours est si charmant.

65 Les deux garçons s'étaient donné rendez-vous en bas de chez Bonaventure. Ils traversèrent la ville à faible allure, ne rencontrant que quelques automobilistes enchifrenés[3] de sommeil et des piétons en pantoufles sortis acheter les croissants dominicaux.

70 Un moment plus tard, ils pédalaient sur une petite route

---

1. Être très surpris (comme si on tombait des nuages).
2. Mélangeant, remuant.
3. Pris.

bordée de champs de seigle. Ils descendirent de vélo pour franchir l'étroite passerelle enjambant la Véore, puis ils prirent à droite entre des ronciers arborescents[1] chargés de minuscules baies roses. Au loin le soleil de dix heures du matin éclairait les
75 bois de Montespan. Il faisait bon pédaler au grand air en respirant l'odeur de la rivière qui coulait en contrebas du chemin. Théophile avait la grande forme. Il roulait sur un braquet[2] énorme, et chaque coup de pédale le propulsait loin devant Bonaventure, qui n'était pas du matin.

80   — Moins vite, Théo, quoi! On n'est pas en compète!

Théophile laissa son ami revenir à sa hauteur. Le chemin était un peu détrempé à cause de la proximité du gué[3], et les tracteurs y avaient tracé de larges ornières[4] pleines de boue.

— On est en train de dégueulasser nos vélos! fit observer
85 Bonaventure. Cette boue, c'est une calamité.

Il prit une figue sèche dans la poche de son sac à dos et se la fourra dans la bouche en ajoutant :

— Tu en veux une? Ch'est ekchellent pour les muscles… Cha apporte du chucre…

90   — J'ai bien déjeuné ce matin, je te remercie. On est plus très loin de la bergerie, il me semble… Il faut dire que j'étais petit quand mon père nous y a emmenés pour la dernière fois…

— Il est où au fait, ton père, ces temps-ci?

---

1. Qui ont la forme d'un arbre.
2. Développement de la bicyclette qui permet d'aller plus ou moins vite en un tour de pédalier.
3. Endroit d'une rivière où le niveau est assez bas pour qu'il y ait une route.
4. Traces assez profondes faites par des roues de véhicules.

– À Sydney. Pour un chantier de quatre mois. Et ensuite il
95 s'envolera vers Macapà.

– C'est où ça ? En Chine ?

– Au Brésil. Il y restera un mois. Ensuite il reviendra en
France, et je passerai un peu de temps chez lui.

– Il ne te manque pas trop ?

100 – J'ai l'habitude. Ma mère et lui se sont séparés quand
j'étais tout petit.

– Tu as su pourquoi ?

– Ils ne se voyaient jamais, parce que mon père était toujours à l'étranger pour son travail. Mais ils ne sont pas fâchés.
105 Quand mon père vient en France, on sort tous les trois au res-
tau, ou au ciné. Et ils ne se disputent jamais.

– Ça, c'est agréable ! Moi, mon père travaille souvent à la
maison avec ses guitares et ses synthétiseurs. Et du coup, ma
mère l'engueule ! Mais ça le fait plutôt rigoler. C'est une bonne
110 nature...

– Je sais. Moi je l'aime bien, ton père. Et puis c'est un sacré
musicien ! Bon, je crois qu'on est arrivé.

Ils posèrent leurs vélos dans l'herbe et s'engagèrent entre des
buissons de ronces en les écartant avec un bâton. La bergerie
115 n'était qu'une ruine perchée au flanc d'un petit coteau[1], et tout
autour s'étendaient des friches[2] qui n'avaient plus servi de pâtis[3]
aux bêtes depuis longtemps. Des orties géantes prospéraient le

---

1. Petite colline.
2. Terres non cultivées, abandonnées.
3. Lieu où l'on fait paître les animaux.

long des pans de murs à demi effondrés, et à travers le toit crevé un jeune noyer haussait ses branches.

120   – Oulala! fit Bonaventure. Pour rendre ça habitable, il y aurait du boulot! Vise un peu l'état des murs!

– C'est une ruine, Bonav'. Plus personne n'y habitera jamais…

– Je trouve ça triste, moi, une maison qui meurt. Il y aurait 125 peut-être moyen de la retaper, après tout. Un peu de plâtre, deux-trois chevrons[1], quelques tuiles… Ça pourrait devenir une cabane sympa. On viendrait y griller des saucisses, en été… Et en cas de pluie, ça nous ferait un abri…

– Une sépulture, plutôt. Parce qu'en cas de pluie, on pren-130 drait la maison sur la tête.

– Rabat-joie! Va donc chercher ton salpêtre, et qu'on en finisse.

– Viens avec moi, je vais te montrer à quoi ça ressemble quand ça pousse sur les murs.

135   Ils contournèrent la bergerie et s'avancèrent entre les pans de murs écroulés. De vieilles planches à demi pourries jon-chaient les hautes herbes, et une forte odeur d'humus flottait dans l'air.

– C'est humide, dis-donc! fit observer Bonaventure. Ça me 140 rappelle le premier appartement qu'on a eu, rue de la Comète. Un vieux fond de cour moisi. Les papiers peints tenaient trois semaines, et puis d'un seul coup ils se décollaient. Tu rentrais le

---

1. Pièces de bois qui permettent d'arranger un toit.

soir et tu les trouvais roulés en tuyaux au bas des murs.
Finalement, mon père a repeint tout l'appartement avec une
145 peinture spéciale. Ça a tenu quelques temps, et puis les murs se
sont couverts de mousse verte. Alors il a fait venir le propriétaire, et ils se sont disputés. Finalement, on a déménagé. Tu ne
peux pas avoir le dessus avec l'humidité. C'est pire que tout !

Théophile acquiesça tout en s'agenouillant dans l'herbe
150 pour examiner de très près le bas des murs.

– Tiens, regarde ! s'exclama-t-il tout à coup. Tu vois ces flocons blancs très légers accrochés entre les pierres ? Hé bien c'est
du salpêtre !

Bonaventure s'agenouilla près de Théophile et considéra
155 avec curiosité ces fleurs cotonneuses qui ressemblaient à de
l'écume de mer.

– Ça ne paye pas de mine ! On dirait de la moisissure. Rue
de la Comète, on avait exactement la même chose dans la salle
de bains. Sauf que la mousse était verte…

160 – Si tu mélanges le salpêtre avec du soufre, tu obtiens de la
poudre à canon.

Bonaventure se redressa, un peu surpris.

– Mais… Du soufre, il y en a dans la recette, non ?

– Oui, une once.

165 – Et tu comptes les mélanger, et les mettre sur le feu ?

– Naturellement ! Pourquoi ?

Bonaventure prit un temps, secoua ses tresses et dit enfin :

– Pour rien… J'espère que ta mère est assurée tous risques !

Ils grattèrent le salpêtre des murs et le recueillirent dans une
170　boîte en plastique. Puis ils retournèrent vers leurs vélos, qui
s'étaient couverts de rosée en leur absence, et Bonaventure
passa un long moment à essuyer sa selle, car il ne voulait pas se
mouiller le derrière.

— Dépêche-toi un peu, Bonav' ! Il faut encore qu'on trouve
175　cette satanée[1] trompette-des-morts…

— Le mois de mai, pour les champignons, c'est à peu près
comme le mois de mars pour les fraises… répliqua froidement
Bonaventure.

Il tordit le mouchoir avec lequel il venait d'essuyer sa selle,
180　considéra le mince filet d'eau qui en coulait et ajouta :

— Mais dans un coin aussi humide, tout est possible.

Il ne croyait pas si bien dire. Car un moment plus tard, non
loin du bois de Montespan, Théophile tomba par hasard sur un
petit champignon brun et fripé qui avait un pied mince s'ou-
185　vrant en corolle comme un tromblon[2]. Il prit dans son sac à dos
le petit Larousse illustré, et l'ouvrit à la planche des
Champignons comestibles en France afin de comparer sa trou-
vaille aux belles gouaches du dictionnaire. Pas de doute, c'était
bien une trompette-des-morts. Il siffla pour prévenir
190　Bonaventure, qui continuait de battre les broussailles un peu
plus avant dans le bois. Celui-ci accourut aussitôt et demanda :

— Alors ? Tu en as une ?

---

1. Maudite.
2. Arme à feu dont le canon à la forme d'un entonnoir.

— Je crois bien. Regarde…

Bonaventure se mit à genoux sur les feuilles et examina le
195 minable petit tromblon terreux. Puis il se redressa, le visage
épanoui :

— Mais c'en est une, ma parole ! C'en est une !… Je n'arrive
pas à le croire…

Il la cueillit et l'observa de très près, puis la flaira avec gour-
200 mandise.

— Hé là ! Pas de blague ! fit Théo en lui reprenant le petit
végétal. On en a besoin…

— Quand je pense que tu vas l'accommoder au mercure et à
la fiente de pigeon ramier. Alors que revenue à la poêle, avec un
205 peu de beurre et une belle tranche de foie d'agneau…

— Tu es un ventre, Bonaventure ! Ça te perdra. Bon, il faudrait peut-être qu'on pense au dernier ingrédient de notre liste.

— Quoi ? On ne les a pas tous ? !

— Il nous manque le soufre ! Je pensais l'acheter à la coopé-
210 rative de Montespan, mais ce matin j'ai réalisé qu'on était
dimanche…

— Bravo ! Bien joué, mon vieux. Comment va-t-on faire ?

— Je ne sais pas. Il faut qu'on trouve une idée. Viens, on va
aller s'asseoir un moment au bord de l'eau.

215 Ils prirent le chemin bordé de ronciers humides et descendirent s'asseoir sur les galets au bord de la rivière. Ils regardèrent
un moment l'eau verte couler sous l'arche de la petite passerelle
de pierre. Puis Bonaventure lança un premier caillou très loin
vers le gué en disant :

220   — Fais mieux, si tu peux.

Théophile releva le défi, et ils passèrent une vingtaine de minutes à rivaliser de force et d'adresse dans l'art du ricochet.

— J'ai une idée, s'exclama tout à coup Théophile. Le soufre, ça sert pour traiter les vignes. Et justement, des vignes il y en a 225 partout par ici.

— Et alors ? Tu comptes gratter les feuilles ?

— Non. Mais on va aller voir un vigneron, et lui demander une once de son soufre. Ce n'est pas une bonne idée ça, peut-être ?

230   — Les vignerons ne sont pas prêteurs. Ça risque de se ter-miner à coups de fourche…

— Les mentalités ont évolué, mon vieux ! Maintenant dans la moindre ferme il y a la parabole. Et les vignerons regardent les programmes américains. Ils parlent anglais maintenant, les 235 vignerons…

— Un coup de fourche reste un coup de fourche, même donné à l'anglaise.

— On leur proposera des sous. J'ai sur moi tout mon argent de poche…

240   — Si tu as de l'argent, c'est autre chose. À la campagne on comprend mieux les sous que l'anglais ! Tu as des chances d'être entendu…

Ils reprirent leurs vélos et montèrent par un petit chemin de terre jusqu'à une première exploitation, une grande bâtisse ocre[1]

---

1. Couleur jaune brun ou rouge.

245 trônant au milieu des vignes, sur le flanc d'un coteau. Comme ils pénétraient dans la cour de cette imposante propriété, un gros chien noir courut à leur rencontre en aboyant et en troussant ses babines sur ses dents pointues. Bonaventure fit un dérapage contrôlé et partit comme une balle vers le chemin, 250 suivi de près par Théophile qui appuyait fort sur ses pédales. Le chien leur donna la chasse sur une centaine de mètres, puis s'arrêta brusquement et prit un air débonnaire[1]. La comédie était finie. Il revint vers la ferme à petits pas folâtres[2], en humant au passage des trous de lapins. Théophile haussa les 255 épaules et lâcha simplement, d'une voix entrecoupée par l'essoufflement :

— Si tout marchait toujours du premier coup, où serait le charme ? Ne nous décourageons pas, et essayons un peu plus loin.

260 L'obstination paye toujours. Ils finirent par dénicher au sud du bois de Montespan une petite maison de vigne qui servait de remise à quelque vigneron du coin. Théophile la repéra depuis la route, mais les deux amis durent couper à travers champs pour l'atteindre, car aucun chemin n'y menait. Ils jetè-265 rent leurs vélos dans les hautes herbes bordant la maison et s'approchèrent d'une des fenêtres pour jeter un coup d'œil à l'intérieur. Il y faisait aussi sombre que dans un four. Théophile colla

---

1. Très gentil, indulgent.
2. Légers et joyeux.

son front et ses mains aux vieux carreaux irréguliers festonnés de toiles d'araignées, et murmura :

270   — Avec un peu de chance, on trouvera un reste de soufre dans le fond d'un bidon. Viens, on va voir si la porte est ouverte.

Ils contournèrent la petite bâtisse et trouvèrent une porte vermoulue[1], qui branlait[2] sur ses gonds[3] et n'avait plus de ser-
275 rure. Théophile la poussa en disant à son ami :

   — Il vaut mieux que tu restes dehors à faire le guet. Si quelqu'un venait à nous surprendre, ça pourrait bien finir chez les gendarmes…

Il s'avança dans la pénombre en tâtonnant comme un
280 aveugle. Les carreaux poussiéreux ne laissaient décidément guère entrer de jour dans cette petite cabane. Mais Théophile avait de bons yeux, et au bout d'un moment il commença à distinguer des formes dans les coins. Il y avait contre un mur une table branlante et deux chaises, et tout à côté un bric à brac
285 d'outils agricoles hors d'usage. Quelques bidons de métal peints en vert luisaient dans l'ombre près d'un tas de piquets de bois. Théophile s'en approcha et colla son œil sur l'une des étiquettes pour la déchiffrer. Aussitôt son cœur se mit à battre à grands coups dans sa poitrine : c'en était ! L'étiquette indiquait
290 « Soufrex, pure fleur de soufre ». Il se précipita dehors en hurlant :

---

1. Dont le bois est mangé par les vers.
2. Bougeait car elle était mal fixée.
3. Charnières, pièces de fer qui permettent de tenir et de faire tourner une porte.

— Ouais ! J'en ai ! J'en ai !

Bonaventure, qui s'était assis sur un muret de pierres sèches pour mastiquer quelques figues tout en surveillant les environs, fut saisi d'effroi[1] à ce cri, qu'il prit pour une sommation[2] des gendarmes. Il sauta dans l'herbe et courut vers son vélo, la bouche pleine et les nattes en désordre.

— Reviens, Bonav' ! lui lança Théophile. Tout va bien…

Bonaventure revint sur ses pas en portant sa main à son cœur et en disant :

— Tu m'as fait peur, imbécile ! Qu'est-ce qui t'a pris de crier comme ça ? Tu veux ma peau, ou quoi ?

— J'ai trouvé du soufre, mon vieux. Il y en a trois gros bidons dans la baraque ! C'est pas génial, ça ?

— Si. Fantastique. Mais ce n'était pas une raison pour bramer comme un cerf. Tu m'as coupé la digestion des figues ! Je vais être patraque[3] toute la journée…

— Je suis désolé. Je retourne prendre ce dont j'ai besoin, et on y va…

Bonaventure regarda autour de lui en faisant palpiter ses narines et répliqua :

— Fais vite. Ce coin ne me dit rien qui vaille. Il sent le coup de fourche et la morsure de chien.

Théophile redisparut dans la maison. Un moment plus tard

---

1. Peur horrible.
2. Ordre.
3. Mal fichu, malade.

315 il s'avançait dans les herbes jaunies, en s'efforçant de faire un
nœud à un petit sachet en plastique. Son ami était déjà en selle
et ne se tenait plus d'impatience :

– Grimpe sur ton vélo en vitesse, et filons ! Tu peaufineras[1]
ton nœud plus tard…

320 Théophile enjamba son engin et ajusta sur ses épaules les
bretelles du sac à dos en répliquant :

– Décompresse, Bonav'. Ça roule…

– Eh bien justement, pédale, histoire que ça continue !

Au retour, Théophile s'arrêta un moment chez les
325 Douloméo. La maman de Bonaventure fut très heureuse de le
revoir. Elle lui ébouriffa les cheveux en l'appelant petit poussin,
puis lui tâta les côtes et ajouta, selon son habitude :

– Tu n'es pas bien gras. Il faut manger, mon garçon ! Un
ventre rond, c'est la santé. Regarde comme je suis en forme…

330 Elle avait de la santé à revendre, en effet, puisqu'elle pesait
cent kilos.

– Reste déjeuner, si tu veux ! suggéra Bonaventure. Il y a du
riz parfumé et du boudin au piment. Tu verras, c'est fameux…

– Je voudrais bien, mais j'ai promis à ma mère d'être rentré
335 pour le repas de midi.

– Passe-lui un coup de fil. Pour une fois que tu manges
ici… Et puis ce soir je vais manger et dormir chez toi, non ?
Alors tu ne peux pas refuser…

– Tu ne dors pas ici ce soir, boubou ? Première nouvelle !…

---

1. Amélioreras, arrangeras.

340 — J'allais t'en parler, m'man. Théo et moi on doit travailler ensemble sur un truc, pour l'école…

— Un truc… Voyez-vous ça… Et quel genre de truc, s'il te plaît ?

— Un exposé, m'dame, intervint Théophile qui avait un
345 mensonge tout prêt pour chaque circonstance. Mais d'un genre un peu spécial… Ça parlera de musique moyenâgeuse, et pendant que je lirai, Bonaventure jouera de la flûte…

Madame Doulouméo regarda son fils d'un air soupçonneux et répliqua :

350 — Pour la flûte, il ne craint personne. Enfin, si ta mère est d'accord…

Bonaventure alla prendre la main de sa mère et l'embrassa en disant :

— Merci, m'man. Tu es sympa.

355 — Je ne suis que faible et naïve. Mais quoi qu'il en soit, essayez de travailler correctement, et de ne pas faire les fous jusqu'à deux heures du matin, comme la fois où Théo a dormi ici. Une bonne note en histoire ne te ferait pas de mal, Boubou.

— T'inquiète, m'man, répliqua Bonaventure en clignant de
360 l'œil à Théophile. On va faire des flammes…

Les deux garçons passèrent au salon, et Théophile appela sa mère pour la prévenir qu'il ne rentrerait pas à midi. Elle ne fit aucune objection à ce qu'il mange chez son ami Bonaventure.

— À propos, demanda-t-elle. Tu as prévenu sa mère, pour ce
365 soir ?

– Oui m'man. Pas de problème. Elle est d'accord… Bon, à tout à l'heure.

– C'est ça, à ce soir. Au fait, tu t'es bien gardé de me dire que tu avais accroché un passant hier en faisant du patin !…

370 – Je n'ai accroché personne, m'man ! Je te jure…

– Ne mens pas ! Ce monsieur est venu me voir ce matin. Tu lui avais donné ton nom et ton adresse…

Théophile demeura perplexe, puis repensa à ce gros monsieur renversé la veille dans le jardin Sainte-Clotilde. Mais ça ne
375 pouvait pas être lui, il ne lui avait pas donné son adresse. Et de plus, ce monsieur s'était montré fort sympathique. Pourquoi irait-il à présent trouver sa mère ? Tout à coup, un doute affreux s'insinua en lui.

– Il était comment, ce monsieur, m'man ? Bien habillé et
380 bien coiffé ? Avec des gants ?

– Oui. C'est bien ça. Tu vois que tu le connais.

Théophile devint tout pâle et il manqua lâcher le combiné du téléphone. Il avala un peu de salive et reprit d'une voix hésitante :

385 – Je… Je l'ai effleuré hier matin… dans la rue des Tanneurs… Mais à peine. Seulement il m'a attrapé par le bras, et il ne voulait plus me lâcher. Si bien qu'à la fin je lui ai donné mon nom et mon adresse.

– Il est gonflé, ce type, de t'attraper par le bras dans la rue !
390 Si j'avais su ça, je lui aurais dit ma façon de penser.

– Il venait pour quoi, au juste ?

– Pour te faire la leçon sur les dangers du patin ! Il m'a

demandé de te dire d'être prudent, et de ne pas tenter des choses au-dessus de tes forces. Je n'ai pas bien compris ce qu'il
395 racontait. À mon avis, il est un peu dérangé…

– Il va revenir ?

– Je ne crois pas. Mais s'il revient, je me méfierai davantage.

– Oui. Méfie-toi de lui ! Ne le laisse pas entrer dans la maison. Et s'il essaie de forcer la porte, appelle les gendarmes !

400 Marie éclata de rire.

– Nous n'en sommes tout de même pas là. Il a été parfaitement courtois, tu sais. Un peu maniéré, même. Et il a une voix très douce. Je ne l'imagine pas brisant notre porte avec une hache… Allons, ne pense plus à tout ça. Déjeune avec
405 Bonaventure, et transmets mes amitiés à sa maman. À ce soir, mon cœur.

Théophile raccrocha et se tourna vers Bonaventure, qui décortiquait quelques pistaches, assis sur l'accoudoir d'un fauteuil en rotin.

410 – Arkandias sait où j'habite ! Il vient de passer voir ma mère !…

Pour le coup, Bonaventure manqua s'étrangler avec ses pistaches. Il les cracha dans sa main et s'écria :

– Quoi ?! Qu'est-ce que tu dis ?

415 – Arkandias est passé voir ma mère ce matin. Il me cherchait… Tu te rends compte ? Si ça se trouve, il nous attend devant la maison.

– Mais comment a-t-il trouvé ton adresse ? Tu l'avais semé…

– C'est un sorcier, mon vieux ! Il a sans doute un truc pour
420 suivre les gens.

– Tu parles ! S'il avait vraiment des pouvoirs magiques, il
t'aurait réglé ton compte depuis longtemps ! Non, à mon idée
c'est plutôt un pervers qui aime la magie rouge. Il a dû mener
son enquête, et te suivre quand tu sortais de la bibliothèque.

425 – Qu'est-ce qu'on peut faire ?

– Pour le moment pas grand-chose. On va aller manger, et
puis on montera discuter de tout ça dans ma chambre. Le boudin porte conseil…

Le repas fut un délice. Il y eut une entrée de laitue à l'huile
430 de noix, avec des croûtons dorés frottés d'ail et garnis d'une
lamelle de fromage de chèvre chaud. Puis arrivèrent le riz parfumé et les petits boudins au piment. Le riz était cuit à la perfection. Il ne collait pas, et pourtant on pouvait en faire des
boulettes, comme dans les restaurants chinois. Quant aux bou-
435 dins, ils mettaient le feu à l'œsophage[1], comme il se doit. Le
père de Bonaventure en croqua deux douzaines, tout en expliquant que le boudin antillais vendu en France n'était qu'une
pâle imitation de ce qui se faisait aux îles, et que finalement il
n'était pas possible d'en trouver ici qui soit correctement épicé.
440 Théophile l'écouta en pleurant de grosses larmes et en mâchant
de la mie de pain, sous l'œil goguenard[2] de Bonaventure. Le
dessert était une grande salade de fruits relevée de sucre de

---

1. Partie de l'appareil digestif, au-dessus de l'estomac.
2. Moqueur.

canne et d'une pointe de rhum agricole. Les deux garçons quittèrent la table d'un pas chancelant, et furent heureux de
445 s'étendre un moment dans la chambre de Bonaventure.

— La vache, fit Théophile en mettant ses mains sur ses yeux.
Elle tape, ta salade…

— C'est mon père qui l'a préparée. Il n'est jamais avare de
rhum…

450 — En tout cas, ça m'a requinqué[1]. Arkandias ne me fait plus
peur du tout. S'il revient ennuyer ma mère, je lui casserai une
chaise sur la tête.

Bonaventure se leva pour aller prendre un papier sur sa table
de travail. Il le tendit à Théophile en lui disant :

455 — Tiens ! Jette un coup d'œil à ça : ce sont les conversions en
minutes des centièmes d'heures de la recette. Ça m'a pris une
demi-heure hier soir…

Théophile se redressa sur le lit et se cala contre le mur avec
un oreiller pour lire tout à son aise. Sur une feuille de papier
460 quadrillé arrachée à un cahier de brouillon, Bonaventure avait
écrit :

Le douzième centième de l'heure correspond à la septième
minute.

Le vingt-et-unième centième de l'heure correspond à la
465 douzième minute passée de trente secondes.

Le vingt-huitième centième de l'heure correspond à la dix-
septième minute.

---

1. Redonné des forces.

Le trente-quatrième centième de l'heure correspond à la vingtième minute passée de trente secondes.

470 Le quarante-troisième centième de l'heure correspond à la vingt-sixième minute.

Le quarante-neuvième centième de l'heure correspond à la vingt-neuvième minute passée de trente secondes.

Le quatre-vingt-dix-neuvième centième de l'heure correspond 475 à la cinquante-neuvième minute passée de trente secondes.

– C'est précis, dis donc ! Il va nous falloir un chrono-mètre…

– J'en ai un sur ma montre de plongée, répliqua Bonaventure en montrant son poignet. Mais le plus difficile, ça 480 va être d'enchaîner toutes les étapes pile à la bonne minute sans s'emmêler les pinceaux.

– On répétera entre dix et onze ce soir, histoire d'être fin prêts à minuit. Au fait, tu ne m'as toujours pas montré la bague…

485 – Mince, c'est vrai ! Ne bouge pas, je te la sors…

Il alla prendre un petit requin en plâtre sur une étagère et revint s'asseoir au bord du lit. Le requin était creux et avait sur le ventre un bouchon de caoutchouc rond, grand comme une pièce de cinq francs. Bonaventure ôta le bouchon et secoua le 490 squale[1], qui ne tarda pas à pondre une belle bague blanche sur-montée d'une petite perle.

---

1. Poisson de grande taille comme le requin.

— Elle est superbe! s'exclama Théophile en la ramassant sur l'oreiller. C'est de l'or blanc?

— Je veux! Regarde le poinçon…

495 — Et ça ne t'embête pas qu'on ôte la perle? Tu n'as pas peur que ça l'abîme?

— Penses-tu. Dès l'instant qu'on y va doucement… D'ailleurs on va le faire tout de suite. J'ai une petite pince que j'ai empruntée à mon père. Ça va aller tout seul.

500 Avec d'infinies précautions, ils désenchassèrent la petite perle, et Bonaventure la roula aussitôt dans un morceau de papier de soie pour ne pas la perdre. Il la cacha dans le requin de plâtre, qui retrouva sa place sur l'étagère.

Les deux jeunes gens restèrent un moment pensifs devant la 505 bague au chaton nu. Puis Bonaventure la prit entre son pouce et son index et la haussa devant lui en disant:

— Il n'y manque qu'un pépin d'orange…

Alors Théophile lui cligna de l'œil et cracha dans sa main un petit pépin nacré[1], brillant de salive.

510 — Je l'ai récupéré tout à l'heure dans la salade de fruits. Moi, quand j'ai une idée dans la tête, je ne l'ai pas autre part.

Ils passèrent le reste de l'après-midi devant l'écran de l'ordinateur. Le papa de Bonaventure avait rapporté de Suisse (où il allait de temps en temps enregistrer une ligne de guitare basse 515 pour le compte de quelque groupe de Rap local) un logiciel de simulation de vol en navette spatiale. L'écran reproduisait fidè-

---

1. Qui a l'aspect de la nacre, brillant.

lement le tableau de bord de Challenger IV[1], et Théophile fut tout d'abord déconcerté par tous ces cadrans et toutes ces diodes[2] lumineuses qui brillaient partout. Bonaventure, qui assimilait les nouveaux jeux vidéo aussi aisément qu'un serpent boa assimile un lapin, lui fit un cours assez long, en s'aidant d'une notice épaisse comme l'annuaire du téléphone. Mais le jeu n'était réservé qu'à une petite élite[3], dont Théophile ne faisait pas partie. Il se crasha[4] deux fois de suite au décollage pour avoir oublié de fermer le clapet du réservoir d'hydrogène[5], et il explosa en l'air à la troisième tentative. Un peu vexé, il passa les manettes à son ami en lui disant :

– Tiens ! Vas-y, toi. Moi ça m'énerve…

Bonaventure décolla avec aisance et fit un tour dans l'espace. Mais il ne se posa pas sur la lune, car il n'avait pas suffisamment révisé les procédures spécifiques à ce genre d'exercice. Comme le coucou chantait six heures en se montrant six fois de suite au-dessus du cadran de la pendule, Bonaventure éteignit son jeu.

– Bon, fit-il. C'est pas tout ça, mais il va falloir y aller…

– Tu veux que je t'aide à préparer ton sac ?

– Ça ira. Tu sais, pour une nuit je n'emporte pas grand-chose.

---

1. Navette spatiale américaine. La navette Challenger se désintégra peu après son décollage, le 28 janvier 1986.
2. Appareils laissant passer le courant électrique.
3. Groupe constitué des meilleurs dans un domaine précis.
4. S'écrasa au sol (anglicisme).
5. Combustible, le plus léger des gaz.

Il fourra un tee-shirt et des chaussettes dans son sac de toile verte et rouge, puis ouvrit son cahier de textes pour vérifier les cours du lundi et prendre ce dont il avait besoin. Il jeta quelques livres et quelques cahiers dans le haut du sac. Il allait le fermer quand Théophile s'écria :

— N'oublie pas ta flûte ! On serait jolis !…

— Mince ! Je n'y pensais plus, dis-donc ! Et il faut que je prenne aussi ma transposition ! Ce sale petit morceau de musique qui me fait grincer des dents…

Il alla prendre une feuille dans son cahier de musique, la plia en deux et la glissa dans un des livres qui occupaient le haut du sac.

— Ça y est, fit-il en serrant les lanières. Je suis prêt. On y va ?

— On est parti. Au fait, tu en connais, toi, des morceaux de musique moyenâgeuse ?

— Quelques-uns. Pourquoi ?

— Pour rien. Allons saluer ta mère…

Théophile ne manqua pas de remercier madame Douloumé o pour l'excellence de sa cuisine. Ce compliment la fit éclater de rire. Elle enleva Théophile dans ses bras et le serra sur son vaste corsage en répliquant :

— Petit poussin, je sens déjà moins tes côtes. Le boudin, il n'y a rien de tel… »

Les deux garçons prirent leurs vélos au garage et s'éloignè-rent tranquillement le long du boulevard Ledru-Rollin, en

devisant[1] à mi-voix. Mais ils durent mettre pied à terre dans la
565 montée Valérieux, et pousser leur vélo en s'épongeant le front.
Le boudin, il n'y avait rien de tel. Sauf dans les côtes.

---

1. Discutant gentiment.

BIEN LIRE

CHAPITRE 6
• **Dans quel état les deux garçons trouvent-ils la bergerie ?**
• **L. 206 : Pourquoi Théophile dit-il à Bonaventure qu'il est « un ventre » ?**
• **Pourquoi les deux garçons ne peuvent-ils pas accéder à la première propriété viticole ?**
• **Qui vient rendre visite à Marie ? Pourquoi cette personne vient-elle la voir ?**
• **L. 440 : Pourquoi Théophile pleure-t-il en mangeant son boudin ?**

7
La flamme verte

La soirée chez Théophile fut assez plaisante. On parla de la visite de monsieur Arkandias, et Marie demanda à Bonaventure de donner sa version de l'accrochage en patins. Bonaventure raconta l'incident avec d'autant plus de liberté qu'il n'y avait pas assisté, et Marie finit par dire que tout ça n'avait aucune importance, puisqu'on ne reverrait sans doute jamais ce monsieur. On passa à table, et la conversation roula tout d'abord sur mille petits riens, comme il est d'usage dans les repas réussis. Mais Marie fit tout à coup plusieurs questions précises sur l'exposé de musique moyenâgeuse, et Bonaventure en fut quelque peu déconcerté. Comme il répondait de travers, Théophile lui donna un coup de pied sous la table. Il se tut, et laissa son ami prendre le relais. Théophile avait une langue agile, qu'il mettait au service de son inépuisable imagination. On l'écouta développer les grandes lignes de l'exposé, puis entrer dans des détails d'ordre technique, tels que la distinction entre troubadour[1] et trouvère[2], langue d'oc[3] et langue d'oïl[4], viole de gambe et viole de bras[5]. Ces connaissances toutes neuves avaient été puisées l'avant-veille à la biblio-

---

1. Poète du Moyen Âge qui s'exprime en langue d'oc.
2. Poète du Moyen Âge qui s'exprime en langue d'oïl.
3. Langue du Moyen Âge utilisée au sud de la Loire, où *oui* se disait *oc*.
4. Langue du Moyen Âge utilisée au nord de la Loire, où *oui* se disait *oïl*.
5. Instruments de musique à cordes et à archet ressemblant à un violoncelle (viole de gambe) ou à un violon (viole de bras).

20   thèque dans *La Grande Encyclopédie de la musique à travers les siècles*. Elles firent cependant forte impression. Puis vint la tarte aux poires saupoudrée de brisures d'amandes. Marie insista pour que Bonaventure joue un morceau à la flûte. Il se fit un peu tirer l'oreille, mais finalement il accepta, car la maman de
25   Théophile avait un très beau sourire et savait en user pour obtenir ce qu'elle voulait. Il monta chercher sa flûte dans son sac, et joua plusieurs morceaux tels que *Sur le pré, Lochez*[1], *lochez les pommes* et *Un deux trois, clémuchette*[2] *cachée*. Marie écouta avec ravissement, et Théophile admira l'agilité diabo-
30   lique[3] de son ami. Les doigts couraient sans la moindre hésitation sur les petits trous de la flûte, et une musique délicieusement aigrelette[4] et surannée[5] se faisait entendre. C'était frais comme une chevauchée[6] dans un verger de cerisiers, ou comme une sieste sous la feuillée à trois heures de l'après-midi,
35   quand on doit cesser de moissonner à cause du soleil. Ces petits airs ressuscitaient l'odeur du foin coupé, et la poignante mélancolie des étés du temps jadis. Théophile se promit d'acheter un compact-disque de ces vieux airs dès qu'il serait suffisamment en fonds[7]. Bonaventure obtint une longue grêle[8]

---

1. Secouez l'arbre pour en faire tomber les fruits.
2. Noix de muscade.
3. Facilité et rapidité telles que Bonaventure semble aidé par le diable.
4. Aiguë, perçante.
5. Vieillotte, démodée.
6. Promenade à cheval.
7. Aurait une réserve d'argent.
8. Pluie composée de grains de glace ; ici, au sens figuré, cela donne une idée de quantité (beaucoup de).

⁴⁰ d'applaudissements. Puis on fit quelques parties de Mistigri, et tout à coup Théophile regarda sa montre en disant :

— Il faudrait peut-être qu'on travaille un peu…

Les deux garçons embrassèrent Marie et montèrent se laver les dents.

⁴⁵ Dès qu'ils furent en sûreté dans la chambre, ils donnèrent un tour de clef à la serrure et Théophile se frotta les mains en disant :

— Bon, ce n'est pas tout ça mais on a du pain sur la planche.

Il empoigna un fauteuil et le repoussa contre le mur en ajou-
⁵⁰ tant :

— Aide-moi. Il faut qu'on fasse de la place, histoire d'être à l'aise tout à l'heure…

Les deux garçons écartèrent plusieurs chaises, puis déplacèrent à grand peine le lit de pin blanc et la grande armoire assor-
⁵⁵ tie. Ils étaient en train de rouler les tapis quand Marie frappa à la porte. Théophile courut lui ouvrir. Elle fit trois pas dans la chambre et marqua les signes du plus vif étonnement.

— Qu'est-ce qui vous a pris de déplacer les meubles ? Vous perdez la tête, ma parole ! Voilà dix minutes que j'entends trem-
⁶⁰ bler le plancher…

— On se prépare un espace de travail, m'man. Un genre de scène, quoi. Mais ne t'inquiète pas, on a fini. Le plancher ne tremblera plus…

— J'espère bien. Il ne manquerait plus que ça. Essayez donc
⁶⁵ de répéter sans faire trop de bruit. Et ne vous couchez pas trop tard. Bonne nuit, les enfants.

– Bonne nuit, m'dame.

– Bonne nuit, m'man. Fais de beaux rêves.

Ils attendirent qu'elle se soit éloignée dans le couloir, puis
70 Théophile donna de nouveau un tour de clef à la serrure en
disant :

– Il faut encore qu'on déplace le bureau… Mais cette fois,
sans tremblement de plancher si possible… Et fais gaffe au
poisson rouge.

75 Avec d'infinies précautions, ils soulevèrent et déplacèrent le
gros bureau encombré de livres et de cahiers. Bonaventure
transpirait à grosses gouttes, et Théophile forçait, le cou gonflé,
afin de maintenir l'assiette du bocal. Pacôme ne montra pas la
moindre inquiétude en voyant s'agiter l'onde au-dessus de lui.
80 C'était un poisson rouge qui avait beaucoup de sang-froid.

Lorsque tout fut en ordre dans la chambre, les deux garçons
se laissèrent tomber sur le lit, et Bonaventure regarda sa montre
en disant :

– Dix heures et demie… Ça passe, dis donc !

85 – Il nous reste une petite demi-heure pour les derniers pré-
paratifs. Après quoi, ce sera le grand saut dans l'inconnu… Tu
as vu la lune ?

Bonaventure jeta un coup d'œil en direction de la fenêtre et
émit un petit sifflement :

90 – Elle est énorme ! On dirait une pêche au sirop…

– C'est la cinquième pleine lune de l'année, comme le veut
la recette. Voilà pourquoi on devait absolument être prêts ce
soir.

Les deux garçons restèrent un moment à admirer cette lune
95 blonde qui tenait presque toute la largeur de la fenêtre.

– Tout de même, fit Bonaventure, dire que des hommes
ont marché là-haut. Quand j'y pense, ça me stupéfie !

– Si tu t'entraînes comme il faut avec ton simulateur de vol,
et si tu continues à être bon en maths à l'école, peut-être iras-
100 tu là-haut un jour, toi aussi... Tu es doué pour ces trucs-là,
Bonav'...

– Tu parles. Je sais bien que je n'irai jamais. Il faut être réa-
liste...

– Tu t'apprêtes à jouer de la flûte pendant une heure en me
105 regardant casser des œufs pourris dans un creuset pour fabriquer une bague qui rend invisible, et tu parles de réalisme ? !

Bonaventure haussa les épaules.

– Je suis ici pour te faire plaisir, et pour passer un bon
moment. Mais Dieu merci, je ne prends pas tout ça au
110 sérieux... Tandis que toi...

– Moi, j'y crois ! Et je n'ai pas honte de le proclamer. Si la
recette n'était que pure affabulation[1], pourquoi Arkandias
s'embêterait-il à essayer de me dissuader de la réaliser ?

– Ça c'est vrai. Tu marques un point. Mais d'un autre côté,
115 si la recette fonctionnait qu'est-ce qui empêcherait Arkandias
de se rendre invisible et de pénétrer dans ta chambre pour te
reprendre l'œuf, le sang de poule et le mercure ? Mmh ?...

– Je ne sais pas. Peut-être que quand on est invisible on ne

---

1. Invention, arrangement de faits constituant une histoire imaginaire.

peut rien porter… De toute façon, nous ne sommes pas là pour spéculer[1] sur l'efficacité de la recette, mais pour la tester. Dans un peu plus d'une heure, nous serons fixés.

Il se leva d'un bond en ajoutant :

– Au travail. Il nous reste un quart d'heure pour nous préparer.

Sur le bureau débarrassé de son fatras[2] de livres et de cahiers, ils ordonnèrent avec soin les différents ingrédients. Théophile entreprit de peser son once de soufre et son once de salpêtre. Après vérification dans le petit Larousse, il apparut que l'once valait 30,594 grammes. Comme il ne disposait pas d'une balance précise au gramme, il prit pour règle que le soufre et le salpêtre avaient à peu près la densité du sucre en poudre, et il les pesa tout bonnement avec une petite cuillère. Il versa ses onces sur deux carrés de papier blanc qu'il replia pour en faire des sachets. De son côté, Bonaventure avait sorti sa flûte de son sac et déplié sa petite partition manuscrite. Il chercha des yeux un pupitre, et comme Théophile n'en avait pas il alla finalement scotcher la partition à hauteur d'œil sur l'armoire, afin de pouvoir la consulter en cas de besoin. Il emboucha sa flûte, fit jouer ses doigts sur les trous et commença à répéter son morceau en sourdine.

– Joue-le pour de bon, s'exclama Théophile. J'aimerais bien l'entendre…

---

1. Parier, faire des recherches sur quelque chose d'abstrait.
2. Tas de choses en désordre.

– Tu vas l'entendre pendant une heure, et moi aussi. Alors pitié, laissons un peu de repos à nos oreilles.

Théophile relut la recette et répéta les gestes qu'il aurait à 145 accomplir. D'abord, l'eau gelée. Il en avait mis une livre à glacer au réfrigérateur ; il descendrait la chercher au dernier moment. Bon. Ensuite, les quatre gouttes de mercure. Bonaventure devrait commencer sa musique pile sur la quatrième goutte. Ça ne poserait pas de problème, et au besoin, il lui ferait un signe. 150 Très bien. Ensuite, l'œuf, qu'il fallait briser avec la pince en bois d'olivier en criant à trois reprises *Amsa Kratchouf! Kratchouf Sôminey!* Le plus difficile, à ce stade de la recette, serait de garder son sérieux. Mais quoi! Il prendrait sur lui. Et en cas de défaillance il lui suffirait de penser à monsieur Griénez, le pro- 155 fesseur de mathématiques, pour perdre aussitôt l'envie de rigo- ler. Pour le soufre, pas de problème. Il n'y avait qu'à le jeter en pluie sur la mixture. Mais pour le sang de poule noire, c'était plus ardu[1]. D'abord le dé à coudre qu'il avait emprunté à sa mère était arrondi au bout et ne tenait pas en équilibre sur la 160 table. Il essaya de le caler avec deux trombones, puis finalement il le planta dans un morceau de pâte jaune dont il usait pour col- ler ses posters. Au dernier moment il le décollerait de ce gluant support, et le « magnétiserait en le portant successivement à son front, à son épigastre et à son nombril » conformément aux pres- 165 criptions de la recette. Le danger était que Bonaventure se mette à rire en le voyant faire. Il résolut d'accomplir l'opération en

---

1. Difficile.

tournant le dos à son ami, afin que son jeu de flûte n'en soit pas perturbé. Pour le champignon, rien de bien compliqué. On le collait dans la sauce, et c'était tout. Mais il fallait tout de même penser à bien le laver, point capital selon la recette. Ensuite venait l'étape – délicate entre toutes – de l'intégration des cinquante fientes fraîches de pigeon ramier. Il fallait incorporer ces fientes une à une, et de centième d'heure en centième d'heure, c'est-à-dire avec un peu moins d'une minute entre deux lâchés. Un défi ! Il ouvrit la boîte où il les avait recueillies et fut navré de constater qu'à cause de leur fraîcheur elles s'étaient un peu mélangées entre elles. Il décida qu'il utiliserait une cuillère pour prélever au fur et à mesure de petites quantités de matière dans cette masse globale, comme on fait pour les truffes en chocolat. Enfin viendrait l'instant de jeter l'once de soufre dans le creuset. À ce moment de la recette, il faudrait bien penser à s'écarter du creuset, à cause de la flamme verte qui ne manquerait pas d'en jaillir. Il répéta à plusieurs reprises le mouvement de rotation qui lui permettrait de se soustraire à la flamme, puis il leva les yeux vers le plafond, afin de calculer où il mettrait son creuset pour éviter que cette même flamme ne brûle le lustre. Bonaventure fut un peu étonné de le voir pivoter ainsi avec lenteur sur sa hanche, à la façon des maîtres de Taï-Chi[1]. Il l'observa un instant avec curiosité, puis baissa sa flûte et demanda :

— Tu fais quoi ? Tu danses ?

— Je m'entraîne à esquiver la flamme…

---

1. Techniques de gymnastique asiatique.

– Et pourquoi lèves-tu les yeux au ciel ?

– J'essaie de voir où mettre mon creuset. Je veux éviter que la flamme ne brûle le lustre…

– Tu as trouvé un creuset ?! Qu'est-ce que tu attends pour le sortir ? C'est hyper intéressant, un truc pareil ! Fais-le voir tout de suite !

– Je n'ai pas de creuset, Bonav'… Je compte utiliser un caquelon à alcool…

– Un caquelon ?! C'est quoi, ça ?

– Un truc pour faire la fondue ! Une sorte de chaudron très épais et très résistant, avec un petit réchaud incorporé. Ce sera impeccable… Quelle heure as-tu ?

– Moins dix ! Il ne faut plus tarder !

– Je descends chercher le caquelon, l'eau gelée et la pince à cornichon en bois d'olivier. Jette un coup d'œil à la recette. Vérifie que je n'ai rien oublié…

Bonaventure écarta ses tresses et pencha son visage sur les feuillets que Théophile avait scotchés directement sur le bureau pour éviter qu'ils ne s'envolent.

– Tu as pensé à laver le champignon ? demanda-t-il. Je vois là que c'est un point capital…

Théophile se toucha le front du bout des doigts :

– Mon Dieu ! Le champignon ! Heureusement que tu es là…

Il ramassa la petite trompette-des-morts et courut vers la porte en disant :

– Ôte ta montre et pose-la sur le bureau, histoire que je l'aie sous l'œil à toutes les étapes de la recette. Mets-la en position
220 chronomètre, et tiens-toi prêt avec ta flûte. Je reviens dans deux minutes.

Un moment plus tard il reparut, le caquelon dans une main, le bac de glace dans l'autre, et la pince à cornichon sous un bras.

225 – Il est quelle heure, maintenant ? demanda-t-il, un peu stressé.

– Moins cinq. On est dans les temps…

– On est à la bourre, tu veux dire ! Vite mets-toi en place, et prends ta flûte.

230 Il posa le caquelon sur la table, et désopercula[1] une boîte en fer blanc qui contenait une pâte translucide à base d'alcool à brûler. Une forte odeur d'éthanol[2] frappa le nez de Bonaventure qui s'exclama :

– Dis donc ! Ça schlingue[3], ton bidule !

235 Théophile plaça le petit récipient de fer blanc sous le caquelon et craqua une allumette en disant :

– Onze heures moins deux. C'est parti, mon kiki…

Il approcha l'allumette de la boîte en fer blanc. Aussitôt une flamme bleue s'étendit sur toute la surface de l'alcool gélifié.
240 Un instant plus tard la flamme prit corps, et monta en tremblant pour venir lécher le fond du caquelon.

---

1. Ouvrit.
2. Gaz combustible ayant l'odeur de l'éther.
3. Pue (vocabulaire familier).

– H moins une! s'écria Théophile. Tiens-toi prêt à jouer dès que je te ferai signe, et ne t'arrête qu'au signe suivant.

À la cinquième lune de l'an, une heure avant minuit, se tenir
245 *prêt, couvrir les lampes et fractionner l'heure en cent centièmes.*

Il alla éteindre le lustre, revint se placer devant la table et vérifia que la recette pouvait être lue aux clartés conjuguées du réchaud et de la lune. Les lueurs bleuâtres de la flamme dansaient un peu sur les feuillets, mais ça allait. Quelques secondes
250 avant onze heures, il prit une profonde inspiration et fit partir le chronomètre. Le moment était venu de commencer.

Au premier centième de l'heure, mettre le creuset vide sur la
flamme et y poser la livre d'eau gelée.

Il démoula sa livre d'eau gelée et la posa de biais dans le
255 caquelon. Elle y fondit sans bruit en un instant.

Au douzième centième de l'heure, jeter les quatre gouttes de
mercure dans l'eau tiède ainsi obtenue, et jouer à la flûte l'air qui
doit charmer l'amalgame. L'air sera joué Allegro ma non troppo
et sans interruption durant tout le reste du grand œuvre.

260 Sept minutes plus tard, il jeta dans l'eau les quatre gouttes de mercure liquide. Elles tombèrent au fond du caquelon, qui était un peu incurvé, et s'y réunirent pour ne former qu'une grosse goutte de métal liquide. Il fit aussitôt signe à Bonaventure, qui se tenait prêt, la flûte au bec. Une atroce
265 petite musique s'échappa du tuyau de métal argenté. Cela ressemblait aux miaulements des chats de mars, ou au bruit que ferait une scie musicale tronçonnant des tablettes de marbre.

Théophile sentit que ses dents lui faisaient mal. Ça allait être
difficile de tenir une heure avec cette musique en bruit de fond.
270 Très difficile, même.

*Au vingt-et-unième centième de l'heure, briser l'œuf punais
avec une pince en bois d'olivier en criant d'une voix forte à trois
reprises :* Amsa Kratchouf ! Kratchouf Sôminey ! *Puis laisser
tomber l'œuf dans le creuset.*

275   Théophile prit sur la table la pince à cornichon, et l'ouvrit
toute grande pour essayer d'attraper l'œuf. Mais la pince n'avait
pas un assez grand débattement. Il força tant et si bien qu'il la
brisa en deux. Paniqué, il s'efforça d'user des deux morceaux
comme de baguettes afin de saisir l'œuf à la chinoise. Mais ce
280 n'était pas commode. Il y parvint tant bien que mal, et à la douzième minute après onze heures il brisa la mince coquille au
dessus du caquelon en criant d'une voix forte : *Amsa Kratchouf !
Kratchouf Sôminey !* L'œuf tomba dans l'eau bouillante assai-
sonnée de mercure, et Théophile découvrit à cette occasion que
285 le jaune d'un œuf punais est noir, et que son blanc est bleu.
Presque dans le même temps, une odeur abominable infecta la
chambre. Comme il lui restait cinq minutes avant l'étape suivante, il courut ouvrir la fenêtre. Bonaventure s'y précipita, les
yeux pleins de larmes, tout en continuant héroïquement à jouer
290 de la flûte.

*Au vingt-huitième centième de l'heure, jeter en pluie le soufre
sur l'amalgame.*

L'œil sur la trotteuse du chronomètre, Théophile attendit

la seizième minute. Il attrapa le petit carré de papier où était
295 pliée l'once de soufre, et à la dix-septième minute il versa en
pluie la poudre jaune sur sa mixture. Rien de notable ne se
passait encore.

Au trente-quatrième centième de l'heure, ajouter le dé à coudre
de sang de poule noire, après l'avoir magnétisé en le portant suc-
300 *cessivement à son front, à son épigastre et à son nombril.*

C'était sans conteste le moment le plus ridicule. À la vingtième minute passée de trente secondes, il décolla le dé à coudre
de son support et le porta à son front tout en jetant un coup
d'œil vers Bonaventure pour s'assurer qu'il ne rierait pas. Mais
305 ce dernier n'avait pas envie de plaisanter. L'odeur de l'œuf
punais lui avait soulevé le cœur, et il soufflait tristement dans
son pipeau, en luttant contre la nausée. Théophile porta le dé
à coudre de sang sous son sternum, puis à son nombril, et il le
versa dans le caquelon. Il se demanda tout à coup s'il ne fallait
310 pas jeter aussi le dé dans la mixture. Mais il lui sembla que non.
Quand on parle de mettre une cuillère à café de fleur d'oranger
dans la pâte à brioche, on ne verse que l'eau de fleur, pas la
cuillère. Il jeta un coup d'œil au chronomètre, qui marquait
onze heures passées de vingt et une minutes.

315 *Au quarante-troisième centième de l'heure, mettre à cuire*
dans la mixture le champignon soigneusement lavé et débarrassé
de toute trace d'humus (ce point est capital).

Cinq minutes plus tard, il précipita la petite trompette-
des-morts dans la mixture, qui avait pris une teinte brunâtre

320 et bouillait en fumant un peu, mais sans dégager d'odeur pestilentielle[1] malgré la présence de l'œuf. Tout allait-il comme il fallait jusque-là ? Impossible de le dire. Il fallait attendre la flamme verte.

Au quarante-neuvième centième de l'heure, ajouter une à une,
325 *et de centième d'heure en centième d'heure, les cinquante fientes fraîches de pigeon ramier.*

Théophile guetta la vingt-neuvième minute, puis avec la petite cuillère dont il s'était servi pour doser les onces de soufre et de salpêtre, il préleva l'une après l'autre dans la
330 boîte en plastique les cinquante fientes fraîches, ou tout du moins leur équivalent quantitatif. Mais ce n'était pas commode d'estimer les crottes à la cuillère. Au terme de l'opération, il restait dans le fond de la boîte la valeur de trois ou quatre fientes à peu près. Théophile versa en catastrophe ce
335 reliquat[2] dans le chaudron. L'heure n'était plus aux interrogations métaphysiques[3] ! Onze heures et cinquante-neuf minutes venaient de s'afficher au chronomètre. Il s'agissait d'enchaîner sans perdre un instant avec l'étape suivante, celle du salpêtre, la dernière de la série !

340 *Au quatre-vingt-dix-neuvième centième de l'heure, verser en pluie le salpêtre blanc réduit en poudre sur le mélange obtenu, puis s'écarter du creuset.*

D'une main un peu tremblante, Théophile prit sur la table

---

1. Puante, infecte comme l'est la peste.
2. Reste.
3. Réflexions philosophiques qui ont pour but de mieux connaître l'homme, l'univers et Dieu.

le dernier petit paquet. Il l'ouvrit fébrilement[1], attendit que la
trotteuse passe le chiffre trente et versa le salpêtre sur le
bouillon. L'instant d'après il pivota sur sa hanche en effaçant les
épaules, selon le mouvement qu'il avait répété. Une seconde
passa, puis deux, puis trois. Pas de flamme verte ! Il jeta un
regard interrogateur à Bonaventure qui s'époumonait[2] toujours
dans sa petite flûte. Ce dernier lui répondit par un haussement
de sourcils. Au bout d'une minute il fallut se rendre à l'évidence : la recette avait échoué. Théophile se redressa, les yeux
tristes, et il se pencha sur le caquelon. C'est à ce moment que
dans un bruit de geyser[3] le trait de feu vert monta droit vers le
plafond, éclairant la chambre comme un coup de foudre.
Théophile recula d'un bond vers la fenêtre, et Bonaventure
écarquilla les yeux en murmurant :

— Merde alors ! Ça marche !…

— Joue ! hurla Théophile remarquablement excité. N'arrête
pas de jouer, pour l'amour du ciel !

La flamme verte continuait de brûler en montant vers le plafond comme une colonne de phosphore[4]. Elle semblait intaris-
sable[5]. Théophile eut la présence d'esprit de courir vers la table
et d'y prendre la bague. Une main devant les yeux pour se protéger du rayonnement vert qui continuait de s'irradier[6] dans la

---

1. Nerveusement, comme s'il avait de la fièvre.
2. S'essoufflait.
3. Source d'eau chaude jaillissant subitement.
4. Substance capable de devenir lumineuse dans l'obscurité.
5. Inépuisable, qui ne s'arrête jamais.
6. Se diffuser, briller.

nuit et d'éclairer les meubles de la petite chambre, il s'avança vers le chaudron et y jeta l'anneau. Aussitôt la flamme retomba. Bonaventure put enfin cesser de jouer de la flûte. Il abaissa son instrument et regarda le chaudron éteint en répétant :

370   — Il faut le voir pour le croire… Vraiment… Il faut le voir pour le croire…

Théophile était transporté de joie et d'excitation.

— Tu as vu la flamme ?! répétait-il. Tu as vu ça ?! Une flamme vert émeraude ! Et qui fusait, mon vieux ! Si je n'y 375 avais pas jeté la bague, je crois bien qu'elle brûlerait encore… C'était dingue, non ?!…

— Oui, complètement !… J'ai peine à réaliser ce que mes yeux ont vu…

Il y eut un moment de complet silence, durant lequel les 380 deux jeunes gens regardèrent le caquelon d'un air pensif. La petite flamme bleue du brûleur à alcool se mit à danser en tremblant, comme sous l'effet d'un courant d'air. Puis elle expira tout à coup avec un bruit mat[1].

— Allume, s'exclama Bonaventure. On n'y voit plus rien.

---

1. Sourd, qui ne résonne pas.

BIEN LIRE

CHAPITRE 7
• Comment se fait-il que Théophile ait des connaissances sur la musique moyenâgeuse ?
• Pourquoi Marie monte-t-elle dans la chambre des deux garçons ?
• Qu'est-ce qu'un caquelon ?
• Quel est le moment le plus ridicule de la recette ?
• L. 379 : Pourquoi y-a-t-il « un moment de complet silence » ?

8
Un petit diamant orange

Théophile alla presser l'interrupteur, et la chambre retrouva aussitôt son visage ordinaire. La flamme verte n'avait pas causé de dégâts au plafond, et le caquelon semblait intact. Mais qu'était-il advenu de la bague, jetée à la source même du feu ?
5 Il n'en restait sans doute qu'une petite flaque d'or blanc. Les deux garçons s'avancèrent vers la table d'un pas circonspect[1]. Au fond du caquelon stagnait une épaisse fumée grise. Théophile se pencha sur le caquelon pour souffler cette brume qui cachait la bague, mais Bonaventure l'attrapa par le col et
10 l'écarta brusquement de la table en disant :

— Fais gaffe ! Ça pourrait se remettre à fuser d'un seul coup. Tu as déjà failli y passer tout à l'heure…

Théophile haussa les épaules :

— Tu vois bien que tout est éteint, et qu'il n'y a plus aucun
15 danger !…

— Que tu crois ! Imagine qu'il reste une petite braise cachée au fond du chaudron. En soufflant tu l'attises[2], la flamme verte redémarre et Wouff ! Elle te grille comme une saucisse ! Tu te réveilles un mois plus tard à l'hôpital, la tête couverte de ban-
20 delettes comme Toutankhamon[3]…

— C'était une flamme inoffensive, Bonav' ! Regarde, elle n'a

---

1. Prudent.
2. Fais s'enflammer, réanimes.
3. Pharaon, momifié après sa mort, donc couvert de bandelettes.

même pas abîmé le plafond. C'est un peu comme ces feux que les cheminots allument pour souder les rails : ça fuse à deux mètres de haut et ça leur retombe en pluie d'étincelles sur la

25 casquette, mais ça ne brûle pas…

— Ben voyons ! Ça fond les rails, mais à froid.

Théophile haussa les épaules et se pencha de nouveau sur le caquelon. Prudemment, il souffla sur la fumée qui se mit à tourbillonner comme l'eau du bain quand on ouvre la bonde[1].

30 Les volutes[2] grises montèrent vers le plafond où elles se dissipèrent en un voile impalpable. Au fond du caquelon, la bague gisait intacte. La flamme ne l'avait pas fondue. Théophile l'effleura du bout du doigt pour s'assurer qu'elle n'était pas brûlante, et il l'attrapa, le cœur battant. Il la haussa devant lui dans

35 la lumière du lustre, et les deux garçons ne purent retenir une exclamation de stupeur : à la place du pépin d'orange brillait un petit diamant orangé taillé en navette. Un splendide et scintillant petit éclat de carbone d'un jaune doré.

— Mais je rêve ! s'exclama Bonaventure. Je rêve, ma parole !

40 Pincez-moi, que je me réveille !…

Non, il ne rêvait pas. Et Théophile non plus, quoiqu'il eût un peu de mal à admettre la réalité de ce qu'il voyait. Les deux jeunes gens venaient de réussir une parfaite transmutation[3], et ne laissaient pas d'en être ébahis[4].

---

1. Ouverture du fond destinée à vider l'eau de l'évier ou de la baignoire.
2. Formes enroulées en spirale.
3. Transformation d'un corps chimique en un autre.
4. Très étonnés, stupéfaits.

45 — Passe-la moi une minute, demanda Bonaventure. Je veux la voir de plus près.

Théophile lui tendit le bijou. Il le fit tourner lentement devant ses yeux, et admira le diamant doré qui scintillait dans la lumière du lustre.

50 — Il est magnifique, murmura-t-il, très ému. Ma mère ne perdra pas au change…

— Tu n'as pas l'intention de lui rendre la bague, tout de même ! s'exclama Théophile scandalisé. Tu imagines ce qui se passerait, si par mégarde elle la faisait tourner ?

55 — Tu as raison ! J'oubliais le principal…

Il regarda de nouveau la bague, mais de très près cette fois, et demanda :

— Tu crois vraiment qu'elle a le pouvoir de rendre invisible ?

— Mais évidemment, voyons ! Décidément, tu resteras scep-
60 tique[1] jusqu'au bout. Tu me fais penser à saint Thomas…

— Qu'est ce qu'il a fait, saint Thomas ?

— Il a mis ses mains dans les plaies du Christ, pour vérifier qu'elles n'étaient pas fausses !

— C'est dégoûtant ! Il se les était lavées avant, au moins ?!

65 — Jésus était déjà mort puis ressuscité, andouille ! Tu parles s'il avait peur des microbes !…

— Ne te fâche pas. Je disais ça sans penser à mal.

— Je ne me fâche pas, je t'explique. Bon, qui commence ?

— Qui commence quoi ?

1. Incrédule, qui doute.

70   — Qui essaye la bague le premier ?

— Mais… Toi, bien sûr ! Tu t'es tapé tout le travail, il est naturel que tu passes le premier…

— Je te laisse mon tour, si tu veux. Tu es sceptique, ça te convaincrait…

75   — Non, je préfère que tu commences. J'ai un peu la trouille…

— Alors tu penses que ça peut marcher ?

— Je ne sais pas. J'ai les idées embrouillées par ce que je viens de voir…

80   Il fit un mouvement de tête pour rejeter ses tresses en arrière et tendit la bague à Théophile en ajoutant :

— Tiens, reprends-là. Je ne voudrais pas qu'elle me tourne entre les doigts par mégarde…

Théophile prit la bague et alla jeter un dernier coup d'œil à
85 la recette scotchée sur la table.

La bague peut dès lors être portée au majeur de la main droite. Il suffit de tourner le diamant vers la paume de la main pour se rendre invisible, et de le tourner vers le dos de la main pour réapparaître aussitôt et à volonté.

90   Il hésita, regarda la bague, puis la passa au majeur de sa main droite, qui tremblait un peu, comme tout le reste de sa personne d'ailleurs.

— Eh bien !? s'exclama Bonaventure. Qu'est-ce que tu attends ? Fais-la tourner !

95   — Minute ! J'hésite…

– Pourquoi ? Tu as peur, toi aussi ?

– Je me pose des questions. Imagine que je ne puisse plus réapparaître…

– Ça te ferait une bonne excuse pour louper l'école…

100 – Peut-être, mais il faudrait que tu expliques la chose à ma mère…

Bonaventure prit un air navré.

– Alors ça, je ne m'y vois pas du tout… Écoute, laisse tomber. On fera essayer la bague demain à Chaboud ou à 105 Vindimian…

– Tu crois qu'ils accepteront ?

– Ils sont bêtes comme leurs pieds. Avec un peu d'astuce, on leur fait faire n'importe quoi… Il suffira de les provoquer en leur disant qu'ils n'en sont pas capables…

110 – Ce serait mal de profiter de leur sottise, Bonàv'… Non, il faut que j'essaye la bague moi-même, il n'y a pas à tortiller[1]…

Il porta les doigts de sa main gauche à la bague et jeta un dernier regard à Bonaventure. Puis, lentement, il fit tourner le petit diamant orange.

115 Dès que ce dernier eut disparu dans le creux de sa main, il sentit un grand frisson lui courir sur tout le corps, comme lorsqu'un morceau de musique vous touche à vous donner la chair de poule. Il y eut une vibration aiguë de l'air autour de lui, et il lui sembla que deux cymbales d'argent se heurtaient entre ses

---

1. Hésiter.

120 oreilles. L'instant d'après il se désagrégeait[1] et fondait en poudre de rubis brûlant. L'air se chargea d'une odeur de violette, et il disparut tout à fait.

Bonaventure recula d'un pas. Il tremblait comme une feuille. Il ouvrit la bouche pour appeler son ami mais ne par-
125 vint pas à moduler le moindre son. Il joignit et disjoignit ses lèvres plusieurs fois de suite comme un poisson, en montrant du doigt le vide que Théophile venait de laisser en se volatilisant. Puis, à force d'efforts, il parvint à éructer[2] quelques syllabes gutturales[3] qui débouchèrent le passage.

130 — Théo ! s'écria-t-il, épouvanté. Où es-tu ?

— Je suis là. Devant toi, répondit une voix venue de nulle part.

Pris de panique, Bonaventure pirouetta en agitant ses tresses.

— Mais je ne te vois pas, nom de Dieu ! C'est fou ! C'est
135 complètement fou ! Je deviens dingue, ma parole !…

— Calme-toi, tout va bien. Je vais me rematérialiser…

Presqu'aussitôt Théophile reparut, les doigts de la main gauche sur sa bague qu'il venait de faire tourner dans l'autre sens. Il se frotta les joues en disant :

140 — C'est drôle, j'ai les joues tout engourdies, comme quand on fait du vélo un jour de grand froid. Bizarre, hein ?!

Bonaventure était frappé de stupeur. Il regarda son ami sans dire un mot pendant une longue minute, puis demanda :

---

1. Se décomposait en morceaux.
2. Faire sortir de la bouche.
3. Qui viennent du gosier.

– Comment tu te sens ?

145   – Je viens de te le dire, Bonav' ! J'ai les joues en coton, et des fourmis dans les jambes. Mais à part ça, je me sens très bien. Un peu léger, un peu électrique, mais très bien.

Bonaventure secoua ses tresses et se laissa tomber sur le lit. Il était blême[1], et l'émotion que lui causait ce qu'il venait de 150 voir étranglait sa voix.

– Mon vieux, je crois que là on vient de décrocher le pompon ! C'est… Comment dire ?… Dingue ! Oui, dingue ! Archidingue, même ! Un truc pareil, qui aurait pu l'imaginer ?…

Comme les superlatifs lui manquaient, et qu'il voulait abso-155 lument exprimer sa joie, il prit Théophile dans ses bras et le serra longuement sur son cœur.

– Demain, reprit-il d'une voix chevrotante[2], on parlera de nous dans les journaux du monde entier ! Il va en débouler du monde, dans cette chambre ! Je vois déjà les équipes de télé… 160 Ils mettront de gros câbles sur la moquette, et des parapluies blancs sous les fenêtres pour réverbérer le soleil et nous éclairer sous tous les angles. On nous passera de la poudre sur la figure avec une houppette[3], et on nous demandera d'expliquer en anglais aux journalistes de C.N.N. comment on s'y 165 est pris pour…

– On n'expliquera rien à personne ! coupa sèchement Théophile. Ce qui vient de se passer dans cette chambre doit

---

1. Très blanc, comme quelqu'un de malade.
2. Tremblante comme la voix d'une chèvre.
3. Petit tampon de coton servant à se mettre de la poudre sur le visage.

rester secret. Tu entends, Bonav' ? Secret ! Et d'ailleurs, tu vas me faire le serment que tu garderas le silence sur ce que tu as vu
170 ce soir. Vas-y, jure sur la tête de ta mère, en levant la main droite et sans croiser tes orteils ni les doigts de ta main gauche… J'attends…

– Mais enfin, Théo ! Tu ne peux pas garder pour toi une si belle découverte ! Voyons, imagine tout le bien que ça peut
175 apporter à l'humanité de se rendre invisible…

– Pauvre naïf ! s'indigna Théophile. Cette bague n'apporte-rait que le mal, au contraire. C'est la boîte de Pandore[1]. On ne va pas l'ouvrir une seconde fois !…

Bonaventure ignorait ce qu'était la boîte de Pandore, mais il
180 n'eut pas le loisir de demander des explications, car Théophile enchaîna :

– Veux-tu que je te dise ce qui se passera si on parle de la bague ? Eh bien on commencera par nous fêter comme des princes, c'est vrai. La télé viendra ici, on interrogera ma mère
185 et la tienne, on nous prendra en photo devant le caquelon. J'expliquerai que j'aime le patin et la lecture, et toi tu parle-ras de tes jeux vidéo. Et puis un beau matin, deux militaires en costume civil viendront nous demander des précisions sur la bague. Ils se feront insistants et nous devrons bien finir par
190 leur expliquer la recette. Des espions invisibles se rendront à

---

1. Jarre contenant tous les maux, que le titan Épiméthée avait confiée à Pandore, la première femme, qui, par curiosité, en souleva le couvercle et répandit ainsi tous les maux sur la Terre.

l'étranger pour y voler des secrets de défense, de commerce, d'industrie…. Il y aura des tensions diplomatiques, des menaces. Et ça finira par une belle guerre atomique, avec des petits enfants qui courent sur les routes, tout nus parce qu'ils
195 viennent d'être déshabillés par le souffle de l'explosion. Il y aura des dos brûlés, des membres fondus, une grande chaleur et une pluie de flocons noirs sur le jardin Sainte-Clotilde, et peut-être même des congères[1] de neige radioactive sur le toit de la cabane à frites! Et nous, nous serons
200 dans notre salle de classe au collège, ou dans notre chambre, ou dans un cachot de l'armée, tout menus, tout recroquevillés, tout noirs, et désolés comme des merguez qu'on a oubliées sur le barbecue.

— Ben mon vieux, quel tableau! Tu me donnes le grand fris-
205 son!

— C'est pour te faire comprendre que l'heure est grave. Mets-toi debout, et lève la main droite. Répète après moi : « Je jure sur la tête de ma mère de ne parler à personne de cette bague qui rend invisible. Que ma mère soit emportée par une
210 maladie si je me parjure[2]! »

— Hé! Ho! Vas-y mollo avec ma mère! Tu vas finir par lui porter la poisse… Je veux bien jurer de garder le silence sur ce que j'ai vu, mais pour le petit couplet sur la maladie tu repasseras!

---

1. Amas de neige formés par le vent.
2. Viole un serment, trahis ma parole.

215   Dès qu'il eut prêté serment, Théophile ôta la bague et la lui tendit en disant :

— Tiens, à ton tour ! Tu verras, c'est marrant…

Bonaventure fit un petit geste de dénégation.

— J'essaierai demain. Ce soir je suis fatigué. J'ai besoin de 220 dormir…

— Tu n'as pas envie de voir comment ça fait d'être invisible ? !

— Si très. Mais demain. Là, je tombe de sommeil.

— Tu trembles de peur, oui ! Je te croyais moins trouillard…

225 — Si tu espères me faire essayer la bague en me provoquant, tu perds ton temps. Je ne suis pas Chaboud ni Vindimian, moi… Je ne me jette pas au Rhône par défi ! Je te vois venir de loin, tu sais, avec tes gros sabots !

— Tu me vois venir de loin, parce que la peur te fait te per- 230 cher haut. Mais après tout, c'est ton droit d'être poltron[1], et je n'ai pas l'intention de te forcer la main.

Bonaventure haussa les épaules.

— Ta bague, je l'essaierai demain, discrètement, dans les toilettes du collège. Et dès que je serai invisible, j'irai faire un tour 235 dans les classes, histoire de rigoler un peu. À moins que ça aussi ce soit dangereux pour l'avenir de l'humanité. Je ne voudrais surtout pas déclencher par mégarde cette guerre thermonucléaire[2] qui ravagera les pelouses du jardin Sainte-Clotilde.

---

1. Peureux et lâche.
2. Phénomène physique de fusion qui se produit à une température élevée.

— Tant qu'on ne dit rien à personne et qu'on s'amuse dis-
240 crètement, les pelouses ne courent aucun danger. Si tu veux, on
peut même aller faire un tour chez les confiseurs et mettre la
tête sous les tonnelets de bonbons, comme je te l'avais promis.

— Et que dira le confiseur en voyant ses tonnelets se vider
comme par magie ?

245 — Il pensera qu'il a besoin de vacances, et il fermera sa boutique. Mais nous, nous aurons eu le temps de bien nous régaler.

— Tope-là, Théophile ! s'écria Bonaventure en lui tendant
sa longue main de musicien. Je te retrouve enfin ! Un
moment, j'ai craint que la réussite ne t'ait ôté ta fantaisie.

250 Théophile lui claqua la paume, puis les deux jeunes gens
entrechoquèrent leur poing et se serrèrent la main.
Bonaventure alla récupérer sa montre sur la table. Il la passa à
son poignet, la consulta machinalement et s'exclama :

— La vache ! Il est une heure du matin… Il faudrait peut-être
255 qu'on pense à se coucher. Sinon demain on va bâiller en cours
sans rien comprendre à ce que les professeurs nous diront.

— Oui, tu as raison. Couche-toi, si tu veux. Moi, je vais descendre laver le caquelon. J'en ai pour cinq minutes.

— Comptes-en dix, et récure-le bien à fond ! Il a mitonné
260 une drôle de soupe, ton caquelon. Il ne faudrait pas que la prochaine fondue sème le deuil dans la famille.

BIEN LIRE

CHAPITRE 8
• Qu'est devenu le pépin d'orange ?
• L. 91 : Pourquoi Théophile tremble-t-il ?
• Que pense faire Bonaventure le lendemain ? Théophile est-il de son avis ?
• L. 227-228 : Pourquoi Bonaventure parle-t-il ainsi ? Qu'a-t-il compris ?

9
L'avertissement de monsieur Arkandias

Le lendemain matin, le radio-réveil fit de son mieux pour tirer les deux garçons du sommeil. Le carillon du bulletin d'information de sept heures n'eut à peu près aucun effet sur Bonaventure, qui mit le nez au plus mœlleux de son oreiller et disparut sous une houle de tresses mêlées. Un monsieur parla un moment d'un déraillement de train aux Indes, puis on entendit sonner des trompettes, et un chanteur à la voix nasillarde[1] leur conseilla de ne pas aller à Rio sans se munir au préalable d'un petit chapeau. Théophile se retourna sous sa couverture et rêva qu'il grimpait à dos d'âne une petite colline parfumée de lauriers roses. Il avait sur la tête un chapeau de coton mauve tricoté au crochet et orné de pompons, et à l'index de la main gauche une bague dont la pierre était un énorme ananas. Bizarrement, cela ne le gênait nullement pour conduire son âne. Mais il était fort incommodé par les gouttes de sueur qui perlaient à son front, et qu'il n'osait pas essuyer de peur de se lacérer[2] la chair avec les épines du gros fruit. Au bout d'un moment, l'âne lassé de recevoir des gouttes de sueur sur l'échine[3] lui suggéra de se servir de sa main droite pour s'essuyer le front. Théophile mit aussitôt en œuvre cette idée astucieuse, et il s'en trouva mieux. L'air d'opérette cessa

---

1. Qui vient du nez.
2. Déchirer.
3. Colonne vertébrale, dos.

enfin et une voix féminine parla de l'anticyclone des Açores. Bonaventure grogna dans son oreiller et ouvrit un œil, au prix d'un grand effort de volonté. Mais cet œil, fixe et hagard[1], n'enregistrait pas le réel. Il le referma bien vite et bascula dans un puits sans fond qui ressemblait, en beaucoup plus grand, au caquelon de Théophile. Dans sa chute, il pensait à la flamme verte qui avait éclairé la chambre la veille au soir. Cette flamme fusante et phosphorique n'allait-elle pas jaillir des profondeurs pour le griller comme un insecte ? « Elle fond les rails » murmura-t-il en s'accrochant au gros oreiller. « Elle fond les rails, mais ne brûle pas les casquettes ! »

Marie frappa à la porte et les deux garçons se dressèrent dans le lit, les yeux mi-clos, hébétés[2] de sommeil.

— Il est sept heures et demie, les enfants ! Dépêchez-vous de descendre déjeuner…

On entendit claquer des talons dans l'escalier, et les deux garçons poussèrent un gros soupir. Bonaventure se frotta longuement les yeux et marmonna :

— J'ai fait un horrible cauchemar ! Je tombais dans un puits, et j'avais très peur qu'une flamme verte ne jaillisse et ne me brûle. C'était affreux ! J'avais chaud, mon vieux ! Tu ne peux pas imaginer…

— Moi aussi j'ai eu chaud, cette nuit. Et il me semble que j'ai rêvé. Mais je ne me souviens plus de quoi.

---

1. Inquiétant car effaré.
2. Engourdis.

Ils firent rapidement un brin de toilette et achevèrent de s'habiller en descendant l'escalier. Marie leur avait préparé à chacun un bol de chocolat chaud et une assiette de céréales. Ils s'attablèrent sans dire un mot et Théophile se servit un verre de
50 jus de mûres. Il tendit la bouteille à Bonaventure en demandant :

– Tu en veux ?

Mais Bonaventure ne répondit pas à sa question. Les coudes sur la table et le menton dans les mains, il s'était rendormi der-
55 rière le lourd rideau de tresses qui lui masquait le visage. Le mieux était de le laisser finir sa nuit. Il aurait tout le temps de se réveiller tout à l'heure, sur son vélo.

Théophile déjeuna de bon appétit, but son lait chocolaté et mangea cinq tartines de confiture d'abricot. Marie, qui le sur-
60 veillait du coin de l'œil tout en préparant une lessive, s'exclama :

– Tu manges pour deux, dis-moi ! Vous avez travaillé tard, hier soir ?

– On s'est couché vers minuit, mentit Théophile pour ne
65 pas inquiéter sa mère. J'espère qu'on n'a pas fait trop de bruit…

– J'ai entendu la flûte de Bonaventure pendant vingt minutes environ, et puis je me suis endormie.

– Ça a dû te paraître un peu étrange, comme musique, non ?

– Ça m'a semblé faux. Mais de loin, et à travers les cloisons,
70 il est difficile d'apprécier un air du Moyen Âge…

Elle jeta un coup d'œil à la pendule et ajouta :

– Ne traînez pas trop, ou vous serez en retard.

Théophile acheva de lécher le fond de son bol et débarrassa
rapidement la table. Bonaventure n'avait touché à rien. La tête
75 inclinée sur le côté, il dormait en respirant paisiblement. Le
bout d'une de ses nattes trempait dans son bol de chocolat
refroidi. Marie lui toucha l'épaule en disant doucement :

– Oh hé… Bonaventure… Réveille-toi, il est l'heure d'aller
à l'école.

80 Bonaventure, les yeux bouffis de sommeil, écarta le rideau
de tresses qui lui cachait le visage et protesta :

– Je ne dors pas, madame. Je réfléchis…

– Es-tu sûr de ne rien vouloir manger ? Je n'aime pas beaucoup
voir un garçon de ton âge partir pour l'école le ventre vide…

85 – On achètera un pain au chocolat en route, intervint
Théophile. Maintenant debout, Bonav' ! Il faut vraiment qu'on
y aille…

Les deux jeunes gens embrassèrent Marie, qui leur souhaita
bonne chance pour l'exposé. Théophile s'en voulait un peu de
90 mentir sans cesse à sa mère. Mais quoi, si chacun en ce monde
se mettait à dire toujours la vérité, il n'y aurait plus moyen de
s'amuser. Ils sortirent leur vélo du garage et s'éloignèrent dans
l'allée gravillonnée. La journée promettait d'être superbe.
Quelques petits nuages dorés pommelaient[1] un ciel limpide
95 que le mistral avait rincé comme une pierre de lavoir.

---

1. Remplissaient de formes rondes.

Bonaventure pédalait un peu au hasard, en faisant des zigzags et en luttant contre une nouvelle attaque de sommeil. Théophile vint à sa hauteur et lui cria dans l'oreille :

— Réveille-toi, Bonaventure ! Tu es sur la route ! Et sur la
100   route, on ne dort pas !

Bonaventure rectifia aussitôt sa position et se rangea sur le côté droit de la chaussée. D'un mouvement de tête, il rejeta ses tresses en arrière. Puis il se mit à pédaler avec vigueur, en écarquillant démesurément les yeux.

105   Depuis un moment déjà, une grosse voiture noire suivait les deux jeunes gens sans qu'ils l'aient remarquée. C'est à peu près à hauteur de la rue Saint-Exupéry que cette voiture aux vitres fumées déboîta sans mettre son clignotant. Elle doubla les cyclistes et se rabattit aussitôt devant eux pour leur couper la
110   route. Théophile eut le réflexe de serrer à mort ses deux freins. Il s'arrêta à quelques centimètres de la calandre[1] de la voiture. Quant à Bonaventure, il bloqua sa roue arrière et tenta de partir en dérapage, mais il perdit l'équilibre et se coucha sur la chaussée, tout en douceur et comme dans un rêve. Il glissa sur
115   l'asphalte sans pouvoir rien y faire et alla donner de l'épaule dans la portière avant. Théophile jeta son vélo par terre et se précipita vers son ami en criant :

— Bonaventure ! Ça va ? !

— T'inquiète, répliqua Bonaventure en se redressant. J'ai
120   tapé en bout de course, ce n'est rien du tout.

---

1. Garniture métallique recouvrant le radiateur de certaines voitures.

Il tira son vélo de dessous la voiture et l'examina pour vérifier qu'il n'était pas abîmé.

Cependant, fou de rage, Théophile contournait la voiture
aux vitres fumées en hurlant :

125 — Sors de là, fumier ! Qu'on s'explique !…

— Vas-y doucement, Théo ! C'est peut-être un costaud !

— J'en ai rien à fiche, moi, des costauds ! Les costauds, je
leur pète la gueule !

Et d'un coup de pied, il pulvérisa le phare avant droit.

130 À cet instant, la portière arrière s'ouvrit et monsieur
Arkandias parut. Il semblait très mécontent.

— Je vous prie de cesser de vous en prendre à ma voiture,
jeune homme. J'ai demandé à Hortulain de vous couper la
route parce que c'était le seul moyen de vous parler. Quand je
135 vous aborde dans la rue, vous fuyez sur vos patins !

Théophile reconnut immédiatement le monsieur qui l'avait
agressé l'avant-veille dans la rue. Il s'avança vers lui, les poings
serrés, en s'exclamant :

— Encore vous ! Mais vous nous collez aux fesses, ma
140 parole ! N'allez-vous pas bientôt nous ficher la paix ?! Et
d'abord, de quel droit êtes-vous venu voir ma mère hier ? Et
comment avez-vous su où j'habitais ?

— Je sais bien des choses que vous ignorez, mon petit ami…
Et contrairement à ce que vous semblez croire, je ne vous veux
145 aucun mal. Je cherche simplement à vous protéger…

— En nous écrasant avec votre voiture ?! intervint

Bonaventure qui ne pouvait plus contenir son indignation. Drôle de façon de protéger les gens !

Monsieur Arkandias le regarda un instant avec étonnement, puis demanda :

— Ce garçon mal élevé est-il l'un de vos petits camarades ?

— Bonaventure est mon meilleur ami. Il n'est pas mal élevé, et je suis d'accord avec ce qu'il vient de dire. Comment osez-vous prétendre que vous voulez nous protéger, puisque vous venez de tenter de nous écraser ?

— Je vous ai seulement coupé la route. Si j'avais voulu vous écraser, vous ne seriez plus là pour me le reprocher. Maintenant, écoutez bien ce que j'ai à vous dire. Vous êtes parvenus, Dieu sait comment, à réaliser une transmutation hyperchimique des plus délicates, et…

— Vous vous trompez, répliqua Théophile. La recette a raté. Nous n'avons pas la bague…

— Ne mentez pas. J'étais dans votre jardin, cette nuit. J'ai vu la flamme verte..

— Vous nous avez espionné cette nuit ! ? Mais vous n'aviez pas le droit ! C'est de la violation de propriété privée ! Je me demande ce qui me retient d'appeler la police…

— Ne vous gênez pas, mon jeune ami. Les policiers seront charmés de s'entendre conter une histoire de flamme verte et de bague qui rend invisible. Ça leur rappellera leurs tendres années. Et vous n'aurez pas plutôt fini votre déposition que deux infirmiers vous conduiront dans un de ces lieux que les

Anglais appellent poétiquement des *Lunatic Asilum* …Vous ne craignez pas les piqûres, j'espère ?

175   Arkandias avait raison. Quoique véridique, cette histoire était pourtant peu crédible, et mieux valait n'en rien dire à personne.

— Je sais que vous détenez la bague. Et je vous demande une dernière fois de me la confier, dans votre intérêt. Voyez-vous, un certain nombre de règles gouvernent l'utilisation de l'an-
180   neau. Enfreignez l'une d'elles, et vous êtes perdu.

— Vous mentez ! La recette dit qu'on peut se servir de l'anneau à sa guise… *La bague peut être portée au majeur de la main droite, et il suffit de tourner le diamant vers la paume de la main pour se rendre invisible, puis de le tourner vers le dos de la main*
185   *pour réapparaître aussitôt et à volonté.* Vous voyez, j'ai bien retenu ma leçon…

Monsieur Arkandias eut un petit geste agacé.

— Ce n'est pas l'élève qui est en cause, mais le cahier. Il vous manque les quatre dernières lignes de la recette. Celles qui com-
190   mencent par *Mais dès lors qu'on s'est rendu invisible, on doit se garder de…*

— Se garder de quoi ? demanda Bonaventure soudain très intéressé.

— N'espérez pas que je vous le dise. Ces quatre lignes sont
195   tout ce qui me reste pour agir sur vous et vous convaincre de me donner la bague. Allons, mes enfants. Ne vous enferrez[1] pas. Donnez-moi ce bijou, et qu'on en finisse.

---

1. Enfoncez.

Il leur tendit sa main gantée, en s'efforçant de sourire pour inspirer confiance. Mais Théophile haussa les épaules.

200 — Vous êtes bien naïf de penser que si j'avais une bague qui rend invisible je vous la confierais. De toutes manières, si j'avais une bague de ce genre, je ne la porterais même pas sur moi.

Monsieur Arkandias hocha la tête d'un air navré :

— Dieu que ce jeune homme est têtu ! murmura-t-il. 205 Je n'ai jamais rencontré personne qui fût aussi têtu que lui…

Il se toucha le menton du bout des doigts et se mit à réfléchir, puis ajouta tout à coup sur un ton de colère :

— Tant pis, après tout ! J'ai mieux à faire que de perdre mon 210 temps avec de jeunes coqs présomptueux[1] et sots. Puisque vous ne voulez pas me confier la bague, gardez-la, et jouez avec. De toutes manières, vous ne jouerez pas longtemps.

Il remonta dans sa voiture, et cria un ordre à son chauffeur tout en claquant la lourde portière. La Rolls Royce noire s'éloi-215 gna presque sans bruit vers la rue Fodoré.

— Quel énergumène[2], ce type ! lança Bonaventure en remontant sur son vélo. Il nous bouscule avec sa voiture, et ensuite il nous engueule ! Tu as bien fait de lui casser son phare.

— Je crois que cette fois il a compris. Il n'insistera plus.

220 — Tu crois que c'est vrai, cette histoire de lignes manquantes ?

— Penses-tu ! Il bluffait[3]… D'ailleurs tu as bien vu que j'ai

1. Sûrs d'eux, prétentieux.
2. Personne qui semble folle.
3. Mentait pour impressionner, intimider (terme familier).

essayé l'anneau hier au soir, et qu'il ne m'est rien arrivé de fâcheux. Non, à mon avis il a inventé ça pour nous faire peur. Il pensait sans doute qu'on lui donnerait la bague. Mais il peut
225 toujours s'accrocher.

Bonaventure opina du chef[1] et glissa la pointe de sa chaussure dans son cale-pied droit.

— Tout de même, dit-il après un petit temps de réflexion, c'est embêtant qu'il ait une si grosse voiture.
230 — Pourquoi ? Tu as peur qu'il revienne t'écraser pour de bon ?

— Non. Mais ça prouve que ce n'est pas un illuminé. Il gagne de l'argent. Il a les pieds sur terre. Et ça, ça ne présage[2] rien de bon.

Cette fois, les deux garçons étaient en retard. Pour rattraper
235 le temps perdu et éviter les embouteillages, ils décidèrent d'emprunter les trottoirs. Ils remontèrent la rue Fabre à toute allure, et quelques piétons stupéfaits ne durent leur salut qu'au réflexe qui les précipita sous l'abri d'une porte cochère. Théophile se mit en danseuse dans la côte de la Ronce, et Bonaventure
240 l'imita de fort mauvaise grâce, en geignant[3] qu'il avait mal aux cuisses et qu'il voulait dormir.

— Tu dormiras en cours ! souffla Théophile tout à son effort. Pour le moment, pédale !

Ils se présentèrent devant les grilles du collège au moment
245 où monsieur Rosier, le concierge, s'apprêtait à les refermer.

---

1. Hocha la tête pour montrer son accord.
2. Annonce quelque chose pour l'avenir.
3. Se plaignant.

— On peut passer, m'sieur ? demanda Bonaventure d'une voix haletante[1]. On vient d'avoir un accident.

— Je ne veux pas le savoir, répliqua le concierge. Faites le tour, et allez prendre un billet de retard au secrétariat.

250 — Mais ce n'est pas juste, monsieur ! intervint Théophile. On vient de vous dire qu'on avait eu un accident…

Le concierge haussa les épaules.

— Le coup de l'accident, on me le fait dix fois par jour. Et quand ce n'est pas un accident, c'est une crevaison. Il y a tou255jours quelque chose… Alors moi, maintenant, tout ce que je vois, c'est l'heure. Et quand l'heure est passée, on fait le tour et on va prendre un billet de retard au secrétariat.

— Mais je vous jure que j'ai vraiment eu un accident ! s'indigna Bonaventure. J'ai été renversé par une grosse voiture 260noire à l'angle du boulevard Paul-Cézanne et de la rue Fodoré !… J'ai des témoins.

— Ah oui ! ? Qui ça ? Votre jeune ami ? Celui qui est aussi en retard que vous ?

— Parfaitement ! s'écria Théophile. J'ai tout vu !

265 — Et moi je suis sûr que si je vous accompagne au café Carabosse, on me dira que vous n'avez pas voulu quitter le flipper pour ne pas perdre les parties gratuites que vous veniez de gagner ! Il y a vingt ans que je suis concierge. Alors la musique, vous pensez si je la connais ! Faites demi-tour, et allez prendre 270un billet de retard au secrétariat.

---

1. Essoufflée.

Sur ces paroles définitives, il fit claquer la serrure et s'éloigna dans la cour en bougonnant[1].

– Il nous parle du café Carabosse parce qu'il le connaît bien, lança Bonaventure perfide. Tous les matins à sept heures il y siffle son petit ballon de blanc! Après ça il joue au flipper. Mais il ne gagne jamais de partie gratuite. C'est difficile de bien jouer quand on voit double…

– Allons, fit Théophile en le regardant s'éloigner dans la cour d'un pas titubant[2], ne l'accable pas. Ce n'est qu'une pauvre épave douloureuse. Faisons le tour, et allons prendre ce maudit billet au secrétariat.

Ils ne parlèrent pas de l'accident à monsieur le Principal, qui signait les billets de retard. Mieux valait ne pas compliquer l'affaire. Ce dernier les admonesta[3] longuement, et ils l'écoutèrent en baissant les yeux et en prenant une contenance aussi modeste que possible. Puis ils coururent ranger leurs bicyclettes sous un auvent de tôle ondulée rouillée qui faisait office de garage à vélos.

– Quand une journée commence comme ça, maugréa[4] Bonaventure en bouclant son antivol, il y a toutes les chances qu'elle finisse mal.

Théophile secoua sa chevelure cendrée et donna une tape à la poche de son pantalon en répliquant :

---

1. Grognant entre ses dents.
2. Chancelant, qui ne va pas droit, comme quand on est saoul.
3. Gronda sévèrement.
4. Râla, protesta.

– J'ai la bague dans ma poche, et on a eu ce matin tous les ennuis d'une journée normale. Il ne nous reste que le bon à 295 vivre, Bonav'! On va bien s'amuser…

Mais monsieur Tourette attendait les deux retardataires de pied ferme. Sitôt entrés, ils furent priés de passer au tableau pour y réciter la liste des verbes irréguliers.

– Ça continue, chuchota Bonaventure en montant à pas 300 lents vers l'échafaud. Ça continue, et ça n'est pas près de finir.

Ils ânonnèrent leurs verbes, et monsieur Tourette leur fit quelques questions sur le pluperfect et sur le prétérit progressif. Ils regagnèrent finalement leur pupitre, complètement épuisés.

Le temps leur parut bien long jusqu'à la récréation de dix 305 heures. Toutes les cinq minutes, Théophile touchait sa poche pour sentir les contours de la bague à travers l'étoffe de son pantalon. Il aurait bien aimé passer l'anneau à son doigt et dis-paraître sous le regard éberlué[1] de ses camarades, mais il crai-gnait un mouvement de panique. Et puis qu'aurait pensé 310 Bonaventure en le voyant agir de la sorte, lui qui avait prêté ser-ment?! Non, décidément mieux valait garder le secret et utili-ser la bague sans témoin dans un coin tranquille. Il repoussa l'anneau tentateur au fond de sa poche et fit un gros effort pour ne plus y penser.

315 Enfin, la cloche sonna. Les élèves se mirent à fourrer à grands bruits leurs affaires dans leur cartable. Théophile alla réveiller Bonaventure, qui dormait le menton dans les

1. Très étonné.

mains sur son pupitre, et les deux garçons quittèrent la salle de classe.

320 — Je vais aller me cacher dans les toilettes, lui dit-il. Je serai dans la première cabine à droite. Laisse passer cinq minutes, et rejoins-moi…

— Entendu, fit Bonaventure en réprimant un bâillement. À tout de suite.

BIEN LIRE

CHAPITRE 9
- **Comment se fait-il que Bonaventure ne déjeune pas ?**
- **Pourquoi Théophile casse-t-il le phare de la voiture noire ?**
- **Que risque Théophile s'il appelle la police ?**
- **Pourquoi Arkandias veut-il récupérer la bague ?**
- **Pourquoi monsieur Rosier ne croit-il pas les deux garçons ?**
- **Quel portrait les deux garçons font-ils de monsieur Rosier ?**

10
Le retour de la flamme verte

Sitôt dehors, Bonaventure essuya les assauts de Vindimian, qui était passionné de jeux vidéo et voulait absolument une copie du logiciel de simulation de vol en navette spatiale.

— Je ne peux pas te faire de copie, Vindimian ! Le logiciel est plombé. Mais je te le prêterai dès que j'aurai passé le cap des alunissages.

— Merci, Bonav' ! Tu es un pote, un vrai. Je n'oublierai pas ça…

Ils marchèrent quelques minutes dans la cour en discutant de tout et de rien, puis Bonaventure consulta sa montre en disant :

— Excuse-moi. Un besoin pressant…

Il s'éloigna vers les toilettes, et entra discrètement dans la première cabine à droite, celle du rendez-vous. Théophile l'attendait assis sur l'abattant fermé du cabinet. Il avait sorti la bague de sa poche, et pour passer le temps il s'amusait à la faire miroiter[1] dans un rayon de soleil. Le petit bijou jetait contre les murs des taches mouvantes[2] qui faisaient songer à un miroitement d'eau claire sur des galets.

— Tu commences, Théo ? demanda Bonaventure. Ou bien c'est moi qui m'y colle ?

---

1. Briller, scintiller.
2. En mouvement, qui bougent.

– Ce qui serait drôle, c'est qu'on se rende invisible tous les deux, et qu'on aille tirer les oreilles de monsieur Rosier pour lui apprendre à nous fermer le portail au nez…

– Bonne idée. Ça lui flanquera une telle trouille qu'il se mettra peut-être à l'eau minérale. Commence, toi, et dès que tu seras invisible tu me passeras la bague…

Théophile mit le bijou au majeur de sa main droite et fit descendre le diamant orange vers le creux de sa paume. De petits lézards électriques lui coururent aussitôt le long de l'échine, tandis que des frissons le faisaient trembler. C'était une impression tout à la fois agaçante et délicieuse. Il cligna de l'œil à Bonaventure et voulut faire un pas vers lui. Mais ses jambes étaient plus pesantes et plus molles que de la neige fondue. Il chancela[1] et porta ses mains à ses tempes en fermant les yeux. Jamais il n'avait éprouvé pareille sensation. On eut dit qu'une tempête se levait en lui. Tout à coup un gong de cristal lui sonna dans la tête, et il devint diaphane[2] et vibrant comme une fumée de havane[3] traversée de soleil. Une fugace[4] odeur de violette embauma l'air. L'instant d'après, il avait disparu.

– La vache ! souffla Bonaventure. On a beau y être préparé, ça fait quelque chose…

– Je vais te passer l'anneau, dit une voix devant lui. Tends ta main, paume en l'air, que je le pose dessus.

---

1. Se pencha de tous les côtés comme s'il allait tomber.
2. Transparent.
3. Cigare qui vient de La Havane, capitale de Cuba.
4. Momentanée, qui disparaît rapidement.

Bonaventure s'exécuta, et eut la surprise de voir apparaître
45 dans l'air un minuscule point de phosphore vert émeraude. Il
pensa tout d'abord que ce point lumineux matérialisait la bague
que Théophile s'apprêtait à lui remettre. Mais quelle ne fut pas
sa stupeur lorsque le point se mit à grossir et à briller plus vive-
ment en dégageant une épaisse fumée verte.

50   — Qu'est-ce qui se passe ? demanda-t-il en reculant d'un
pas. C'est quoi, ce truc ?

— Je ne sais pas. Je crois que je viens de perdre la bague. Elle
m'a échappé des mains…

— Comment ça, elle t'a échappé des mains ? !

55 Devant eux, le point de phosphore ne cessait de grandir et de
fumer. Il devint peu à peu une haute flamme d'un vert éblouis-
sant, qui se mit à fuser en éclairant les murs et la chasse d'eau.

— La flamme verte ! hurla Bonaventure épouvanté. Revoilà
la flamme verte !… Sortons vite !

60   — Surtout pas ! Si les autres voient la flamme, nous sommes
perdus. Reprends-toi, Bonav' ! Tu vois bien que ça ne brûle pas…

Ça ne brûlait pas, en effet. Mais la fumée épaisse ne tarda
pas à rouler sous la porte et à se répandre dans la cour en une
lourde nappe vert émeraude, plus dense[1] que le Fog londo-
65 nien[2]. Les élèves stupéfaits regardèrent ce curieux brouillard
phosphorescent qui flottait au ras du sol et cachait leurs pieds,
puis l'un d'eux courut vers le secrétariat en hurlant :

---

1. Épais, à travers lequel on n'y voit rien.
2. Brouillard fréquent à Londres ; le mot « fog » signifie en anglais « brouillard ».

– Venez vite ! Il y a le feu dans les cabinets.

Monsieur Rosier parut, un extincteur à la main. Il s'élança
70 au pas de gymnastique à travers la cour, vers la porte d'où conti-
nuaient de s'échapper de gros panaches[1] de fumée verte.
Comme elle était fermée de l'intérieur, il l'ébranla de coups de
poing en criant :

– Il y a quelqu'un, là-dedans ?

75 Dans le cabinet, la panique des deux jeunes gens était à son
comble.

– Qu'est-ce que je fais ? demanda Bonaventure en regardant autour de lui et en secouant ses tresses en tout sens.
J'ouvre ?

80 – Mais non voyons, malheureux ! Tu vas nous faire prendre.

Une deuxième grêle de coups s'abattit sur la porte.

– Ouvrez, hurla monsieur Rosier de sa voix de stentor.
Ouvrez tout de suite, ou j'enfonce la porte.

– On est cuit, Théo. Si je n'ouvre pas, il va faire sauter le
85 verrou.

– Donne-moi une minute ! Je cherche la bague…

– Mais elle a fondu, ta bague ! Tu ne comprends pas qu'elle
s'est désintégrée sous nos yeux ? Le point vert, c'était ça ! Elle est
partie en fumée !…

90 – En fumée ?! Mais pourquoi ?

– Je ne sais pas moi. On a dû se tromper quelque part.
Allons, je vais ouvrir la porte. Tiens-toi prêt à t'échapper…

---

1. Éléments ayant la forme de plumes d'oiseaux.

– Tu veux que je m'échappe?! Mais c'est inutile! Je suis invisible…

95 – Tu es invisible, mais pas impalpable[1]. Si Rosier bute sur toi en entrant dans les cabinets, ça risque de tout compliquer…

– Mais… Et toi?

– Moi, je suis fichu. Je dirai à Rosier que je jouais avec des feux de Bengale[2], et il me donnera quatre heures de colle.
100 Rendez-vous à midi aux vélos. Tu es prêt?

– Oui. Vas-y, ouvre.

Bonaventure tira le loquet et ouvrit la porte en grand. Il se sentit frôlé par Théophile qui prenait la fuite, puis il reçut en pleine figure un jet de mousse blanche. Monsieur Rosier venait
105 de déclencher son extincteur.

– Sors de là, petit misérable. Écarte-toi, que j'éteigne ce feu.

Bonaventure sortit des toilettes et laissa monsieur Rosier se démener avec sa lance. Le titubant concierge prenait son rôle très au sérieux. Il aspergea longuement la cuvette et les murs du
110 petit édicule, en serrant les mâchoires et en plissant les yeux comme un soldat du feu.

– On dirait Robert De Niro dans *Les Pompiers de l'Apocalypse,* plaisanta Vindimian qui s'était approché pour mieux voir. Il ne lui manque que le casque et les bottes en cuir
115 d'hippopotame…

– Et le gyrophare, ajouta Chaboud.

---

1. Que l'on ne peut pas toucher, attraper.
2. Petits feux d'artifice ; mélange chimique qui en prenant feu devient coloré.

– Avec le nez qu'il a, pas besoin de gyrophare, acheva Bonaventure à voix basse. On le voit venir de loin dans le rétroviseur…

120 La fumée se dissipa peu à peu, et Bonaventure constata avec soulagement que la flamme verte ne brûlait plus. Monsieur Rosier examina le sol avec soin pour y chercher des indices et demanda :

– Tu jouais avec des pétards, n'est-ce pas ?

125 – Je vous jure que non, m'sieur. Je suis venu faire pipi et j'ai trouvé une drôle de petite boîte qui fumait sur l'abattant des cabinets. Je l'ai écartée d'un coup de pied et ça a pris feu. Et puis ça s'est mis à faire de la fumée, et je n'ai plus rien vu du tout…

130 – Pourquoi n'as-tu pas ouvert tout de suite quand j'ai frappé ?

– Je ne trouvais plus le loquet, à cause de la fumée… Et puis je n'avais plus toute ma tête, parce que je commençais à suffoquer[1]…

135 – Tu ne manques pourtant pas d'air, petit voyou ! Je n'ai jamais vu un bagout[2] pareil !

À ces mots, Bonaventure ouvrit de grands yeux candides[3] et prit l'air le plus innocent du monde :

– Moi, m'sieur ? Du bagout ?! Ça m'étonnerait. Je ne sais
140 même pas ce que c'est…

---

1. Manquer d'air, ne plus pouvoir respirer.
2. Parole facile qui permet de tromper, de faire illusion.
3. Naïfs, innocents.

Monsieur Rosier le dévisagea un court instant et s'écria :

— Mais je te reconnais ! Tu es mon accident de vélo de ce matin ! Ah ça ! Mais tu ne manques pas de toupet, décidément !

Bonaventure baissa les yeux. Il venait de comprendre que les
145 apparences étaient contre lui, et que tous ses efforts pour se disculper ne serviraient qu'à l'enfoncer davantage. Mieux valait se taire.

— Suis-moi chez monsieur le Principal, lui intima le concierge en le prenant par la manche. Bonaventure se dégagea
150 d'un geste brusque.

— Pas la peine de me brutaliser, je vous suis. Mais j'aime mieux vous prévenir tout de suite qu'à la moindre gifle, je fais établir un constat médical.

BIEN LIRE

CHAPITRE 10
- **Quelle idée ont les deux garçons une fois dans les toilettes ?**
- **L. 44-90 : Qu'est devenue la bague ? Pourquoi Théophile ne la trouve-t-il plus ?**
- **Comment Bonaventure explique-t-il à monsieur Rosier la présence de fumée dans les toilettes ?**

11

Un moment de solitude

Théophile consterné regarda son ami s'éloigner vers le secrétariat. Il mourait d'envie de gifler monsieur Rosier, ou de lui
faire un croc-en-jambes, ou de lui jeter une poignée de sable
dans les yeux. Mais ça ne sauverait pas Bonaventure, et ça ris-
5 quait même de le desservir en braquant davantage monsieur
Rosier contre lui. Il s'abstint donc de châtier[1] l'infâme
concierge, et mit ses deux poings dans ses poches, rageusement.

Bonaventure et monsieur Rosier disparurent à l'intérieur du
bâtiment, au moment même où la cloche sonnait la fin de la
10 récréation. Théophile s'adossa au tronc d'un platane pour
n'être pas bousculé par les élèves qui s'étaient mis à courir en
tous sens, et il croisa ses bras sur sa poitrine en attendant la dis-
persion de la horde[2]. La cour se vida en quelques minutes, et la
paix tomba sur le collège. Le soleil perça de ses lances d'or les
15 feuillages des platanes, et les tourterelles parurent ressusciter
dans la charpente du préau.

Théophile quitta son platane et fit quelques pas dans la
cour, qu'il n'avait jamais connue si calme. Des pigeons s'étaient
posés sur les lavabos de faïence blanche, et ils ployaient le cou
20 pour boire aux robinets qui gouttaient. Il s'approcha d'eux et
put les regarder de très près sans qu'ils en soient effarouchés[3].

---

1. Punir, corriger.
2. Tribu nomade, qui se déplace à sa guise ; groupe indiscipliné.
3. Effrayés.

L'invisibilité avait du bon. Mais tout à coup il réalisa que son siège resterait vide en cours de géographie, et qu'il lui faudrait justifier son absence. Cette pensée l'accabla. Délaissant ses
observations ornithologiques[1], il alla tristement s'asseoir sur un banc du jardin pour faire le point de la situation.

Elle n'était guère brillante. Il était bloqué dans l'invisible sans moyen de retour, et d'ici une heure ou deux on allait peut-être appeler sa mère à son travail pour lui signaler qu'il venait
de manquer le cours de géographie. Marie paniquerait en apprenant la disparition de son enfant, et elle appellerait les gendarmes. Il y aurait des battues dans le bois de Combovin, et des flashs au journal télévisé. On accablerait Bonaventure de questions et de coups de bottin sur la tête, et il finirait par tout
avouer. Alors la recette tomberait entre les mains des militaires et ce serait la fin du monde, avec force congères de neige noire sur les pelouses du jardin Sainte-Clotilde. Un sanglot lui monta dans la gorge, et il se prit le visage dans les mains en murmurant : « Mon Dieu ! Mais qu'ai-je fait ! Qu'ai-je fait !… »

Il passa ainsi une dizaine de minutes, dans un sentiment d'affreuse déréliction[2]. Il se sentait seul au monde, et aurait tout donné pour que Bonaventure fût à ses côtés. Mais Bonaventure était sans doute encore dans le bureau de monsieur le Principal, à subir mille tourments. Bizarrement, cette pensée lui redonna
du courage. Son ami souffrait par sa faute. Il n'avait pas le droit

---

1. Des oiseaux.
2. Abandon, délaissement.

de perdre espoir. Et puis après tout, d'autres que lui étaient dans des situations inextricables[1] de par le monde. Il y avait les aveugles, les sourds et les paralytiques. Ces gens aussi étaient piégés dans un handicap, tout comme lui. Certes, son infirmité
50 à lui était d'une espèce peu ordinaire. Mais après tout, il y voyait clair ! Il pouvait courir, nager, et écouter le chant des oiseaux. Non, il n'avait pas le droit de se plaindre. Et d'ailleurs, la situation n'était pas si désespérée que ça. La bague était peut-être encore quelque part dans les toilettes… Tout ragaillardi[2], il
55 se mit debout et courut vers les cabinets.

Il passa le reste de la matinée à chercher en vain la bague dans tous les coins et recoins du petit édicule, et dut finalement se rendre à l'évidence : elle s'était bel et bien désintégrée. Le grain de phosphore vert que Bonaventure et lui avaient vu
60 apparaître spontanément dans la pénombre, c'était la bague qui entrait en combustion. Aucun doute sur ce point. Il n'existait dorénavant plus aucun espoir de la retrouver. Mais en revanche, tout n'était pas perdu. Il restait un dernier recours, en la personne de monsieur Arkandias ! Ce grand savant, avec sa grosse
65 voiture et ses grands ongles noirs. Ce cher, ce précieux, ce sympathique monsieur Arkandias… Il saurait quoi faire, lui. N'avait-il pas déclaré le matin même que son plus grand désir était d'aider Théophile ? Pas de doute ! Elle était là, la solution !

---

1. Dont on ne peut pas sortir, dont on ne trouve pas la solution.
2. Réconforté, ayant retrouvé sa vitalité.

Il n'y avait qu'à courir chez ce monsieur pour se faire soigner,
70 comme on court chez le docteur quand on a la grippe.

Théophile retraversa la cour en faisant des pirouettes et en
battant des entrechats. Mais tout à coup une pensée le cloua sur
place : l'adresse d'Arkandias ! Il ne l'avait pas ! Il repensa aux
paroles de Bonaventure : « Quand une journée commence
75 comme ça, il y a toutes les chances qu'elle finisse mal… ».
C'était prophétique[1], il s'en rendait compte, à présent…
Comme sa montre était invisible, il alla jeter un coup d'œil à la
pendule du préau. Midi moins cinq. Bonaventure n'allait pas
tarder à sortir de classe. Il poussa un gros soupir, donna un
80 coup de pied à une boule de platane et s'en fut mélancoliquement vers leur rendez-vous du garage à vélos.

Bonaventure le rejoignit quelques minutes seulement après
que la cloche eut sonné. Il avait noué ses tresses en paquet sur
son cou avec un ruban, et il mâchait nerveusement un gros che-
85 wing-gum à la banane. Il s'approcha de son vélo et regarda de
tout côté en murmurant :

– Théophile ? Tu es là ?…

Vindimian, qui avait l'ouïe fine, se tourna vers lui :

– Qu'est-ce qui te prend d'appeler Théophile ? Tu viens de
90 nous dire qu'il était rentré chez lui !…

– Je n'appelle pas Théophile. Je disais juste : « Le vélo de
Théophile est là ! » parce que je viens de voir qu'il l'avait
oublié…

---

1. Comme annoncé par un prophète, personne qui connaît l'avenir.

– Mais c'est vrai, dis donc ! Il a laissé son vélo !… Il faut
95 croire qu'il était drôlement malade…

– N'exagérons rien. Il avait un peu mal au ventre, c'est tout.
Mais c'est vrai que ça peut gêner pour pédaler. Bon allez, à tout
à l'heure Vindimian…

Il fit mine de chercher quelque chose dans son petit sac à
100 dos de toile, afin de laisser à Vindimian le temps de s'éloigner.
Puis dès qu'il fut seul, il renouvela sa question, mais à voix très
basse cette fois :

– Théo, où es-tu ?

– À côté de toi, Bonav'. À un mètre sur ta droite.

105 Bonaventure tourna son regard vers la droite, mit sa main
devant sa bouche comme pour réprimer un bâillement, et murmura discrètement :

– Vindimian m'a entendu t'appeler. Mais j'ai pu rattraper le
coup. Tu as vu ? Du grand art.

110 – J'ai vu, oui. Qu'est-ce que tu as raconté au prof ? Tu as dit
que j'étais malade ?

– Oui. J'ai dit que tu avais été pris de coliques pendant la
récréation, et que tu avais dû rentrer chez toi changer de pantalon…

115 – Tu aurais pu trouver autre chose ! C'est ridicule, la
colique !

– Peut-être, mais ça arrive sans prévenir, et ça empêche de
travailler. Et puis c'est tout ce qui m'est venu à l'esprit…

L'essentiel, c'est qu'ils m'aient cru… Tu imagines un peu, s'ils
120 avaient appelé ta mère ?

– Tais-toi ! Je n'ai pensé qu'à ça toute la matinée…
Comment ça s'est passé pour toi, chez Rosier ?

– Couci-couça. J'ai soutenu que j'avais trouvé le feu de
Bengale dans les cabinets. Mais j'ai fini par admettre que c'est
125 moi qui l'avais allumé, poussé par la curiosité…

– Bilan ?

– Quatre heures de colle, et un mot sur le carnet de corres-
pondance. Pour le mot, j'imiterai la signature de ma mère, et
pour les heures de colle, j'apporterai la notice technique de
130 mon Flying Simulator, histoire de potasser l'alunissage… L'un
dans l'autre, je m'en tire bien. Mais toi, que comptes-tu faire ?

– Je ne sais pas. La bague est perdue, et il n'est pas question
d'en refaire une avant l'année prochaine, à cause de la cinquième lune… Un moment, j'ai eu l'idée de parler de mon
135 malheur à monsieur Arkandias, mais…

– Mais ?

– Je ne sais pas où il habite. Et après le coup de ce matin, je
doute qu'il se manifeste à nouveau…

– Mon pauvre Théophile, nous sommes dans la mouise[1].
140 Mais il y a un proverbe de chez moi qui dit : « Tout s'arrange,
sauf la mort. » Viens, marchons un peu. À force de parler tout
seul avec une main devant la bouche, je vais finir par attirer l'attention.

---

1. Sorte de soupe, de purée ; au sens figuré, situation très embarrassante.

Ils s'éloignèrent vers le portail. Bonaventure marchait en
145 poussant son vélo, et marmottait par souci de discrétion :

– À quelle heure es-tu censé rentrer chez toi ce soir, Théo ?

– Vers dix-huit heures… Dix-huit heures trente, au plus
tard…

– Ça nous laisse six heures pour trouver Arkandias et faire
150 en sorte qu'il te guérisse. Passé ce délai, ta mère paniquera. Mais
pour le moment, elle est tranquille. Bon, procédons avec
méthode. Comment es-tu entré en contact avec Arkandias
pour la première fois ?

– Par un mot qu'il m'a laissé à la bibliothèque.

155 Bonaventure se frappa la cuisse.

– Excellent, ça ! Il fréquente la bibliothèque. On a qu'à aller
le guetter là-bas !

– Ça ne donnera rien, Bonav'. Il n'y va pas souvent. Et je
sais de quoi je parle. Moi, la bibliothèque j'y suis toujours
160 fourré.

– Tu as une meilleure idée, peut-être ?

– Non.

– Alors en route ! Je roulerai doucement, pour que tu
puisses me suivre à petites foulées. On va le retrouver, ton type,
165 fais-moi confiance.

Comme la bibliothèque n'ouvrait qu'à une heure et demie,
ils durent prendre leur mal en patience. Ils s'installèrent sur un

banc du jardin et se mirent à surveiller les allées et venues des passants, dans l'espoir d'apercevoir monsieur Arkandias. Mais
170 naturellement, il ne se montra pas.

– Il est peut-être resté en salle de lecture, chuchota Bonaventure. Ça arrive assez souvent que des chercheurs fassent ça. Les gens passionnés, parfois, ça oublie de manger.

Il prit dans sa poche un sachet de papier et le posa sur le
175 banc en ajoutant :

– C'est des nounours en chocolat. Tape dedans, ne te gêne pas. Il faut qu'on prenne des forces, si on veut coincer notre oiseau.

Il se fourra quatre nounours dans la bouche, et mâcha avec
180 un plaisir évident le gros paton de guimauve chocolatée qui lui fondait en délice dans le gosier.

– Vas-g'y ! Mange ! murmura-t-il en poussant le sachet de papier vers Théophile. Tu ne chais pas qui te mangera…

Le sac se mit à bruire[1] comme sous l'effet du vent, et on vit
185 s'élever dans l'air un nounours qui disparut avec un petit « glop ».

– Alors ça, c'est marrant ! pouffa Bonaventure. Il y aurait des sous à gagner au music-hall, avec un truc pareil !

Il essayait de détendre l'atmosphère, mais manifestement, ça ne marchait pas. Théophile soupirait à fendre l'âme. Il refusa
190 obstinément de manger un second nounours.

Enfin, la bibliothèque rouvrit ses portes. Hélas, monsieur Arkandias n'était pas en salle de lecture. Les deux jeunes gens

---

1. Faire un bruit de froissement.

le cherchèrent en vain dans les allées et aux tables du premier étage. Bonaventure alla même demander à madame
195 Benedetti si elle n'avait pas revu « le monsieur bien habillé avec de longs ongles noirs ». Madame Benedetti répondit que non, et elle en profita pour demander des nouvelles de Théophile.

— Il n'est pas venu samedi. On ne le voit plus ces temps-ci.

200 C'était une parole maladroite. Mais comme elle ignorait le malheur de Théophile, ce dernier n'y vit pas de malice.

— On a beaucoup de travail, vous savez. Le collège, ce n'est pas comme l'école primaire. Mais vous le reverrez bientôt, n'ayez crainte. Il vous rapportera *Le Comte de Monte-Cristo*.

205 Les deux garçons retournèrent s'asseoir sur leur banc. Ils étaient dépités et ne savaient plus à quel saint se vouer.

— Si on allait faire un tour rue des Tanneurs ? C'est bien là qu'il a essayé de t'arracher ton sac à dos, non ?

— Il m'avait suivi, Bonav'… Il ne passe pas ses journées rue
210 des Tanneurs… Non, inutile d'insister, tout est perdu. Il ne me reste plus qu'à rentrer chez moi et à tout avouer à ma mère. J'espère que ça ne va pas trop la désespérer…

— Veux-tu que je t'accompagne ? Je pourrais lui présenter les choses progressivement… La préparer un peu… Parce que si de
215 but en blanc tu la secoues par la manche en lui disant que tu es invisible, tu la tues, ta mère !

— Tu ferais ça pour moi ?

— Naturellement. Je suis ton ami, non ?

Ils passèrent encore un moment sur le banc, à réfléchir à la
220 façon de présenter les choses. Puis Théophile prit son courage
à deux mains et se leva en disant :

— Allez, de toute façon ça ne sert à rien de tergiverser[1]. Plus
vite on en aura fini, mieux ce sera.

Ils prirent le chemin de la maison.

---

1. Discuter en prenant des détours, comme pour éviter de prendre une décision.

BIEN LIRE

CHAPITRE 11
• **Pourquoi, quand la cloche sonne, Théophile s'adosse-t-il à un platane ?**
• **Qu'imagine Théophile comme conséquences de son absence en cours de géographie ?**
• **L. 186-187 : Que veut dire Bonaventure ?**
• **Pourquoi la phrase « On ne le voit plus ces temps-ci. » (l. 199) est « une parole maladroite » (l. 200) ?**

12
Le colis de monsieur Arkandias

Les deux jeunes gens passaient devant la boutique de produits chinois de l'impasse de Grenette quand le destin leur vint en aide.

Bonaventure, qui n'avait pas pris de petit déjeuner ni de
5 repas de midi, se mit à saliver à la vue des pâtisseries exotiques.

— Attends-moi une minute, Théo, fit-il en appuyant son vélo contre le mur. J'ai besoin de prendre des forces avant d'affronter ta mère. Je vais aller m'acheter un truc chez le Chinois.

— Je t'accompagne. Ça me changera les idées. Quand je suis
10 tout seul, je broie du noir.

Les deux jeunes gens franchirent le rideau de perles de bois, et Théophile repensa à la déception qui avait été la sienne quand il était ressorti sans son œuf de la boutique de monsieur Wou Han, le samedi précédent. Il ne connaissait pas son bon-
15 heur, en ce temps-là, et tout ce qui lui importait alors était de se rendre invisible. Quel imbécile il avait été ! Il se serait donné des baffes ! D'ailleurs il s'en donna une, à la stupéfaction de Bonaventure que ce petit bruit sec fit sursauter.

— Qu'est-ce qui t'arrive ? Tu t'es emplafonné[1] la vitrine ?
20 — T'occupe ! Avance, et achète ton gâteau.

Monsieur Wou Han parut, en chemisette blanche et panta-

---

1. Cogné la tête (vocabulaire familier).

lon de velours noir. Il avait lissé ses moustaches avec un peu de brillantine à la rose, et il était rasé de près.

25   – Bonjour, Bonaventure, lanca-t-il aimablement. Il y a longtemps que je ne t'avais pas vu. Tu as grandi, il me semble. Comment va ta maman ?

– Bien, merci. Et vous-même, monsieur Wou Han, comment allez-vous ?

30   – Pas trop mal, merci. Les affaires marchent à peu près. Tu es venu m'acheter un gâteau, je parie…

– J'ai vu des boules d'or, en vitrine. Je crois que je vais en prendre deux.

Il raffolait des boules d'or, ces sphères de pâte merveilleuse-
35   ment élastique et dorée, fourrée de frangipane et parfumée au miel. Monsieur Wou Han prit sous le comptoir une petite pelle transparente et un sachet de papier, et il se dirigea vers sa vitrine. Théophile dut faire un saut de côté pour l'éviter. C'était un des petits désagréments de la condition d'homme invisible
40   que cette nécessité d'esquiver sans cesse des gens. Les piétons qui ne vous voient pas ont tendance à penser que vous n'exis-tez pas, et ils fondent sur vous d'un air obtus[1] en vous regardant droit dans les yeux. Théophile l'avait éprouvé dix fois. Pour se mettre à l'abri de monsieur Wou Han, il passa donc derrière le
45   comptoir. Il alla se placer près de la caisse enregistreuse, et posa son menton sur ses mains croisées. Au fond de la boutique, Bonaventure n'en finissait plus de choisir ses pâtisseries. Pour

---

1. Borné, qui ne cherche pas à comprendre.

passer le temps, Théophile promena son regard sur les pense-
bêtes que monsieur Wou Han avait scotché partout. *Riz gluant*
50 *quatre fois vingt-cinq kilogrammes Ets Parmentelat. Litchis boîtes*
le 22-04. Passer banque chèque Jabouille urgent. Paquet
Arkandias ce soir poste urgent.

Ce dernier message retint son attention. Ainsi donc, monsieur Arkandias avait un homonyme[1] en ville ! Et le plus drôle,
55 c'est que cet homonyme était client de la boutique… Cette coïncidence commença par l'amuser, puis tout à coup elle lui parut
troublante. « C'est peut-être mon Arkandias, après tout, qui est
venu ici commander des ingrédients exotiques pour ses recettes.
Je dois absolument en avoir le cœur net… ». Il jeta un coup d'œil
60 à monsieur Wou Han, qui était en grande conversation avec
Bonaventure à qui il expliquait point par point la recette du nougat au sésame[2], et il s'éclipsa dans l'arrière-boutique.

Cette petite pièce n'était rien d'autre qu'un appentis faible-
ment éclairé par un puits de jour. Dans la pénombre, on devi-
65 nait les silhouettes métalliques des rayonnages chargés de den-
rées exotiques, et la masse noire des grands sacs de riz parfumé
posés sur des plateaux de bois. Théophile s'avança entre les
empilements de boîtes de conserves et les casiers à bouteilles
garnis de flacons de vin de pêche, de saké[3] et de sauce au soja.
70 Tout de suite, son attention fut attirée par une étagère fixée très
haut sur le mur, à une trentaine de centimètres du plafond. Elle

---

1. Nom qui se prononce exactement de la même façon.
2. Plante originaire de l'Inde dont on utilise les grains en cuisine.
3. Boisson alcoolisée que l'on obtient en faisant fermenter le riz.

était chargée de bocaux poudreux qui portaient des étiquettes de papier jauni. Théophile se haussa sur la pointe des pieds pour essayer de déchiffrer ces étiquettes, mais il y avait vraiment
75 trop peu de lumière si près du plafond. Il fut tenté de presser l'interrupteur afin de donner davantage de clarté mais il n'en fit rien, car il craignait d'attirer l'attention de monsieur Wou Han. Il alla prendre l'escabeau de bois rangé près des sacs de riz et il l'installa sous l'étagère. Puis il entreprit de l'escalader lente-
80 ment. L'escabeau avait tendance à branler et à grincer, mais Théophile se fit aussi léger que possible, et il grimpa en serrant les mâchoires. Ce qu'il découvrit en mettant le pied sur la petite plate-forme au sommet de l'escabeau lui fit battre le cœur : les bocaux de verre brun foncé portaient tous, en belles lettres cal-
85 ligraphiées à la plume, des indications telles que : Ambre gris, Mandragore, Venin de Céraste, Mercurius Solubilis…

Monsieur Wou Han fournissait bel et bien les sorciers ! Et il avait certainement des œufs punais en stock quelque part ! Il s'était donc moqué de Théophile, le samedi où ce dernier était
90 venu le voir ! Mais ça se paierait, le temps venu ! Pour le moment, il s'agissait de mettre la main sur le colis destiné à monsieur Arkandias… Ce colis postal dont parlait le pense-bête scotché sur la caisse enregistreuse.

Il sauta d'un bond par terre et alla remettre l'escabeau où il
95 l'avait pris. Puis il commença à ouvrir des tiroirs et à déplacer des bocaux. Cette fois, la chance était avec lui. Il ne tarda pas à découvrir, derrière les casiers à bouteilles, un petit paquet enve-

loppé de papier kraft marron. Il l'attrapa par ses ficelles et courut l'examiner dans le rayon de soleil qui tombait du puits de
100 jour. Le paquet était adressé à :

M. AGENOR ARKANDIAS
6, RUE BASILE-VALENTIN
26111 ESPAGNET

Théophile se retint de pousser un cri de joie. Il serra le
105 paquet sur son cœur, l'entendit craquer et fut suffoqué par une
affreuse odeur d'œuf pourri. C'était donc ça ! Wou Han ne perdait rien pour attendre… Une main sur le nez, il lut l'adresse
de monsieur Arkandias trois fois de suite afin de la mémoriser.
Puis il remit le méphitique[1] petit paquet à sa place et battit en
110 retraite sans reprendre haleine.

Quand il reparut dans la boutique, Bonaventure réglait ses
emplettes. Deux boules d'or, quatre sachets de nougat au
sésame, et un cornet de bizarres petites bûchettes de pâte
d'amande rose et verte saupoudrées de brisures de pistache.
115 Théophile s'avança derrière lui et lui pinça le râble[2] en lui chuchotant à l'oreille :

— Dépêche-toi de payer tes gâteaux ! Ça ne va pas tarder à
schlinguer dur, ici !

De surprise, Bonaventure poussa un petit cri et lâcha son

---

1. Qui laisse s'échapper un gaz toxique et malodorant.
2. Bas du dos, mot utilisé normalement pour les lapins et les lièvres.

120 porte-monnaie. Une grêle de piécettes tomba sur le parquet de vieux bois et roula sous les meubles.

– Qu'est-ce qui te prend de crier ainsi, mon garçon ? demanda monsieur Wou Han. Tu as mal quelque part ?

– Je viens de me tordre la cheville, bredouilla Bonaventure. 125 Et… j'ai perdu mes sous…

– Ce n'est rien. Je vais t'aider à les ramasser.

Il fit le tour du comptoir et s'agenouilla près de Bonaventure. Mais au moment où il s'apprêtait à saisir une pièce de vingt centimes coincée entre les lames du plancher, 130 Théophile lui tira violemment la moustache.

– Ouaille ! hurla monsieur Wou Han en se prenant la lèvre supérieure à deux mains. On vient de me tirer la moustache !

Il se redressa et regarda de tous côtés en se frottant la bouche. C'est alors que, sous ses yeux, une grosse boîte de lit-135 chis au sirop se souleva du sol et traversa lentement la pièce pour venir se poser sur le petit comptoir de bois vernis. Bonaventure stupéfait se demanda quelle mouche avait bien pu piquer Théophile. Pourquoi s'amusait-il de la sorte, lui qui un moment plus tôt s'était plaint d'être au désespoir ? Le chagrin 140 l'avait-il rendu fou ? La boîte se mit à glisser sur le comptoir miroitant, puis elle hésita au bord du vide, pirouetta sur elle-même et reprit son vol silencieux d'aérostat[1]. Monsieur Wou Han, qui ne la quittait pas des yeux, tordit légèrement la bouche pour demander à Bonaventure :

---

1. Appareil volant grâce à un gaz plus léger que l'air.

145   — Est-ce que tu vois ce que je vois ?

— Oui, répondit Bonaventure. Je vois une boîte de litchis qui vole.

— Ça ne t'étonne pas ?

— Si, beaucoup ! Ça m'étonne, et ça me navre…

150   Et il répéta, en haussant la voix et en fixant la boîte de conserve :

— Ça me navre vraiment de voir une chose pareille ! Je conseille à l'imbécile qui fait voler cette boîte de cesser ses pitreries ! Ce n'est pas drôle du tout !…

155   La boîte eut un petit soubresaut. Puis sagement, elle alla se reposer d'elle même à sa place sur la pile qu'elle avait quitté un moment plus tôt.

— La boîte t'a écouté, mon garçon ! chuchota monsieur Wou Han stupéfait. Elle est retournée à sa place…

160   Il allait ajouter quelque chose, mais une odeur épouvantable se répandit tout à coup dans la boutique.

— Mon Dieu, s'exclama-t-il. Mes œufs punais !

Et il disparut dans son appentis.

Théophile s'approcha de Bonaventure et chuchota :

165   — Allons nous-en. J'ai l'adresse d'Arkandias !…

— Quoi ? ! demanda Bonaventure en se pinçant le nez et en regardant de tous côtés. Que dis-tu ? !

— Je viens de trouver un colis d'œufs pourris dans l'arrière-boutique. Et dessus, il y avait l'adresse d'Arkandias. Wou Han

170 et lui sont de mèche, mon vieux ! Ne traînons pas ici…

Bonaventure ramassa sa monnaie et posa ce qu'il devait sur le comptoir. Puis les deux jeunes gens traversèrent en hâte le rideau de perles de bois, et ils s'éloignèrent dans la rue.

Il n'était pas très commode de manger des boules d'or tout
175 en poussant une bicyclette. Tenir le guidon d'une main, puiser de l'autre dans le sac en papier, rétablir sans cesse dans sa ligne le vélo qui profitait du moindre moment d'inattention pour se fourrer dans les jambes des passants, tout cela était agaçant à la longue. Bonaventure essaya à plusieurs
180 reprises de porter une boule d'or à sa bouche, mais à chaque fois le vélo prenait la tangente[1] et le déséquilibrait, écartant la boule. Ce supplice de Tantale[2] ne tarda pas à le mettre hors de lui :

— Mais qu'est-ce qu'il a, ce vélo, à aller de traviole ! Je vais le
185 foutre à la casse, moi, si ça continue !

— Tremble, vélo ! pouffa Théophile. Bonaventure est en colère…

— Et puis toi, ne m'aide pas, surtout ! Continue de marcher le nez au vent et les mains dans les poches…

190 — Je te le pousse ton vélo, si tu veux ! Mais les gens risquent d'être surpris en le voyant avancer tout seul sur le trottoir.

Bonaventure trébucha, rata sa boule d'or une fois de plus et répondit d'une voix un peu lasse :

---

1. Ne restait pas droit, s'enfuyait.
2. Souffrances infligées par les dieux, où l'on est proche de ce qu'on désire sans jamais l'atteindre (Tantale était plongé dans l'eau jusqu'au cou mais le niveau baissait à chaque fois qu'il essayait de boire).

– Bon. Je propose qu'on aille s'asseoir un moment au jardin
195 Sainte-Clotilde, histoire de faire le point.

13
Une poignée de sable dans les yeux

Ils trouvèrent un banc à l'ombre et s'y installèrent pour déjeuner. Théophile se cacha derrière un arbre pour manger sa boule d'or et sa part de nougats au sésame, afin de ne pas éveiller la méfiance des passants qui n'auraient pas supporté de voir des douceurs asiatiques voler en l'air et disparaître. Les deux jeunes gens prirent ensuite le soleil devant la fontaine qui jetait ses eaux.

— Ça va ? demanda Bonaventure. Le moral est bon ?

— Excellent ! C'est vraiment agréable de manger quand on a bien faim !

— Dire que ce midi tu chipotais pour avaler une moitié de nounours à la guimauve…

— J'étais désespéré. Mais maintenant que j'ai l'adresse d'Arkandias, je me sens de nouveau plein d'énergie.

— Moi je me sens plein de nougat au sésame. J'ai le ventre un peu lourd…

Un petit garçon qui pédalait sur son tricycle rouge marqua un temps d'arrêt et regarda avec curiosité Bonaventure qui parlait tout seul en mettant ses mains sur son ventre.

— Dis-moi un peu, reprit Bonaventure. L'adresse d'Arkandias, c'est quoi ?

— Six, rue Basile-Valentin, à Espagnet.

— Espagnet ! Mais ce n'est pas la porte à côté, ça ! Il va falloir prendre un taxi !

25 Le petit garçon écarquilla démesurément ses yeux noirs et pencha la tête pour regarder sous le banc. Il venait d'entendre la voix de Théophile, et cela le déroutait terriblement.

— Mais je n'ai pas assez de sous pour un taxi, Bonav' ! s'exclama Théophile.

30 — T'inquiète ! J'en ai, moi, des sous. J'ai reçu mon argent du mois hier soir. Et si ça ne suffit pas, on mettra Arkandias à contribution. Il a manqué m'écraser ce matin, il me doit bien ça.

Le petit garçon pédala jusqu'au banc et demanda à Bonaventure :

35 — Avec qui tu parles ?

— Avec personne, je parle tout seul… Va jouer sur la fusée de Tintin, petit. Elle fume. Elle ne va pas tarder à décoller…

Le petit garçon haussa les épaules.

— Ce n'est pas une vraie fusée ! Elle est en bois. Il est où, le
40 garçon qui te répond quand tu parles ?

— Mais nulle part, voyons ! Je te dis que je parlais tout seul. Je fais ça souvent. Ça m'aide à réfléchir…

— Menteur ! J'ai entendu sa voix qui te répondait. Ça venait de derrière le banc…

45 Sur ces entrefaites, la maman du petit garçon s'avança, tout ennuyée. Elle était grande et mince, avec un nez un peu busqué[1] et des cheveux bruns ondoyants[2].

---

1. Bombé, ayant la forme d'un arc.
2. Ondulés et souples.

– Jules-Élie! Qu'est-ce qui te prend de traiter ce grand garçon de menteur?! On ne dit pas des choses pareilles, voyons!…

Elle prit son petit garçon par la main, et ajouta avec un sourire :

– Excusez-le. Il n'a que trois ans et demi. À cet âge-là, on vit dans ses rêves…

Elle voulut entraîner de force Jules-Élie vers le tricycle rouge. Mais le petit garçon, qui n'entendait pas être traité d'affabulateur[1], ramassa une poignée de sable et la jeta en direction de Bonaventure. Ce dernier l'esquiva, mais elle ne fut pas perdue pour tout le monde, car Théophile la reçut en plein visage. Le sable s'arrêta net en l'air et retomba en pluie sur le banc.

– La vache! s'exclama une voix venue de nulle part. J'en ai dans les yeux!…

La maman de Jules-Élie regarda Bonaventure avec étonnement et demanda :

– C'est vous qui avez parlé?

– Oui madame, c'est moi. J'ai dit : « La vache! J'ai failli en prendre plein les yeux! » Mais soyez tranquille, je n'ai rien. Votre petit garçon m'a raté…

La dame se pencha sur sa progéniture en fronçant les sourcils.

– Tu devrais avoir honte, Jules-Élie! Ce que tu viens de faire est très vilain. Que dirais-tu, si ce garçon te faisait la même chose pour se venger? Mmh?

– Il n'a pas le droit! Il est grand! Et moi, je suis petit… Et

---

1. Qui invente des histoires qui ne peuvent pas être réelles.

puis c'est un menteur ! Il parle avec l'homme invisible ! Et tout à l'heure, il a fait disparaître des gâteaux !

75 — Mais qui m'a fichu un petit garçon pareil ?! s'écria la maman. C'est insensé, ça ! Allons, ça suffit maintenant ! On rentre à la maison ! Tu as besoin de faire la sieste…

« Moi aussi, j'aurais bien besoin de faire la sieste, songea Bonaventure en regardant le petit garçon s'éloigner sur son tri-
80 cycle. Il n'est que trois heures dix, mais quelle journée j'ai eue ! »

— Je n'y vois plus rien, Bonav' ! lança tout à coup Théophile d'une voix plaintive. J'ai du sable plein les yeux ! Conduis-moi vite à la fontaine, que je me rince. Ça picote terriblement…

Bonaventure soupira et se leva en disant :

85 — Pose tes deux mains sur mes épaules et laisse-toi guider. C'est droit devant.

Il le mena jusqu'au bassin et le fit asseoir sur l'appui de pierre attiédi par le soleil. Théophile plongea la tête dans l'eau et battit des paupières pour en chasser les grains de sable.
90 Quelques bulles crevèrent la surface de l'onde, et il émergea en crachant un petit jet.

— Ça va mieux ? Tu me vois maintenant ?

— Oui. Tu n'imagines pas la chance que tu as de n'être pas transparent !

95 — Tu réfléchiras bientôt la lumière, toi aussi. Ne t'inquiète pas. Viens ! On a un taxi à prendre…

BIEN LIRE
CHAPITRE 13
• Par quel moyen les deux garçons vont-ils se rendre à Espagnet ?

14
Six, rue Basile-Valentin

Bonaventure alla mettre son vélo à l'abri sous le porche de la bibliothèque, et il le cadenassa soigneusement à un réverbère. Puis les deux jeunes gens marchèrent jusqu'à la station de taxis qui se trouvait en face du cinéma Saint-Esprit. Le chauffeur refusa tout d'abord de prendre Bonaventure en charge. Il le trouvait trop jeune, trop chevelu, et sans doute trop noir. Mais le jeune garçon ne se démonta pas. Il porta sa main à sa tempe et fit mine de chanceler sur le bord du trottoir.

— Qu'est-ce qui te prend, petit ? demanda le chauffeur en repliant son journal hippique[1]. Tu as un éblouissement ?

— Je suis diabétique[2] et j'ai oublié mon insuline[3] à Espagnet, 6, rue Basile-Valentin ! Si nous pouvions faire vite, ça m'arrangerait.

Un moment plus tard, ils quittaient la route départementale, et la voiture se mettait à tressauter sur les ornières d'un chemin qui serpentait entre les champs de seigle.

— C'est un raccourci, expliqua le chauffeur. On contourne Bouvante-Le-Haut, et on tombe directement sur Espagnet. On gagne du temps…

— C'est souvent comme ça, avec les raccourcis, acquiesça Bonaventure, badin[4].

---

1. Qui parle des chevaux.
2. Qui a du diabète, maladie soulignant un trouble de l'assimilation des glucides (sucres).
3. Médicament qui permet de soigner le diabète.
4. Gai, qui cherche à plaisanter.

Mais il se rappela tout à coup qu'il était diabétique et ago-nisant[1], et il se laissa aller en arrière sur la banquette de cuir, les yeux révulsés[2], les joues creuses, un filet de bave aux lèvres.

— N'en fais pas trop, Bonav', lui chuchota Théophile. C'est
25 le diabète que tu as, pas la rage !

Le taxi entra dans Espagnet par une allée bordée de tilleuls aux tendres feuilles dorées. Il obliqua à hauteur de la mairie, et se rangea devant de hautes grilles noires encadrées de pilastres[3] qui supportaient chacun un phénix[4] de marbre rose. C'était la
30 maison de monsieur Arkandias. Elle avait vraiment beaucoup d'allure.

— Voilà, fit le chauffeur en tirant le frein à main. On y est.

Bonaventure se pencha pour jeter un coup d'œil au comp-teur et découvrit avec stupeur qu'il marquait cent vingt francs.

35 — Je n'ai que cinquante balles en poche, Théo, murmura-t-il tout bas en tordant la bouche. Qu'est-ce qu'on fait ? On part en courant ?

— Sors de la voiture et occupe-le. Je me charge de trouver ce qui manque…

40 Bonaventure descendit de voiture et s'avança vers la vitre mi-baissée en fouillant ostensiblement[5] sa poche et en deman-dant :

---

1. Qui est en train de mourir.
2. Retournés de sorte qu'on ne voit plus que le blanc de l'œil.
3. Piliers, montants de la grille.
4. Animal légendaire capable, après avoir été brûlé, de renaître de ses cendres.
5. Ouvertement, avec l'intention d'être remarqué.

– Je vous dois combien ?

– Cent vingt francs tout rond. Ça va mieux, le diabète ?

45 – Un peu mieux, merci. Ce sera tout à fait bien quand j'aurai eu ma piqûre. Je vous dois une fière chandelle…

Le chauffeur haussa les épaules, et répliqua simplement :

– Quand on peut rendre service…

Puis il marqua un temps, leva le nez et ajouta :

50 – Dites, c'est quoi les bestioles roses en haut des colonnes ?

Bonaventure leva les yeux vers les phénix qui encadraient le portail de monsieur Arkandias et répondit avec assurance :

– Des perroquets. Un hommage que mon grand-oncle a voulu rendre à un petit ara qui parlait créole et qui n'a pas 55 quitté son épaule pendant quinze ans. Il l'avait rapporté des Indes, caché dans le double fond d'une malle d'osier, en pleine épidémie de psittacose[1].

– Les perroquets parlent créole, aux Indes ?!

– Ils parlent la langue qu'on leur apprend. Celui de mon 60 grand-oncle parlait aussi l'hindi, naturellement, et d'un coup de bec il pouvait casser une noix de coco ! Les perroquets de là-bas, ça n'est pas comme nos mainates[2] d'ici.

– C'est aux Indes qu'il a fait fortune, votre grand-oncle ?

– Non, dans l'île de Madagascar, où il a inventé une tech- 65 nique pour greffer la vanille. Aux Indes, il n'a fait qu'acheter des émeraudes et des perles noires… Des babioles, quoi.

---

1. Maladie des perroquets transmissible à l'homme.
2. Oiseaux capables d'imiter la parole humaine.

– Ça se greffe, la vanille ? demanda le chauffeur visiblement peu au fait de ces questions.

– Ça se greffe, et ça s'étuve. Si vous ne greffez pas votre vanille, elle ne pousse pas. Et si vous ne l'étuvez pas, elle ne sent rien.

– Rien du tout ? !

– Rien de rien. À l'odeur, vous ne la distingueriez pas d'un haricot flétri ! Bon, ce n'est pas tout ça, mais j'ai ma piqûre qui m'attend. Donc, nous avons dit que ça faisait cent vingt francs…

Il fouilla de nouveau sa poche, en se demandant ce que pouvait bien mijoter Théophile. C'est alors que d'une légère pression de main sur l'épaule, son ami se signala à lui. Il lui glissa discrètement dans la main un billet de cent francs neuf et craquant, en murmurant :

– Tiens ! Paye-le, et qu'on en finisse !

– Tenez, gardez la monnaie ! fit Bonaventure en tendant cent cinquante francs au chauffeur. Bonne route, et merci pour tout.

Le chauffeur salua d'un hochement de tête. Il desserra son frein à main, enclencha la première et s'éloigna vers la mairie.

– Où as-tu trouvé ce billet ? demanda Bonaventure dès que la voiture eut tourné au coin de la rue.

– Dans la caisse du taxi. Elle était ouverte. Je n'ai eu qu'à me servir…

– Mais c'est du vol, Théo! Du vol pur et simple! Tu devrais avoir honte!

– Pourquoi? On lui a rendu son billet, non? Et on a payé notre course! Alors où est le mal?

Bonaventure haussa les épaules et répondit simplement :

– Évidemment, formulé comme ça…

Ils firent quelques pas vers les grilles afin de jeter un coup d'œil au parc. Il était planté de buis et de saules qui cachaient la propriété de monsieur Arkandias. Mais derrière les cimes des arbres, on apercevait des toits d'ardoises grises agencés à des décrochements de ciel bleu.

– C'est coquet! murmura Bonaventure. Ça colle bien avec la grosse voiture noire. Il est riche, notre bonhomme…

– Il est peut-être un peu alchimiste…

– Comme le type dont tu m'as parlé, là? Nicolas Lumignon?

– Flamel, Bonav'! Nicolas Flamel…

– Oui, Flamel, bon. En tout cas, si c'est ça l'alchimie, ça a du bon! Et toi, tu n'es qu'une andouille! Parce qu'au lieu de perdre ton temps à fabriquer cette bague qui enquiquine[1] tout le monde, tu aurais mieux fait de fabriquer deux ou trois kilos de cette poudre rouge qui change les métaux en or! Ça, oui, ça aurait été malin! Tu manques vraiment de sens pratique!

– Que veux-tu, répliqua Théophile en haussant les épaules, l'argent n'est pas tout, dans la vie. Il y a aussi le rêve… Bon, on sonne, ou on passe le reste de l'après-midi à regarder les arbres?

---

1. Ennuie (vocabulaire familier).

Bonaventure alla tirer le cordon de la cloche, et les deux jeunes gens attendirent quelques minutes. Comme rien ne venait, Bonaventure tira de nouveau le cordon, et il mit ses
120 mains en porte-voix autour de sa bouche pour crier :

— Ho hé ! Il y a quelqu'un ?

— Il est peut-être parti en vacances, soupira Théophile. Si c'est le cas, je suis perdu…

— Ne sois pas ridicule, voyons ! Il est là. Mais comment
125 veux-tu qu'il entende cette petite cloche qui tintinnabule[1] à peine plus fort qu'un grelot ? C'est mal foutu son système. Le mieux c'est qu'on entre, qu'on traverse le bois et qu'on aille directement frapper à sa porte.

— Et s'il y a des chiens ?

130 — Penses-tu ! Ils auraient aboyé…

— Ils sont peut-être derrière la maison, ou dans le bois, tapis sous des buissons, à attendre qu'on passe pour nous sauter à la gorge. Les chiens dressés, c'est fourbe[2]. Surtout les dogues alle-mands…

135 — Ils sont comment, les dogues allemands ?

— Effrayants ! Grands comme des ânes, avec un poil couleur d'acier et des yeux jaunes. Ils peuvent tuer un sanglier d'un coup de dents !

Bonaventure se toucha le menton et parut réfléchir forte-
140 ment.

---

1. Sonne comme un petit grelot.
2. Trompeur.

— Écoute, dit-il enfin, j'ai une idée. Tu vas y aller tout seul, et tu reviendras me dire si la voie est libre.

— Pourquoi moi ?! Vas-y, toi !

— Tu es invisible, Théo ! Tu ne risques rien !…

145   — Et l'odeur, qu'est-ce que tu en fais ? Ils la sentiront, mon odeur, les dogues ! Et ils me mettront en pièces !…

— S'ils sentent ton odeur, ils aboieront. Mais comme ils ne peuvent pas te voir, tu es tranquille.

Il entrouvrit le portail et ajouta :

150   — Allons, ne te fais pas prier. Si la voie est libre, siffle deux coups et je rappliquerai. Si elle ne l'est pas et qu'il y a des chiens, tes cris de douleur me le signaleront.

Théophile traversa le parc, en courant d'arbre en arbre et en surveillant les buissons d'où pouvait surgir à tout instant la

155 meute vociférante[1] de monsieur Arkandias. Par bonheur, le parc n'était pas gardé, et il parvint sain et sauf aux abords de la maison. C'était un bizarre petit château baroque[2], qui comptait deux tours d'angle et un grand nombre de fenêtres à encadrement de pierres blanches. Sous chacune d'elles, il y avait un bal-

160 con bas, soutenu par des cariatides[3] de marbre. De grands médaillons de ce même marbre ornaient les façades du château. On y voyait de surprenants symboles : une équerre et un compas, une flamme et un serpent, un soleil et un marteau. Ces représentations, tracées par incrustation de métaux et de pierres

---

1. Hurlante, en colère.
2. Style architectural du XVIIᵉ siècle où on utilisait des formes bizarres et beaucoup d'ornements.
3. Statues de femmes.

165 de couleur, se détachaient avec force sur le fond pâle des médaillons. Le serpent avait une langue rouge et des yeux de rubis, la flamme était d'or jaune, et le soleil d'or blanc. Quant à l'équerre et au marteau, ils semblaient n'être que de marbre noir. Mais ce marbre s'irisait[1] par instants sous les rayons du 170 soleil, et il devenait brun, puis sienne[2], puis rose, à la façon d'un morceau de métal extraterrestre.

Théophile s'avança prudemment hors du bois, comme le loup après le départ des parents dans *Les Contes du chat perché*. Il vit que les volets étaient clos au premier et au deuxième étage, 175 et il crut tout d'abord que monsieur Arkandias s'était absenté. Mais en s'avançant davantage, il eut la joie de reconnaître la grosse voiture noire garée dans l'allée de gravillons, devant la porte du château. Il mit ses doigts dans sa bouche et lança deux coups de sifflet aigus et rapprochés. Un instant, plus tard, 180 Bonaventure le rejoignait.

– Alors ? demanda ce dernier en reprenant son souffle. Il est là ?

– Oui. Sa voiture est garée devant la porte.

– Dis donc, elle en jette drôlement, sa bicoque[3] ! Vise les 185 médaillons ! Tu crois qu'il est en or, celui avec le soleil ?

– Si ça n'en est pas, c'est rudement bien imité. Bon, passe devant ce coup-ci ! J'ai affronté les dogues, je te laisse leur maître.

---

1. Prenait les couleurs de l'arc-en-ciel.
2. Ville d'Italie connue pour ses marbres de couleur terre.
3. Petite maison qui ne semble pas solide.

Les deux jeunes gens longèrent des plates-bandes d'ama-
190 rantes[1], et ils franchirent une arche de pierre qui menait à une
petite cour intérieure gravillonnée et fleurie. La voiture de
monsieur Arkandias y était garée. Elle brillait comme un gros
diamant noir, mais il lui manquait un phare, et Théophile
repensa à sa colère et à son coup de pied du matin. Il fallait
195 espérer que monsieur Arkandias ne fût pas rancunier, sans quoi
ils auraient fait tout ce chemin pour rien.

---

1. Plantes qui a de grosses fleurs
rouges en grappes.

BIEN LIRE

CHAPITRE 14
• Pourquoi le chauffeur de taxi refuse-
t-il de prendre Bonaventure ?
• Comment Bonaventure explique-t-il
la présence de phénix sur les colonnes
du portail de monsieur Arkandias ?
• Qu'est-ce qu'un alchimiste ?
• Comment se fait-il qu'il manque un
phare à la voiture de monsieur Arkandias ?

15
Atalanta Fugiens

Bonaventure se mira au passage dans le vaste pare-brise fumé qui reflétait l'image des façades du château, puis il grimpa les marches du perron et alla frapper à la porte. Cette dernière ne tarda pas à pivoter sur ses gonds. Monsieur Arkandias parut, tiré à quatre épingles, un gros cigare à la main. Il reconnut Bonaventure à ses tresses et demanda de sa voix métallique :

— Que faites-vous ici ?! Qui vous a permis d'entrer chez moi ?

— J'ai sonné au portail, mais personne n'est venu m'ouvrir. Je suis l'ami de Théophile Amoretti. C'est moi que vous avez renversé avec votre voiture, ce matin. Vous vous rappelez ?

— Je ne suis pas près d'oublier une petite plaisanterie qui m'a coûté un phare de Rolls Royce ! Comment diable m'avez-vous retrouvé ?!

— Ce serait trop long à expliquer. Écoutez monsieur Arkandias, il est arrivé un malheur ! Figurez-vous que la bague...

À ce mot, monsieur Arkandias mit un doigt sur ses lèvres :

— Chut, mon jeune ami ! Chut ! De la discrétion, je vous prie ! Je ne suis pas seul...

Il ouvrit tout grand sa porte en ajoutant à voix basse :

— Entrez sans faire de bruit, je vais vous faire patienter dans le petit salon.

Il conduisit Bonaventure dans une très jolie pièce tendue de
velours blanc que rehaussaient des motifs brodés au fil d'or, et
il lui montra un fauteuil en ajoutant :

— Donnez-moi une minute. Je reviens…

Il sortit du salon en tirant la porte, et Bonaventure eut la
désagréable surprise d'entendre claquer deux fois la clef dans la
serrure. Il demeura un moment incrédule, puis il haussa les
épaules et secoua ses tresses en murmurant, philosophe :

— Après tout, l'essentiel, c'est qu'il ne m'ait pas jeté
dehors…

— Comme tu dis ! lança une voix derrière lui. Je suis heureux de voir que tu fais preuve d'optimisme !

Bonaventure se retourna et promena son regard dans la
pièce en murmurant :

— Tu es là, Théo ? Tu as pu entrer, toi aussi ?

— Évidemment que j'ai pu entrer ! Tout sorcier qu'il est,
Arkandias ne me voit pas. Bon, écoute. Je vais me tenir dans
l'embrasure de la fenêtre, et toi tu lui feras croire que tu es venu
seul. Comme ça, si les choses tournent mal, je pourrai intervenir en bénéficiant de l'effet de surprise. Tu comprends ?

Il n'avait pas plutôt prononcé ces paroles que la serrure claqua de nouveau. Monsieur Arkandias reparut, le cigare à la
main. Il alla prendre un fauteuil près de la cheminée, et s'installa face à Bonaventure en disant :

– Voilà, nous sommes tranquilles ! Hé bien, je vous écoute, jeune homme ! Que s'est-il donc passé ?

50 Bonaventure raconta en détail l'épisode des toilettes et de la flamme verte. Monsieur Arkandias écoutait sans dire un mot, en souriant par moments d'un air entendu. À la fin de la narration, il se leva et fit quelques pas en tirant sur son cigare.

55 – J'ai essayé de prévenir votre ami ce matin, commença-t-il après avoir soufflé un petit nuage bleu. Mais il n'a rien voulu entendre. À présent, nous sommes en pleine catastrophe… Et qui vient-on solliciter ? Monsieur Arkandias ! Ah non, vraiment ! Il y aurait de quoi se mettre en colère !…

60 Bonaventure était dans ses petits souliers.

– Vous êtes sans doute très fâché contre nous, à cause du phare. Mais il faut nous comprendre… Théophile ne savait pas que c'était vous qui étiez au volant de cette grosse voiture noire… Et quand je suis tombé de vélo, il a vu rouge…

65 – Tout de même, s'en prendre à un phare ! Et à un phare de vingt-quatre mille francs, qui plus est ! A-t-on idée ? Quand je pense que je m'étais déplacé tout spécialement pour le mettre en garde et lui signaler que sa recette était incomplète ! J'ai été bien récompensé…

70 – Dites, monsieur Arkandias. À ce propos… Ces quatre lignes qui manquaient, elles disaient quoi ?

– C'était une mise en garde à l'adresse des utilisateurs de la bague. Voyons… Que je me souvienne…

Il se gratta le sourcil gauche en faisant un effort de mémoire, et cita :

— *Mais dès lors qu'on s'est rendu invisible, on doit se garder d'ôter la bague. Elle se dissoudrait aussitôt en un feu vert accompagné d'abondantes fumées, et l'on perdrait tout moyen de retourner dans l'état visible...* C'est ce qui s'est produit dans les toilettes de votre collège. En voulant vous donner la bague alors qu'il était invisible, votre ami a signé sa perte...

— Vous voulez dire qu'il n'existe aucun remède à son mal ? !

— Pas à ma connaissance, en tout cas. Votre camarade va devoir s'accoutumer à son nouvel état.

— Mais enfin, vous êtes un grand savant et un grand sorcier ! Ne me dites pas qu'avec tous vos grimoires et toutes vos fioles vous ne pouvez pas le tirer de là !

Monsieur Arkandias eut un petit rire de gorge semblable à un caquetage de poule, qui mit Bonaventure très mal à l'aise.

— Je ne suis pas Merlin l'Enchanteur, vous savez ! lança-t-il d'un ton réjoui. Je n'accomplis pas de miracles. Et puis où avez-vous pris que j'étais sorcier ? ! Je suis un hyperchimiste, c'est très différent ! L'hyperchimie est une science sérieuse, qui mêle chimie et magie en s'appuyant sur des bases scientifiques solides. Et quand je vous dis que le cas de votre ami est sans espoir, il l'est, croyez-le. D'ailleurs, je me demande comment il a pu réussir la transmutation de la bague ! C'est une recette des plus délicates, où tout se joue au centième d'heure et où la moindre fausse note peut tout compromettre. Je l'ai moi- même essayée

100 à plusieurs reprises sans succès. À ce propos, qui tenait la flûte au moment de la transmutation ?

— Moi.

Monsieur Arkandias changea de visage.

— Vous êtes musicien ?

105 — Je suis élève du Conservatoire.

— Toutes mes félicitations, jeune homme ! C'est à vous que reviennent les mérites de ce succès. Voyez-vous, il faut beaucoup de talent et de virtuosité[1] pour jouer un air de musique chimique. Le Grand Œuvre ne s'accommode pas d'à peu près, 110 et une petite variation de tempo[2] suffit à tout ficher par terre. Aviez-vous un métronome[3] ?

— Non. J'ai le tempo dans le sang. Mes professeurs ne cessent de me le répéter.

Monsieur Arkandias se gratta le menton du bout des ongles 115 et plissa ses yeux bleus.

— Elle est peut-être là, mon erreur… Dans ce métronome…

— Que dites vous, monsieur ?

— Rien. Je réfléchissais tout haut.

Il tira une bouffée de son gros cigare et demanda tout à coup :

120 — Aimeriez-vous travailler pour moi ?

— Travailler pour vous ! ? Comment ça ?

— En jouant des airs que je vous communiquerais. J'ai

---

1. Technique brillante d'une personne dans un art précis.
2. Rythme, vitesse d'exécution d'un morceau de musique.
3. Instrument servant à marquer la mesure que l'on utilise pour respecter le tempo d'un morceau de musique.

besoin d'un flûtiste doué, qui puisse tenir le rythme une à deux heures de temps sans le secours d'un métronome. Car il me
125 semble que le bruit de cet engin compromet certaines de mes transmutations… Naturellement, je vous rétribuerais[1] de la manière que vous voudrez.

– Il faudrait que je réfléchisse… Je ne suis pas venu pour ça, vous comprenez. Mon ami est au désespoir, et pour le moment,
130 son chagrin occupe toutes mes pensées…

– C'est juste. J'oubliais…

Il prit un temps, et tapota la cendre de son cigare avant d'ajouter :

– Où est-il, votre ami ? À la grille ?

135 – Non, il ne m'a pas accompagné.

– C'est dommage. Nous aurions pu tenter quelque chose.

À ces mots, Bonaventure se redressa dans son fauteuil :

– Vraiment ? Mais vous disiez à l'instant que son cas était désespéré !…

140 – J'ignorais votre talent de flûtiste. Mais ce talent change bien des choses…

– Que voulez-vous dire ?

– Il existe un moyen de tirer votre ami de la chausse-trappe[2] où il s'est fourré. Mais ce moyen est si ardu que je l'avais écarté
145 d'emblée, ignorant que je me trouvais face à un instrumentiste virtuose…

---

1. Payerais, donnerais de l'argent en échange d'un service rendu.
2. Piège.

– Vous voulez dire qu'éventuellement je pourrais le guérir en jouant de la flûte ? C'est bien ça ?

– En somme, oui. Il faudrait cependant que vous jouiez un
150 air très spécial. Et en présence de votre ami, naturellement…

– Je suis là, cria Théophile depuis la fenêtre. Je vous écoute, monsieur Arkandias.

Monsieur Arkandias tourna les yeux vers la fenêtre et exhala[1] un jet de fumée bleue avant de répliquer, amusé :
155 – J'aurais parié que vous n'étiez pas bien loin ! Votre excellent camarade ment presque aussi bien qu'il joue de la flûte, mais je ne l'ai pas cru lorsqu'il m'a dit que vous ne l'aviez pas accompagné. Il est bien rare qu'on aille chez le docteur à la place du malade, n'est-ce pas ?
160 – Que dois-je faire ? demanda Bonaventure. Dites, et j'obéirai.

– Vous allez commencer par me promettre de me donner la bague quand elle aura réapparu. C'est la première condition, et elle est *sine qua non*[2].
165 – C'est promis. Ensuite ?

– Ensuite vous me communiquerez vos coordonnées téléphoniques, afin que je puisse faire appel à votre talent de flûtiste lorsque j'en aurai besoin.

– Entendu. Donnez-moi vite la partition de ce que je dois
170 jouer. Et un instrument, pour que je fasse mes gammes…

---

1. Répandit.
2. Indispensable, indiscutable. Expression latine qui signifie : « sans laquelle non ».

— Doucement, jeune homme, doucement. Je dois d'abord remettre la main sur mon Atalanta.

Il alla ouvrir les portes vitrées de sa bibliothèque, et il entreprit de passer en revue ses livres, qui étaient tous très anciens et
175 très épais. Théophile l'avait suivi, et dans son dos il admirait les gros volumes à couverture de cuir, dont certains étaient des incunables remontant à Gutenberg[1]. Les titres lui mirent l'eau à la bouche : *Opuscule d'hyperchimie, Rosarius Philosophorum, La Table d'émeraude, Le Mariage chimique de Christian*
180 *Rosencreutz...* Tout ! Monsieur Arkandias avait tout ! Même *Le Livre des Balances* et le *Catéchisme de la Magie supérieure* ! qui sont réputés introuvables, comme chacun sait. Et ce n'était pas tout, car on apercevait sur le dernier rayon de la bibliothèque un grand nombre de parchemins roulés et fermés par des rubans de
185 tissu bleu. Monsieur Arkandias trouva enfin ce qu'il cherchait. Il revint vers Bonaventure en ouvrant et en feuilletant un grimoire de cuir pâle et usé qui portait ce titre mystérieux :

« Atalanta Fugiens
par X
190   Michel Maïer »

— Voyez-vous, fit-il en tournant délicatement les pages du vénérable ouvrage, la mélodie peut avoir une utilité métallurgique. Mais il faut connaître le rapport qui existe entre les inter-

---

1. Inventeur de la presse à imprimer (en 1438).

valles musicaux et l'intensité réactive des différents produits
chimiques. Michel Maïer a longuement étudié ces questions, et
il devrait nous être très précieux…

Bonaventure ne pipait mot. Il essayait de concevoir ce que
pouvait être l'utilité métallurgique de la mélodie et il se perdait
en conjectures[1]. Théophile, quant à lui, n'avait pas pu se déta-
cher de la bibliothèque, et il inclinait la tête pour lire les titres
sur les tranches des livres, en se retenant d'y toucher.

Monsieur Arkandias continua un moment de feuilleter son
gros volume, puis tout à coup il s'écria :

– J'y suis ! *Kimyâ es-saâdah*, la fugue alchimique de la féli-
cité[2] et du retour de toutes choses à leur ordre antérieur…

Il tendit le grimoire ouvert à Bonaventure en lui montrant
un passage et en lui disant :

– Tenez ! Solfiez[3], je vous prie…

Bonaventure solfia en battant la mesure et monsieur
Arkandias l'écouta, charmé, le cigare entre les ongles et le petit
doigt en l'air. La mélodie était affreusement discordante, mais
le grand homme n'en parut nullement incommodé.

– Alors ? demanda-t-il à Bonaventure quand ce dernier eut
terminé. Qu'en pensez-vous ?

– C'est faux à hurler, mais je commence à avoir l'habitude.
La musique chimique, ce n'est pas du Vivaldi. Enfin, si ça peut
guérir Théophile…

---

1. Suppositions, opinions dont on n'est pas sûr.
2. Calme et bonheur durables.
3. Lisez le morceau de musique en chantant les notes.

— *Kimyâ es-saâdah* peut tout, mon jeune ami ! Mais elle nécessite un doigté hors pair…

220   Il se tourna vers la fenêtre et demanda :

— Vous êtes là, Théophile ?

— Non, fit une voix venue de la bibliothèque. Je suis ici…

Monsieur Arkandias fronça les sourcils.

— Vous regardiez mes livres, n'est-ce pas ? On ne peut donc 225 pas vous faire confiance ?

Il alla fermer les portes de la bibliothèque, et revint sur ses pas en bougonnant :

— Malgré les ennuis que votre curiosité vous a causés, vous continuez de fureter[1] partout et de vous mêler de ce qui ne vous 230 regarde pas ? ! Rien ne vous sert de leçon, alors ?

— Je ne faisais rien de mal, monsieur Arkandias ! J'admirais simplement vos grimoires. Et comme je suis tombé par hasard sur les *Leçons pratiques de Magie rouge*, je me demandais pourquoi vous étiez allé consulter ce livre à la bibliothèque, alors 235 que vous l'aviez chez vous…

— Il manque deux pages à mon exemplaire, et on ne trouve plus ce livre en librairie. Avez-vous d'autres questions ?

— Une petite dernière, oui. Éventuellement, accepteriez-vous de me laisser lire quelques-uns de vos livres ? Je suis un peu 240 de la partie, moi aussi. Je pourrais vous être utile…

— Dites, mon jeune ami, vous ne trouvez pas que vous poussez le bouchon un peu loin ? Vous êtes venu pour me demander des conseils, ou pour m'en donner ?

---

1. Fouiller, chercher avec curiosité.

– Je ne me permettrai pas de vous donner des conseils,
245 monsieur Arkandias. Mais je pensais qu'ayant réussi ma première transmutation…

– Vous parlez d'une réussite ! Être bloqué dans l'invisible sans
moyen de retour, ce n'est pas à proprement parler ce qu'on peut
appeler un succès ! Ne claironnez[1] donc pas, jeune homme ! Cela
250 pourrait m'ôter tout désir de vous venir en aide…

Théophile baissa les yeux. C'était pourtant vrai qu'il était en
fâcheuse posture. Mais l'espace d'un moment, et à la vue de
tant de merveilleux livres, il l'avait oublié.

– Je vous prie de m'excuser, chuchota-t-il. Je n'aurais pas dû
255 espionner ainsi votre bibliothèque. Mais que voulez-vous,
j'aime les livres, et ils m'attirent comme un aimant.

– N'en parlons plus. Il n'est pas mauvais en soi d'aimer les
livres. Mais il faut se garder des lectures inutiles. « Une goutte
de philosophie est un poison pour un ignorant »… Vous l'avez
260 d'ailleurs vérifié vous-même.

Il écrasa son cigare sur un petit plateau d'argent et ajouta en
soupirant :

– Allons, suivez-moi. Il est temps de descendre vers mes
ateliers.

---

1. Annoncez haut et fort une
bonne nouvelle.

BIEN LIRE

CHAPITRE 15
• L. 52 : Pourquoi monsieur Arkandias
sourit-il quand Bonaventure lui raconte
ce qui lui est arrivé ?
• À quelle condition monsieur Arkandias
veut-il bien aider les deux garçons ?

16

L'atelier souterrain

Monsieur Arkandias les conduisit le long des couloirs de son château, et les deux jeunes gens admirèrent au passage les vitrines de bois vernis qui abritaient des collections d'objets précieux. Il n'était pas une niche qui ne recelât[1] une statuette
[5] d'or ou d'ébène représentant un aigle sur un globe, une licorne protégeant un œuf ou un griffon à la crête hérissée[2]. La lampe que portait monsieur Arkandias jetait des lueurs sur ces trésors. Les yeux rouges de l'aigle brillaient puis s'éteignaient, la corne d'or de la licorne s'allumait dans l'ombre comme une pointe de
[10] feu, et le griffon aux dents d'améthyste[3] montrait un sourire mauve un peu inquiétant.

— Vous avez trouvé la Pierre philosophale, n'est-ce pas ? chuchota Théophile à la vue de tant de richesses.

Monsieur Arkandias haussa les épaules.

[15] — Ne dites pas de sottises. Et cessez de poser des questions. Vous n'avez tout de même pas la faiblesse de penser que je vais avilir[4] les Arcanes[5] en vous les révélant ? Je n'ai pas pour habitude de faire aux ânes une litière de roses…

— Merci pour l'âne ! Trop aimable, vraiment !…

---

1. Renfermât.
2. Dont les plumes sont dressées.
3. Pierre précieuse violette.
4. Rabaisser, salir.
5. Mystères, secrets d'une science, ici de la magie.

20 Monsieur Arkandias s'arrêta tout à coup devant un tapis accroché au mur du couloir. Il le fit glisser sur un rail invisible, découvrant une porte de métal poli qui réfléchissait la lumière de sa lampe.

– Nous y sommes, murmura-t-il. Tournez-vous, je vous prie…

25 Bonaventure obtempéra[1] aussitôt, mais Théophile s'approcha discrètement de monsieur Arkandias.

– Monsieur Amoretti, je ne vous vois pas, mais je sens votre souffle sur mon épaule. Tournez-vous, vous aussi. Ou je n'ouvre pas la porte.

30 Théophile alla rejoindre Bonaventure et lui murmura à l'oreille :

– Il a un caractère de cochon, mais il a oublié d'être bête…

Monsieur Arkandias se pencha sur un petit boîtier et composa le code confidentiel qui ouvrait la porte de métal. Il donna 35 deux tours de clef à chacun des quatre verrous répartis le long du chambranle[2], et poussa le lourd battant qui pivota sans bruit. Il fallut encore descendre un interminable escalier, puis passer une deuxième porte identique en tout point à la première. Enfin, les deux jeunes gens aperçurent une douce lueur 40 émeraude qui brillait au bout d'un corridor. Ils s'en approchèrent, trouvèrent une grande pièce blanche éclairée de néons opalescents[3] : c'était l'atelier de monsieur Arkandias. On eût dit la salle d'opération d'un grand hôpital. Les murs et le sol

---

1. Obéit.
2. Encadrement de la porte.
3. Qui prend la couleur de l'opale, pierre précieuse opaque.

étaient d'une propreté parfaite, qui tranchait avec la pénombre
humide du corridor qu'ils venaient d'emprunter. De grandes
armoires vitrées occupaient le fond de la pièce. Elles recelaient
de petites fioles et des bocaux de verre ornés d'étiquettes. Sur
un vaste établi carrelé de blanc, monsieur Arkandias avait disposé des outils tels que les deux jeunes gens n'en avaient jamais
vu. Des pinces très longues coudées à angle droit, des ciseaux
d'ébéniste à biseau[1] de diamant, des tubes de verre plaqués
d'une fine feuille d'argent ou d'or, des sphères de métal que
prolongeait un manche de nacre, une balance électronique précise au millionième de gramme… Divers instruments de
musique pendaient aux murs : une viole de gambe, une lyre, un
luth, deux violons et un violoncelle, une clarinette, un bas-
son… On se serait cru chez un marchand d'instruments !
Enfin, au milieu de la pièce trônait un four à parois de cristal
surmonté d'une sorte de dôme[2] étamé[3]. Un feu y rougeoyait, et
à travers les parois de cristal on pouvait apercevoir, posé sur une
écuelle de sable, un petit ballon translucide où cuisait une
liqueur rose.

— C'est l'Œuf philosophique, n'est-ce pas ? demanda
Théophile.

— Tout à fait. Je vois que vous n'êtes pas absolument ignorant en ce qui touche à l'hyperchimie. Savez-vous comment on
appelle ce four à parois de cristal ?

1. Bord de forme oblique.
2. Toit élevé ayant une forme arrondie.
3. Recouvert d'étain, métal grisâtre.

– L'Athanator, il me semble…

– Vous y êtes presque. Il s'agit en réalité de l'Athanor, qui
70 comprend trois parties : un dôme réverbérant, une chambre de
cuisson et un foyer où brûle un feu continuel. Mais vous n'êtes
pas venu ici pour entendre un cours d'hyperchimie, et nous
avons beaucoup à faire. Tout d'abord, il s'agit de trouver un instrument qui convienne à notre jeune ami… Voyons ce dont
75 nous disposons…

Il alla ouvrir un tiroir et y prit une poignée de flûtes, aussi
négligemment qu'on ramasse un fagot de brindilles. Il les disposa sur l'établi et fit signe à Bonaventure d'approcher.

– Venez donc choisir une flûte. Prenez le temps de la
80 réflexion, et essayez-les toutes si besoin est. Il importe que vous
soyez absolument à l'aise sur votre instrument.

Bonaventure s'avança vers l'établi, et hésita longuement
entres les diverses flûtes. Certaines étaient d'argile, d'autres de
bois, d'autre d'os, d'autres de pierre, et il y en avait même une
85 de pur cristal qui brillait sous le néon émeraude de l'atelier. Ce
fut celle-là que Bonaventure essaya en premier. Il en tira des
sons charmants, mais glacés, et il la reposa avec une petite grimace de dépit[1]. Il essaya ensuite la flûte de pierre. Mais elle rendait des sons caverneux. La flûte d'os fit souffler dans l'atelier la
90 sépulcrale[2] musique des tombes. Il essaya la flûte de bois, mais
elle ne fit pas non plus son affaire car elle vibrait dans les aigus.

---

1. Insatisfaction, déception personnelle.
2. Qui semble sortir d'un sépulcre, d'un tombeau, qui fait donc penser à la mort.

– Vous êtes décidément bien difficile, mon jeune ami, fit observer monsieur Arkandias. La flûte de bois était très bien…

95   – Vous m'avez demandé de choisir, je choisis.

Il essaya de nouveau la flûte de cristal, qui était décidément bien séduisante. Mais non, elle ne convenait pas : les notes glissaient dessus comme un doigt humide sur un carreau de faïence, sans qu'il soit possible de réussir les sons « lourés[1] ».

100   – Et la flûte d'argile ? s'étonna monsieur Arkandias. Vous ne l'avez pas essayée, il me semble.

Bonaventure haussa les épaules.

– Ça doit être pire que tout ! Elle a sûrement un son de cruche à eau…

105   – Essayez-la tout de même. On ne sait jamais.

Il la lui tendit, et Bonaventure la porta à sa bouche sans grande conviction. Mais à peine y avait-il soufflé qu'une musique absolument admirable s'en échappa. Il ferma les yeux et développa un air de Mozart d'une grâce et d'une perfection

110   achevées. On eût dit que des aristoloches[2] de diamant fleurissaient sous ses doigts. C'était à se pâmer[3]. Après que la dernière note se fut éteinte dans le silence du sous-sol il y eut un moment de silence, et monsieur Arkandias déclara :

– C'est ce que j'ai entendu de plus beau ! Vous êtes un grand

115   artiste.

---

1. Se dit des notes qu'il faut appuyer, marquer nettement.
2. Plantes grimpantes à fleurs jaunes.
3. Perdre connaissance, s'évanouir.

– La flûte y est pour beaucoup. Je n'en avais jamais eu de si bonne. Où l'avez-vous achetée ?

– Je la tiens de mon maître, Artéfius Le Trévisan, qui la tenait du grand Nicolas Flamel lui-même. Mais ces noms ne vous disent rien, naturellement.

– Nicolas Flamel était libraire-juré de l'Université de Paris, répliqua Théophile. Il a réussi sa première transmutation le 25 avril 1382, à trois heures de l'après-midi… Je peux toucher sa flûte ?

Bonaventure lui tendit la précieuse relique[1]. Il la fit tourner entre ses doigts avec précaution en murmurant :

– Dire qu'il l'a touchée… Que ses lèvres barbues s'y sont posées… Ça fait quelque chose, non ?

Bonaventure cracha par terre :

– J'aurais dû l'essuyer avant d'y mettre ma langue ! De la salive de barbu vieille de six siècles, berk !

– Vous blasphémez[2], mon jeune ami ! s'écria monsieur Arkandias. La sainte salive de Nicolas Flamel mérite davantage de considération.

Il reprit la flûte des mains de Théophile et la tendit à Bonaventure en ajoutant :

– Trêve de bavardages ! Mettons-nous au travail…

– Mais je ne demande que ça, monsieur Arkandias. Donnez-moi le grimoire, que je répète un peu ma partie.

---

1. Objet que l'on considère des plus précieux, comme sacré.
2. Insultez quelque chose de précieux, ou de religieux, qui doit être respecté.

140 — Tout beau, mon jeune ami ! Vous oubliez notre petit marché. Commencez donc par me donner votre adresse et votre numéro de téléphone. Je ne tiens pas à laisser échapper un flûtiste de votre acabit[1].

Bonaventure lui donna ses coordonnées complètes, et mon-
145 sieur Arkandias alla les vérifier à l'écran d'un ordinateur qui était relié à l'annuaire du téléphone.

— Parfait ! fit-il en se frottant les mains. Tout est en ordre. Nous pouvons commencer.

Il posa le grimoire ouvert sur un pupitre qu'il régla à la hau-
150 teur du jeune flûtiste.

— Maestro, lui dit-il. En place, je vous prie. Quant à vous, Théophile, approchez. Je vais vous expliquer ce que j'attends de vous.

Théophile s'avança et prit place sur un tabouret de bois que
155 monsieur Arkandias avait disposé pour lui au milieu de l'atelier. À peine était-il assis que monsieur Arkandias lui palpa le dos et les épaules en bougonnant :

— Redressez-vous, que diable ! Votre colonne vertébrale a la forme d'un point d'interrogation !

160 Théophile comprit de travers et se mit debout.

— Voulez-vous bien rester assis ! Je ne vous ai pas demandé de vous lever, mais simplement de vous redresser !... Qu'ont donc les jeunes gens d'aujourd'hui à ne plus savoir s'asseoir sur un tabouret ?!...

---

1. Nature, façon d'être.

165 Théophile redressa la tête et bomba la poitrine.

– C'est cela que vous appelez « Être droit » ? demanda monsieur Arkandias en le tâtant derechef[1].

– Oui. Je suis droit, là.

– Non, mon jeune ami. Vous êtes avachi ! Haussez le men-
170 ton. Tendez votre échine comme un arc. Imaginez qu'une ventouse vous tire le crâne vers le haut, et que deux poids vous
tirent les épaules vers le bas. C'est cela, être droit. Nous y
sommes ? Bon. Ne bougeons plus…

– Est-ce que je dois sourire, comme chez le photographe ?
175 demanda Théophile pour détendre l'atmosphère.

– Plaisantez tant que vous le pouvez encore. Dans un
moment vous rirez moins. Je vous signale que le retour au
monde visible peut être très douloureux.

– Douloureux ? Comment ça ?

180 – Votre fréquence vibratoire va décroître au fur et à mesure
que vous redeviendrez visible, et il n'est pas impossible que vous
vous sentiez pris dans un étau de glace, ou que vous éprouviez
une affreuse impression d'étouffement…

– Je ne risque pas d'étouffer pour de bon, quand même ?

185 – J'imagine que non. Cependant, il arrive que tout n'aille
pas aussi bien qu'on voudrait. Parfois, il y a des séquelles…

– Quel genre de séquelles ?

– Perte de mémoire ou d'équilibre. Surdité ou cécité…
Mais tout cela est temporaire, naturellement.

---

1. À nouveau, une seconde fois.

190   – Ouf! Vous me rassurez. J'étais sur le point de partir en courant.

– C'est ce qui se produit aussi parfois. On part en courant. Mais en courant électrique, si vous me permettez ce jeu de mots. Bien. Voyons maintenant où en est notre jeune virtuose…

195   Bonaventure avait pris place devant le pupitre qui portait la partition d'*Atalanta Fugiens*. Il répétait son morceau en sourdine, en faisant ses doigtés mais en se gardant bien de souffler dans sa flûte, de crainte que la musique chimique ne déclenche quelque catastrophe. Monsieur Arkandias s'approcha de lui et 200   le regarda faire un moment avant de demander :

– Tout va comme vous voulez ? Pas de difficultés majeures ?

– Ça devrait aller. Mais il faut jouer vite, et il y a de sacrés à-pics ! J'espère que le souffle ne va pas me manquer…

– Mon sort est entre tes doigts et sur tes lèvres, Bonav' ! fit 205   la voix de Théophile depuis le tabouret vide qui trônait au milieu de la pièce. Alors pas de canard, s'il te plaît !

– T'inquiète, je jouerai comme pour le concours du Conservatoire. Accroche-toi à ton siège, car ça va décoiffer.

Monsieur Arkandias demanda à Bonaventure de s'orienter 210   face à Théophile, de manière à ce que la musique lui arrive directement dessus.

– Il importe que les sons soient très purs. Un écho malencontreux peut tout compromettre…

Il alla se placer devant un boîtier électrique muni de gros
215 interrupteurs et ajouta :

— Lorsque j'aurai éteint les plafonniers, il ne restera sur
votre partition qu'un mince rayon de lumière inactinique[1].
Vous commencerez à jouer et ne cesserez qu'à mon comman-
dement. Il se peut que des phénomènes effrayants apparaissent.
220 Vous ne devez pas en tenir compte. Il faut continuer à jouer,
sans vous laisser distraire. C'est bien compris ?

— Oui oui. Allons-y, monsieur Arkandias. J'ai des fourmis
dans les doigts.

Monsieur Arkandias se tourna vers Théophile et lui fit ses
225 dernières recommandations :

— Quelles que puissent être l'angoisse et la douleur, ne criez
pas, jeune homme. Laissez faire. C'est là un point capital.
Baissez la tête, et supportez, jusqu'à l'extinction des phénomènes. Et n'oubliez pas que la bague me revient ! Je ne tolére-
230 rai pas que vous fassiez des difficultés pour me la rendre.

— N'ayez crainte, répliqua Théophile qui avait maintenant
vraiment très peur. Je serai trop content de m'en débarrasser…

---

1. Qui n'a aucun effet chimique.

BIEN LIRE

CHAPITRE 16
• L. 18 : Que signifie l'expression
« faire aux ânes une litière de roses » ?
• Quelles sont les différentes flûtes
que possède monsieur Arkandias ?

17
Un accident vibratoire

L'ongle noir de monsieur Arkandias fit s'abaisser les inter-rupteurs. Les néons opalescents s'éteignirent un à un, et l'ate-lier sombra dans la nuit et dans le silence. Seul un mince rayon de lumière blanche tombait à présent du plafond sur le pupitre
5 supportant le grimoire ouvert. Bonaventure porta la flûte d'ar-gile à ses lèvres et prit une inspiration. Des scies se mirent à grincer, et un chat schizophrène[1] fit ses griffes sur une plaque d'ardoise qui se morcela[2] en stridulant[3]. Puis on entendit dégringoler du cristal dans une armoire métallique, tandis
10 qu'un cuisinier fou râpait des silex avec un robot ménager. Non ! Décidément, la musique chimique n'était pas du Vivaldi ! Bonaventure jouait en faisant la grimace, et monsieur Arkandias lui même trouvait ça un peu faux.

Il ne se passa rien de notable pendant les dix premières
15 minutes. Théophile se tenait sagement assis dans l'ombre sur son tabouret, le dos droit, une ventouse au sommet du crâne et deux poids de fonte sur les épaules. Au bout d'un quart d'heure, on commença à s'ennuyer pour de bon.

C'est à la vingt-cinquième minute exactement que tout se
20 déclencha. On vit apparaître dans la pénombre un point de phosphore vert identique à celui qui s'était matérialisé dans les

---

1. Fou, qui a perdu toute notion de réalité.
2. Se coupa en morceau.
3. Produisant un bruit strident, perçant et désagréable.

toilettes du collège au moment de la disparition de la bague.
Théophile crut que pour la troisième fois la flamme verte leur
rendait visite. Il retint son souffle, craignant un nouveau déga-
gement de fumée. Mais à sa grande surprise, le point vert ne
fusa pas. Il se contenta de gagner en brillance et en volume.
En quelques minutes, il passa de la taille d'un petit pois à celle
d'une pomme, puis à celle d'un chou. Il continua de grossir,
et devint un énorme globe de lumière verte qui flottait dans
l'air en éclairant le milieu de la pièce. Il crût encore et prit les
proportions d'un colossal aérostat émeraude, qui engloba tout
l'atelier dans sa sphère. Les armoires et l'établi, l'étagère des
instruments de musique, tout se mit à baigner dans la douce
lumière verte de ce globe démesuré. Bonaventure jouait sans
discontinuer, et Théophile commença à se sentir tout chose.
Il avait des fourmis dans les jambes. Il lui sembla tout à coup
qu'une couleuvre de satin lui montait dans le dos en se faisant
longue, longue ; puis que des lilas lui fleurissaient dans la tête.
Un petit éclair lui frappa la main droite et il y porta ses yeux :
sa main avait réapparu. Un second éclair fusa du dôme de la
sphère verte. Il le reçut au ventre et se plia en deux sous le
choc. Son nombril était maintenant visible, lui aussi. Alors,
un crépitement électrique courut à la surface du sol, et on
entendit gronder l'orage dans l'atelier. Bonaventure leva les
yeux vers le plafond, et sans cesser de jouer il regarda les
orvets[1] de feu qui se tordaient sous la voûte de lumière phos-

---

1. Petits reptiles dont la queue se brise facilement.

phorique. C'était un spectacle magnifique. La voûte chuchotait et bruissait comme une mer, et on entendait au loin des lamentations de voix humaines mêlées à des chœurs d'opéra. L'air que chantaient ces voix célestes lui était inconnu, mais Dieu que c'était beau! Il pensa aux sirènes d'Ulysse et eut un petit frisson. Les cieux crevèrent avec un grand bruit, et une pluie de gouttes de feu tomba sur les meubles et sur le pupitre qui supportait le grimoire ouvert. Bonaventure baissa immédiatement le nez en rentrant les épaules, car il craignait d'être brûlé. Mais ces gouttes d'or liquide étaient froides comme l'eau d'un torrent de montagne. Elles ruisselaient sur les pages du grimoire sans les tâcher, et roulaient au sol à la façon des gouttes de mercure. À peine avait-il eu le temps de s'en étonner que des flammèches d'un rose très pâle s'accrochèrent comme un feu de Saint-Elme[1] à l'extrémité de sa flûte d'argile. Une formidable déflagration[2] fit voler en éclat les vitres des grandes armoires, et monsieur Arkandias jeta un cri en se prenant le visage dans les mains. L'air s'infecta d'une affreuse odeur d'ozone et se mit à fourmiller d'énergie comme sous l'effet d'un puissant courant électrique. Bonaventure sentit que ses tresses se dressaient sur sa tête. Il se tourna vers Théophile et fut très surpris de le voir flotter dans les airs en position assise, un mètre au-dessus de son tabouret. Il était calme et avait les yeux clos. La pluie d'or qui tombait sur lui

---

1. Étincelle due à l'électricité statique, qui peut se former en haut des mâts de navire (ou sur les piolets des alpinistes).
2. Explosion chimique enflammée due à une combustion.

goutte à goutte le faisait réapparaître point après point, comme eussent fait des touches successives de peinture appliquées sur un mannequin de verre. Les cheveux cendrés apparurent en premier. Puis le visage se forma peu à peu, au
75 rythme des diamants qui le grêlaient. Les épaules se dessinèrent à leur tour, puis les bras, les jambes, le torse, le dos. La pluie cessa et les voix se turent. La lumière verte déclina lentement, et Théophile descendit vers son tabouret avec grâce, comme un ballon d'hélium qui se pose. L'atelier était de nou-
80 veau plongé dans l'obscurité la plus épaisse. Il y eut quelques instants de parfait silence, et on vit reparaître le mince rayon de lumière inactinique, qui n'avait pas cessé de briller mais que la lumière de la sphère verte avait un moment obscurci.

– Cessez de jouer, s'écria monsieur Arkandias. Cessez de
85 jouer, pour l'amour du ciel !

L'affreuse petite musique se tut, et monsieur Arkandias ralluma les plafonniers en ajoutant :

– Hé bien ! Quel chambardement ! Je ne m'attendais tout de même pas à cela ! Mes grandes armoires n'ont plus de vitres !
90 Et regardez comme mes outils ont souffert !

Il fit quelques pas dans son atelier et ramassa un marteau à manche de cristal, puis un archet de violon.

– Nous avons même eu droit à une pluie d'Or Astral, reprit-il. Ce phénomène est pourtant rarissime ! Si j'avais eu
95 sous la main un filet à mailles atomique, j'en recueillais quatre à cinq litres et je doublais ma fortune ! Hélas, on ne peut pas

tout prévoir… Il alla remettre l'archet et le marteau à leur place. La tourmente verte avait balayé l'établi, qui était jonché de bris de verre.

100 — Quoi qu'il en soit, reprit-il, je tiens à vous féliciter pour votre talent et votre sang-froid, mon jeune ami ! Vous n'avez pas manqué une note, malgré le déluge qui s'est abattu sur vos épaules… C'est tout à fait remarquable…

Il se tourna vers Théophile, qui était toujours assis sur son
105 tabouret, et ajouta :

— N'est-ce pas, que c'est remarquable ? Vous pouvez remercier votre ami, vous savez ! Sans lui, rien n'aurait été possible…

Théophile ne lui répondit pas. Il demeurait prostré sur son siège, le dos droit et les deux mains posées à plat sur les genoux,
110 tel qu'il s'était élevé dans les airs un moment plus tôt.

Monsieur Arkandias s'approcha de lui :

— Est-ce que tout va bien, jeune homme ? Vous semblez un peu éprouvé…

Théophile le regarda d'un air doux et pensif, mais ne répon-
115 dit pas davantage à cette apostrophe-ci qu'à la précédente. Il était ailleurs. Monsieur Arkandias lui prit les mains et les examina en demandant :

— La bague !? Où est la bague ?! Vous devriez l'avoir au doigt !… Elle vous a échappée ?

120 Il se mit à quatre pattes et la chercha sous le tabouret. Cependant, Bonaventure s'était précipité vers son ami, et il le secouait par les épaules en lui criant dans l'oreille :

– Théophile, c'est moi ! Bonav' ! Est-ce que tu m'entends ?

Théophile demeurait muet. Mais en le voyant ribouler[1] des
125 yeux et faire de petites grimaces avec sa bouche, Bonaventure
fut prit de frayeur :

– Monsieur Arkandias ! Théophile n'a pas l'air bien… Il me
regarde d'un air bizarre en souriant bêtement… C'est normal ?

– Mais oui, parfaitement ! Ce sont les séquelles du retour au
130 plan vibratoire visible. Dans quelques jours, il n'y paraîtra plus.
Aidez-moi donc à chercher cette bague, je vous prie. Elle a dû
rouler sous un meuble.

Ils la cherchèrent un long moment. Théophile les regardait
faire sans broncher ni cesser de sourire. À la fin, cette passivité
135 bienveillante mit monsieur Arkandias en colère.

– Vous ne seriez pas en train de me jouer la comédie, par
hasard ? demanda-t-il en se redressant. Faites voir vos poches,
que je vérifie si la bague n'y est pas.

Comme Théophile ne bronchait pas, monsieur Arkandias le
140 fit mettre debout et il lui retourna les poches. Bonaventure
n'approuva pas ce procédé.

– Laissez-le donc tranquille ! Vous ne voyez pas qu'il est
malade ?

– C'est un petit malin !… Et les petits malins, moi, je m'en
145 méfie ! Conduisez-le donc dans mon appentis[2] pour qu'il s'y

1. Regarder d'un air stupéfait en faisant tourner ses yeux.
2. Petite construction servant de remise.

déshabille ! Et rapportez-moi tous ses vêtements ! S'il croit qu'il peut duper Agénor Arkandias, il se trompe lourdement !

Bonaventure obtempéra à contrecœur. Il s'isola un moment avec Théophile, puis vint remettre au soupçonneux hyperchi-150 miste un paquet de vêtements que ce dernier fouilla minutieusement sans le moindre résultat.

— Alors ? fit Bonaventure en se penchant pour ramasser les effets épars[1] sur le sol. Vous êtes convaincu ?

— Pas tout à fait, répondit monsieur Arkandias de sa voix 155 métallique. Non, pas tout à fait…

Il mit le pied sur le tas de linge et ajouta :

— Laissez donc ces vêtements à leur place, et faites venir votre camarade. Je tiens à ce qu'il les ramasse lui même !…

— Mais c'est impossible, voyons !… Il est tout nu !…

160 — Justement ! Les gens nus ne peuvent rien cacher ! Amenez-le ici, en pleine lumière. Nous verrons bien s'il essaie de me gruger[2].

Un instant plus tard, Théophile s'avança dans l'atelier au bras de Bonaventure. Il était nu et marchait à petits pas hési-165 tants, comme un vieillard qu'on mène à la table d'opération. Monsieur Arkandias le fit tourner dans la lumière opaline des néons et l'examina sous toutes les coutures. Force lui fut de constater que le jeune homme ne cachait pas la bague. Mais par mesure de précaution, il alla tout de même passer au

---

1. Éparpillés, dispersés.
2. Tromper.

170 peigne fin l'appentis où il s'était déshabillé. On entendit valser des tiroirs, puis dégringoler une étagère chargée de bibelots. Bonaventure, qui aidait Théophile à se rhabiller, haussa les épaules et murmura :

– Ça y est ! Il pique sa crise ! S'il croit que c'est en s'énervant 175 qu'il obtiendra ce qu'il cherche…

Monsieur Arkandias reparut, le dos voûté et la mine déconfite.

– Je ne l'ai pas trouvée… chuchota-t-il piteusement. J'ai fouillé partout en vain… La bague a disparu !…

180 Il fit quelques pas dans la pièce, chancela en portant sa main à sa tempe et s'affala sur le tabouret. Bonaventure, qui avait bon cœur, se porta aussitôt à son secours.

– Allons, lui dit-il en lui passant un bras autour des épaules. Ne vous mettez pas dans un état pareil ! Vous en ferez une 185 autre, de bague ! Une plus jolie… Je vous aiderai, si vous voulez. Je vous jouerai l'air de flûte…

– Vraiment ? demanda monsieur Arkandias en reprenant espoir. Vous feriez ça ?

– Mais oui, puisque je vous le dis.

190 – Vous êtes un noble cœur… C'est peut-être pour ça, au fond, que la musique chimique est votre amie…

– Elle n'est pas mon amie, monsieur Arkandias. Mon ami, c'est Théophile. Et j'ai le cœur broyé de le voir dans un tel état… Vous n'auriez pas une médecine pour lui ? Une potion ? 195 Un philtre ? Quelque chose qui puisse lui rendre sa raison ?

— Il n'a pas perdu la raison. Il est simplement frappé d'aphasie transitoire[1]. Dans quelques jours, il aura recouvré[2] tous ses moyens. N'ayez aucune inquiétude…

— On voit bien que ce n'est pas vous qui devrez le rendre à
200 sa mère ce soir dans cet état…

— Restez ici quelques jours, si vous voulez. Le temps qu'il se rétablisse…

— Merci, mais c'est impossible ! S'il n'est pas chez lui à six heures, Marie appellera les gendarmes.

205 — Dans ce cas, je vais vous faire reconduire chez vous. Venez, il est temps de quitter ces lieux.

Ils remontèrent au château en devisant aimablement, comme deux vieux amis.

— C'est inexplicable, tout de même, que cette bague ait dis-
210 paru, répétait monsieur Arkandias en gravissant les escaliers. L'*Atalanta Fugiens* indique que l'air *remet toutes choses dans leur ordre antérieur*… Logiquement, la bague aurait dû se rematérialiser au doigt de Théophile…

— Vous oubliez qu'il ne la portait plus à son doigt quand elle
215 a disparu. Il l'avait quittée pour me la passer. Si l'air de musique chimique a *remis les choses dans leur ordre antérieur,* comme vous dites, il est tout naturel que la bague ne soit pas reparue à son doigt. Elle a dû se rematérialiser quelque part dans l'air, et elle s'est perdue…

---

1. Trouble momentané qui empêche de parler, de réagir normalement.
2. Retrouvé, récupéré.

220 — Parfaitement raisonné! Vous êtes un jeune homme très remarquable, décidément. Il faudra que je songe à faire appel à vous lorsque j'aurai besoin d'un conseil.

Monsieur Arkandias conduisit les deux jeunes gens au salon et il tira le cordon de soie qui commandait la cloche des com-
225 muns[1]. Un domestique parut. Il était de haute taille, avec de beaux cheveux blancs calamistrés[2] et peignés en arrière. Il s'avança et demanda avec componction[3] :

— Monsieur désire ?

— Hortulain, veuillez passer votre livrée[4] de chauffeur et
230 reconduire ces jeunes gens chez eux. Ayez soin de rouler pru-demment. Ils ont eu leur comptant d'émotions fortes pour aujourd'hui..

— Dois-je prendre la Rolls, monsieur ?

— Mais naturellement. À moins que nos amis ne préfèrent
235 rentrer en Buggati-Gandolf pour plus de discrétion ?

— La Rolls conviendra parfaitement, monsieur Arkandias, répondit Bonaventure. On ne va pas chipoter…

Comme Hortulain se retirait dans le vestibule pour changer de tenue, monsieur Arkandias s'approcha de Bonaventure et lui
240 prit le bras en chuchotant :

— Je ne manquerai pas de faire appel à vos talents de flûtiste un jour prochain, mon cher Bonappétit… Mais d'ici là, silence.

---

1. Cloche qui permet d'appeler les domestiques se trouvant en cuisine ou dans d'autres lieux où ils travaillent (les communs).
2. Ondulés grâce à un fer à friser.
3. Ton sérieux et grave qui dénote une certaine infériorité.
4. Vêtement porté par le domestique d'une maison.

Pas un mot de ce que vous avez pu voir ici… Je compte sur vous, hein ?

245 — Mon prénom est Bonaventure, monsieur. Pas Bonappétit. Je resterai discret, n'ayez crainte. Et je serai heureux de vous rendre service quand vous voudrez. Merci encore d'avoir guéri Théophile. Pour l'instant il n'est que l'ombre de lui-même. Mais cette ombre est bien visible, et c'est déjà un 250 énorme progrès.

Comprenant qu'on parlait de lui, Théophile cligna des yeux et fit un effort pathétique pour prononcer quelques mots. Il crispa ses lèvres, pointa le menton et alla même jusqu'à tirer la langue. En vain ! Sa bouche semblait close pour l'éternité. Il 255 haussa les épaules, et retomba dans le mutisme[1]. Bonaventure était consterné.

— Quand sa mère le verra dans cet état, elle me jouera une drôle de musique ! Les airs chimiques, en comparaison, ce sera du Schumann.

260 Monsieur Arkandias mit son doigt sur ses lèvres.

— Évitez de parler de ces choses à haute voix ! Je tiens Hortulain dans une ignorance complète de mes travaux. Il me croit simple chimiste… Tenez ! Le voici qui revient.

Hortulain entra, en livrée bleu-nuit et bottes de cuir noir. Il 265 fit quelques pas dans la pièce, ôta sa casquette de chauffeur et salua Théophile en lui disant :

---

1. Renfermement, silence, refus de communiquer.

– Si monsieur veut bien se donner la peine de me suivre, je conduirai monsieur à la Rolls.

Théophile le regarda d'un air égaré et tira de nouveau mollement la langue. Bonaventure s'interposa :

– Monsieur est souffrant ! Je m'occupe de le conduire. Nous vous suivons, Hortulain.

Le domestique escorta les deux jeunes gens jusqu'à la Rolls, et il leur ouvrit cérémonieusement la portière arrière. Bonaventure s'enfonça avec volupté dans les profonds fauteuils de cuir noir, cependant que Théophile, plus crispé, prenait place à côté de lui du bout des fesses. Hortulain n'eut qu'à effleurer une touche de nacre pour qu'un petit réfrigérateur s'ouvre devant les jeunes gens.

– Ces messieurs n'ont qu'à prendre ce qu'ils désirent. Tout est frais.

La grande voiture noire manœuvra sans bruit sur l'esplanade avant de s'engager à faible vitesse dans l'allée qui menait aux grilles du parc. Bonaventure baissa sa glace afin de saluer monsieur Arkandias, qui regardait s'éloigner sa Rolls depuis le perron du château. Il remonta ensuite la grande glace fumée et se tourna vers Hortulain en disant :

– C'est fou ce que ça peut être silencieux, ces grosses voitures. On croirait que le moteur est éteint.

– Le moteur des Rolls Royce n'est pas un sujet de conversation convenable, monsieur, répliqua Hortulain du bout des lèvres. Les ingénieurs britanniques ont réglé ce problème une fois pour toutes, et on n'en parle jamais.

BIEN LIRE

CHAPITRE 17
• Combien faut-il de temps avant que la première réaction se fasse sentir ?
• Dans quelle position est Théophile quand il réapparaît ?
• Comment Arkandias appelle-t-il Bonaventure ? Que pensez-vous de ce nom ?

18
Une clef sur le toit

Le trajet de retour fut des plus délicieux. La haute voiture noire roulait onctueusement sur les mauvaises routes de la campagne espagnetoise, sans jamais tressauter ni marquer le plus petit cahot. Bonaventure ne fut pas peu fier de remonter le boulevard Paul-Cézanne dans un si prestigieux véhicule. Il demanda à Hortulain de s'arrêter un instant devant le cinéma Saint-Esprit, et il jeta un regard en direction de la station de taxis. Hélas, le chauffeur qui les avait pris en charge à l'aller n'était plus stationné sous les platanes. « Dommage, pensa Bonaventure. Il aurait été content de voir la voiture. Ça l'aurait un peu dédommagé de ses cent francs… ». Il resta un moment pensif, à regarder le mouvement de la rue par sa vitre mi-baissée.

— Dois-je patienter davantage, monsieur ? demanda Hortulain en jetant un coup d'œil inquiet dans ses rétroviseurs. Nous sommes garés en double file…

— Allez-y, Hortulain. Démarrez… Vous prendrez la première à droite. J'aimerais rentrer par la rue Fontaine-Saint-Martin, si ça ne vous ennuie pas.

Comme la grande voiture noire s'engageait dans l'étroite rue Fontaine-Saint-Martin, Bonaventure se pencha vers le chauffeur et demanda, un peu gêné :

— Dites, Hortulain. Pourriez-vous me prêter cent francs ?

— Mais certainement, monsieur. Les voici.

– Merci. Je vous les rendrai la prochaine fois que nous nous
25 verrons.

– Ce ne sera pas nécessaire, monsieur. J'ai ordre de vous être
agréable…

– Dans ce cas, je vous demanderai de bien vouloir vous
arrêter une minute devant l'épicerie que vous voyez là-bas.
30 Celle qui a la devanture bleue et rouge.

– L'épicerie Lavigne ? C'est comme si nous y étions, monsieur.

La Rolls vint s'immobiliser devant la vitrine de la petite boutique.

35 – Dois-je descendre ouvrir à monsieur ? demanda Hortulain.

– Non, Hortulain. Donnez simplement deux coups de
klaxon.

Hortulain fit sonner deux fois la corne, et monsieur
Lavigne parut, gras et rouge, en blouse de nylon blanc. Il
40 s'avança sur le trottoir, et à la vue du prestigieux véhicule il
marqua les signes du plus complet ahurissement[1]. Avec ses
vitres fumées rigoureusement closes, la grande voiture noire
était plus impénétrable qu'un catafalque[2]. Le malheureux épicier colla le nez au pare-brise et mit ses mains en visière sur son
45 front pour essayer de percer du regard l'écran de verre
obscurci, mais en vain. Hortulain eut un léger mouvement

---

1. Étonnement.
2. Sorte de chapelle dans laquelle on dispose un cercueil.

de recul en voyant la figure rougeaude de l'épicier paraître devant lui.

— Monsieur est-il un ami de monsieur ? demanda-t-il en se tournant vers Bonaventure.

— Pas précisément. Mais nous sommes en comptes, lui et moi.

Lavigne entreprit de faire le tour de la Rolls, ce qui prit un certain temps. Au moment où il passait près de la vitre arrière, Bonaventure y frappa pour attirer son attention. L'épicier s'avança, et de nouveau il colla sa grosse face contre la glace fumée.

— C'est plus fort que lui, chuchota Bonaventure. Dès qu'il voit une vitre, il faut qu'il s'y colle !

— Il partage ce goût avec le grand poulpe de l'aquarium de Monaco, monsieur. Mais le poulpe, lui, est gracieux…

— Vous avez la dent dure, Hortulain.

— J'ai choqué monsieur ? Que monsieur me pardonne.

— Vous ne m'avez pas choqué du tout. Vous m'amusez, au contraire. Cessez donc de me donner du « monsieur ». Appelez-moi Bonaventure. Un homme de votre âge qui appelle un enfant « monsieur », je trouve ça triste à mourir…

— Je ferai mon possible, monsieur Bonaventure.

Bonaventure pressa un bouton de nacre incrusté dans la poignée de cuir de la portière et la vitre descendit lentement. Lavigne recula d'un pas et, reconnaissant Bonaventure, il écarquilla ses gros yeux bleus.

– Tenez, fit Bonaventure en lui tendant le billet de cent francs. Pour vos œufs…

75 Il remonta sa glace, et la Rolls s'en fut.

Hortulain déposa les deux jeunes gens devant la bibliothèque et prit congé d'eux fort amicalement. Théophile, qui n'avait pas bronché de tout le voyage, lui tendit la main. Bonaventure en fut transporté de joie :

80 – Il a compris qu'on se séparait ! Il va mieux ! C'est magnifique, n'est-ce pas Hortulain ?

– Oui monsieur. Magnifique, en effet. Je souhaite au jeune Théophile un prompt et complet rétablissement. À bientôt, messieurs. Portez-vous bien.

85 La grande voiture noire s'éloigna sur le boulevard Paul-Cézanne, et Bonaventure prit le bras de son ami pour le conduire jusqu'à l'endroit où il avait laissé son vélo.

– Mon pauvre vieux, murmura-t-il, tu es dans un sale état ! Enfin, mieux vaut être muet qu'invisible. C'est moins trauma-90 tisant pour la famille. Si tu avais pu voir la bille de Lavigne quand je lui ai tendu les cent francs ! Ah non, vraiment, c'était savoureux !…

Théophile répliqua par un sourire, puis il cracha quelque chose dans sa main et ajouta d'une voix claire et parfaitement 95 articulée :

– Je l'ai vue, la bille de Lavigne ! J'étais muet, pas aveugle !

Bonaventure le regarda avec stupéfaction et s'exclama :

– Mais tu parles ! Tu n'es plus muet, ma parole ! C'est le miracle, Théo ! Viens que je t'embrasse !…

100 Il prit son ami dans ses bras et le serra sur son cœur avec des transports de joie. Il était si ému qu'il dut s'asseoir un instant sur le bord du trottoir. Il tira de sa poche un mouchoir en papier et s'essuya les yeux en disant :

– De tout le trajet tu n'as pas pipé mot, et à peine sur le 105 trottoir tu parles ! Que s'est-il donc passé ?

– Il s'est passé que depuis deux heures j'avais ça dans la bouche, répliqua Théophile en ouvrant sa main. Et qu'on ne parle pas la bouche pleine.

Dans sa main ouverte, la bague humide de salive brillait de 110 tous ses feux. Bonaventure se leva d'un bond et désigna le bijou en bredouillant :

– Tu… Tu l'avais dans la bouche ! Tu nous as laissé fouiller l'atelier, monsieur Arkandias et moi, alors que tu avais cette foutue bague dans la bouche ! Tu as fait ça ?!

115 – Bien sûr que je l'ai fait ! Il fallait bien ! Avec tous ces contretemps, on n'avait même pas eu le temps d'en profiter…

– J'étais fou de chagrin à cause de toi ! Je pensais que jamais tu ne redeviendrais normal ! Et toi, pendant ce temps, tu me jouais la comédie !

120 – Pardonne-moi, Bonav' ! C'était la seule façon de récupérer le bijou. Essaie de comprendre…

— Mais je m'en fous, moi, du bijou ! Il nous a suffisamment emmerdés comme ça ! Tiens regarde ce que j'en fais, de ta pacotille[1] !

125   Il attrapa la bague et la lança vers le toit de la bibliothèque. On entendit un petit choc sur les tuiles, et la bague roula dans le chéneau[2]. Théophile était consterné.

— C'est malin ! Comment on va faire pour la récupérer maintenant ?

130   — On ne va pas la récupérer, justement. On va la laisser là-haut. À la première pluie, elle roulera dans la gouttière et partira avec les eaux de ruissellement. C'est mieux pour elle, et pour nous.

— Et ta mère ? Elle dira quoi, ta mère, en s'apercevant que sa 135 bague a disparu ?

— Elle ne dira rien. Elle giflera ma sœur, et l'affaire sera classée.

Théophile regarda le toit et haussa les épaules en concluant :

— Après tout tu as raison. Tope-là, Bonav' ! Et oublions 140 tout ça.

Ils se touchèrent la main de trois façons, selon leur habitude.

Comme Bonaventure se penchait vers son vélo pour le décadenasser, Théophile s'écria tout à coup :

145   — Mon vélo ! Il est resté au collège ! Il faut absolument que

---

1. Marchandise de mauvaise qualité, sans aucune valeur.
2. Tuyau qui longe le toit et sert à recueillir les eaux de pluie.

je le récupère! Ma mère ne comprendrait pas que je rentre à pied. Quelle heure as-tu?

— Dix-sept heures quarante-quatre. Le collège ferme dans six minutes! En courant vite, tu as tes chances…

150 — Je me dépêche! Salut Bonav'! À demain…

Il s'élança au pas de gymnastique vers la montée de la Ronce.

Bonaventure s'agenouilla près de sa bicyclette et fit mine d'ouvrir son antivol. Mais aussitôt que Théophile eut tourné le 155 coin de la rue, il se redressa, éclata de rire et ouvrit sa main: la bague y brillait de tout son éclat.

— Qu'est-ce qu'il croit? chuchota-t-il en contemplant le petit diamant orange qui jetait ses feux au soleil du soir. Moi aussi je sais jouer la comédie…

160 Il mit la bague dans sa poche, traversa le jardin et entra dans la bibliothèque.

— Madame Benedetti, lança-t-il sur un ton badin, j'ai malencontreusement jeté la clef de mon antivol sur le toit de la bibliothèque. Pourriez-vous m'aider à la récupérer?

BIEN LIRE

CHAPITRE 18
- **Pourquoi Bonaventure veut-il aller voir monsieur Lavigne?**
- **Où est le vélo de Bonaventure? Et celui de Théophile?**

Après-texte

PRÉSENTATION DE THÉOPHILE

Lire

1 Combien de noms de personnages sont cités dans le passage des lignes 1 à 91 ? Quels sont-ils ? Qui est cité en premier ? L'est-il une seule fois ? Que pouvez-vous en déduire ?

2 Qui est Théophile ? Quel âge a-t-il ?

3 Quel jour et à quel moment de la journée fait-on sa connaissance ?

4 Qu'apprend-on en premier sur ce personnage ?

5 Que sait-on de son physique ? Vous pouvez, pour vous aider, remplir le tableau en bas de la page.

6 Quelles sont les principales activités de Théophile ? Relevez pour chacune d'entre elles un verbe qui montre qu'il trouve cette activité agréable.

7 Quel est le lien entre Théophile et les autres personnages ? Citez ceux avec qui il a de bons rapports et relevez une expression ou un mot qui le montre. Faites de même pour les personnages avec qui il a de moins bons rapports.

Écrire

8 Comment commencent vos mercredis ? Racontez en utilisant la première personne du singulier ce que vous faites de votre réveil jusqu'à l'heure de votre première activité habituelle. Faites en sorte que cette narration aide ceux qui vous liront à mieux vous connaître. Vous décrirez, par exemple, vos goûts, vos activités, les gens qui vous entourent...

9 Le garde est décrit comme un fauve dans sa façon de surveiller et d'attraper les patineurs. Décrivez de la même façon quelqu'un qui vous fait penser, pour une raison ou une autre, à un animal. Expliquez dans votre description pourquoi il vous rappelle cet animal.

Couleur des yeux	
Couleur des cheveux	
Couleur de la peau	
Couleur du visage	
Allure générale	

POUR COMPRENDRE

Chercher

10 On apprend dans un autre chapitre que Théophile est qualifié de très beau jeune homme. Par qui ?

11 Cherchez dans la suite de ce premier chapitre ce que l'on apprend sur Bonaventure. Pouvez-vous en faire un portrait similaire à celui qu'a fait le narrateur de Théophile ?

À SAVOIR

LE PORTRAIT

Pour intéresser son lecteur, le faire rentrer dans l'histoire et rendre son récit vraisemblable, le narrateur utilise des descriptions. Celles des personnages sont des portraits. Ils nous permettent de mieux comprendre qui sont les protagonistes et la place qu'ils vont prendre dans l'intrigue.

Le personnage est tout d'abord identifié par son nom ou son prénom (par exemple, Théophile (l. 1)). Puis le lecteur peut apprendre divers éléments sur son physique, son caractère, ses habitudes... Ces informations peuvent être données par le narrateur qui décrit, mais parfois, elles doivent être déduites de la lecture en interprétant les paroles ou les gestes du personnage. Ainsi, nous comprenons que si Théophile emmène son livre partout avec lui, c'est qu'il est un grand lecteur.

LE HÉROS

Chaque personnage a un rôle, une place, une fonction précise dans le récit. Le rôle le plus important est celui du héros. C'est le personnage qui est au centre de l'action. Le plus souvent le récit débute et se termine avec lui ; c'est donc le premier personnage à être présenté et ce, dès la première page (l'incipit). On dit donc que c'est le personnage principal ; mais ce n'est pas pour autant un personnage qui a une conduite héroïque, c'est-à-dire qu'il est l'auteur d'exploits extraordinaires. C'est bien souvent un être humain comme les autres.

Lire

1 Combien faut-il d'ingrédients pour réussir cette recette ?

2 Relevez les éléments qui permettent de connaître la quantité de chaque ingrédient demandé. Est-ce que ce sont des quantités habituelles ? Que pouvez-vous en conclure ?

3 Pourquoi avoir choisi du sang, un œuf punais, des fientes ? Est-ce que ce sont des ingrédients que l'on trouve dans des recettes de cuisine ? Comment peut-on les qualifier ?

4 À quelle heure la bague devient-elle bague d'invisibilité ? Cette heure a-t-elle été choisie par hasard ?

5 À quoi reconnaît-on une recette de sorcier, ou de magicien ?

6 À quel temps et quel mode est la majorité des verbes ? Pourquoi ? De quel type de phrase s'agit-il ?

Écrire

7 Pour les étapes de la recette (à partir de la ligne 107), à quel temps et quel mode peut-on mettre les verbes ? Faites la transformation.

8 Inventez une recette qui permettrait de voir à travers les murs. Donnez les ingrédients et la quantité que vous utiliserez puis énumérez les différentes étapes du déroulement de la recette.

Chercher

9 Quelles sont les deux autres recettes que les deux garçons vont vouloir essayer dans *Arkandias contre-attaque* et *Le Sarcophage d'outretemps* ?

À SAVOIR

LES DIFFÉRENTS TYPES DE PHRASES

Pour construire un récit, il faut utiliser plusieurs types de phrases selon ce qu'on veut dire et comment on veut le dire. La phrase **déclarative** sert à donner une information ; elle se termine par un point. On trouve un exemple avec la phrase : « La bague peut dès lors être portée au majeur de la main droite. » (l. 141-142). La phrase **interrogative** sert à poser une question ; elle se termine par un point d'interrogation comme dans « De quoi parles-tu ? » (l. 149). La phrase **exclamative** permet de manifester un sentiment tel que la joie, la surprise ou la colère ; elle s'achève par un point d'exclamation, comme « Je refuse de m'associer à ça ! » (l. 147). La phrase **impérative** ou **injonctive** sert à donner un ordre, ou un conseil ; elle est au mode impératif et se termine par un point, parfois par un point d'exclamation.

À CHACUN SES GOÛTS !

Lire

1 Que pensent les deux garçons de l'école et de leurs professeurs ? Relevez des adjectifs qualificatifs pour expliquer votre réponse.

2 Quelle est la matière préférée de Théophile ? Pourquoi ? En est-il de même pour Bonaventure ?

3 Où Bonaventure est-il installé en cours ? Qu'est-ce que cela prouve ? En est-il de même pour Théophile ?

4 Pourquoi Bonaventure n'arrive-t-il pas à expliquer la règle du participe passé ?

5 À qui le professeur de mathématiques est-il comparé ? Où Théophile a-t-il trouvé cet exemple ? Qu'est-ce que cela prouve sur sa culture ?

6 Relisez le passage des lignes 73 à 76. Qui pose cette question ? À qui ? Pourquoi ? Pourquoi Théophile pense-t-il que lire n'est pas une perte de temps ?

7 Comment se sentent les élèves face à leurs professeurs, notamment Théophile face à son professeur de maths ? À qui les élèves sont-ils comparés quand ils sortent de cours ?

Écrire

8 Quelle est la différence entre une métaphore et une comparaison ? Donnez trois exemples de l'une et de l'autre.

9 Théophile affirme que la lecture c'est «mieux que la télévision où on vous montre tout sans rien vous laisser imaginer » (p. 9, l. 7-8). Quel est le dernier livre que vous avez lu ? Expliquez ce qu'il vous a permis d'imaginer.

Chercher

10 Quels sont les livres cités par Théophile dans cette œuvre ? Par qui ont-ils été écrits ? Quels sont les auteurs également cités ?

À SAVOIR

L'ARGUMENTATION

Argumenter signifie défendre son opinion, présenter clairement une idée comme étant la sienne. Cette idée est la **thèse** que l'on soutient. Pour cela, on utilise des **arguments** illustrés par des **exemples**. Bonaventure pourrait par exemple dire : « je n'aime pas l'école (thèse) car les professeurs sont antipathiques (arguments) notamment M. Van Effenterre qui est toujours en train de râler (exemple) ». L'argumentation a pour but de convaincre l'interlocuteur, de lui prouver qu'on a raison, il faut donc être le plus précis possible, et bien choisir le vocabulaire que l'on va utiliser.

UNE RENCONTRE INATTENDUE

POUR COMPRENDRE

Lire

1 Faites le portrait de l'homme étrange qui aborde Théophile.

2 Qu'est-ce qui montre qu'Arkandias est un magicien, un sorcier ? Qu'est-ce qui cependant montre que c'est un homme comme les autres ?

3 Pourquoi Arkandias est-il entré en contact avec Théophile ?

4 À quoi voit-on que Théophile est effrayé ? Qu'est-ce qui nous montre qu'il garde, malgré tout, ses réflexes ?

5 Dans quel état d'esprit Théophile arrive-t-il chez lui ? Comment Marie remarque-t-elle qu'il se passe quelque chose d'anormal ?

6 Comment peut-on qualifier Marie en tant que maman ? Quel sentiment souligne son attitude (l. 259-261) ?

7 Pourquoi Théophile ne dit-il pas la vérité à sa maman ? Est-ce dans ses habitudes ?

Écrire

8 Quelqu'un que vous ne connaissez pas vous ennuie dans la rue. Vous arrivez rapidement à lui échapper. Racontez.

9 Votre mère vous gronde car vous lui avez désobéi. Vous essayez de lui expliquer vos raisons. Mais elle aussi a les siennes. Racontez en utilisant le dialogue.

Chercher

10 À d'autres moments du livre, nous sommes témoins des relations entre la mère et le fils. Retrouvez un de ces passages et qualifiez ces relations. Quels sont les sentiments de l'un

À SAVOIR

LE POINT DE VUE

C'est le narrateur qui raconte l'histoire ; il n'en fait pas forcément partie, mais c'est lui qui mène le récit comme bon lui semble. Même s'il est en dehors de l'histoire, il peut se permettre de donner son avis, de faire passer un message au lecteur (par exemple ici, sur les relations familiales).
Ainsi, le narrateur va connaître ou choisir les goûts des personnages, leurs points de vue. Par exemple, Théophile laisse apparaître son avis sur Arkandias. Pour accentuer cela, il convient d'utiliser un vocabulaire spécifique : le vocabulaire mélioratif permettra de décrire ce que le personnage apprécie, le vocabulaire péjoratif, ce qui au contraire n'est pas apprécié. Le narrateur peut aussi utiliser des verbes de sentiments comme aimer, détester, etc.

POUR COMPRENDRE

Lire

1 Que faut-il faire pour devenir invisible ? Qui va tenter l'expérience en premier ?

2 Que ressent Théophile quand il tourne la bague ? Au même moment, que voit Bonaventure ?

3 Pourquoi Bonaventure est-il paniqué ? S'attendait-il à ce que son ami disparaisse ?

4 Théophile tente à nouveau l'expérience, un peu plus tard (p. 173, l. 27-39). Ressent-il la même chose ? Faites un tableau comparatif qui mettra en évidence les différentes sensations de Théophile, et vous permettra de voir ce qui est identique et ce qui est différent lors des deux expériences.

5 Comment fait Théophile pour réapparaître ? Que ressent-il ? Relevez les expressions utilisées pour expliquer à Bonaventure comment il se sent. Deux de ces expressions sont des métaphores. Expliquez leur sens.

6 Lors du second essai, Théophile arrive-t-il à réapparaître ? Pourquoi ? Que s'est-il passé de différent ?

Écrire

7 Écrivez un petit texte dans lequel vous utiliserez une des métaphores suivantes : mener une vie de chien ; avoir l'estomac dans les talons ; avoir la chair de poule ; être un rat ; être une marmotte.

8 Imaginez que des journalistes viennent interroger Théophile sur l'expérience qu'il a vécue. Comment va se dérouler l'interview ? Reconstituez-la comme si vous deviez la faire paraître dans le journal de votre collège.

Chercher

9 Dans *Arkandias contre-attaque*, comment cela se passe-t-il lorsque Théophile se rend invisible pour pouvoir pénétrer chez monsieur Arkandias ?

À SAVOIR

LA MÉTAPHORE

La métaphore est une image semblable à la comparaison, que l'on emploie pour permettre de mieux représenter la réalité en la rapprochant des notions qu'on connaît. « Théophile est rusé comme un renard » est une comparaison alors que « Théophile est un vrai renard » est une métaphore.

LE SABLE DANS LES YEUX

Lire

1 Pourquoi Théophile se cache-t-il derrière un arbre pour manger ?

2 Pourquoi le petit garçon au tricycle rouge est-il tout d'abord surpris ? De quoi se rend-il compte ensuite ?

3 Bonaventure prend-il ce petit garçon au sérieux ? Comment le considère-t-il, notamment quand il lui parle de la fusée de Tintin ?

4 Pourquoi la mère du petit garçon prend-elle le parti de Bonaventure et non celui de son fils ?

5 Comment le garçon se venge-t-il ? Qu'arrive-t-il à Théophile ?

6 Ce chapitre apporte-t-il quelque chose pour la suite de l'histoire ? Pourquoi y a-t-il cette pause dans le récit ? Que nous permet-elle de constater ?

7 Quelle est l'utilité du personnage de Jules-Élie ?

Écrire

8 Quand vous étiez petit, quelqu'un vous a raconté un mensonge dont vous n'avez pas été dupe. Racontez ce qui s'est passé ce jour-là. Qu'ont voulu vous faire croire les plus grands ? Pourquoi ne l'avez-vous pas cru ? Qu'est-ce qui vous a mis la puce à l'oreille ?

9 On remarque des phénomènes particuliers quand Théophile mange ou se rince le visage dans la fontaine. Imaginez ce que remarquerait un passant si Théophile allait se baigner : quand il entre dans l'eau, quand il plonge, quand il nage le crawl...

Chercher

10 Comment se prénomme le petit garçon ? D'où vient ce prénom ? Quelle est, d'après vous, son origine ? Qui était Élie ? Qu'est-ce qu'un prophète ?

LE RYTHME DU RÉCIT

Un récit se déroule dans le temps, mais il est rare que le narrateur raconte tout. Il supprime donc les faits qui n'ont aucune importance pour l'intrigue et l'action ; ou bien il s'attarde, au contraire, sur les moments forts en utilisant de nombreux détails. Parfois, il choisit aussi de faire une pause dans son récit. Il fait alors une description ou une narration qui n'apporte rien à l'intrigue, mais qui parfois en souligne un élément particulier. Ici, le personnage de Jules-Élie et son intervention permettent juste au lecteur d'avoir une preuve supplémentaire de l'invisibilité de Théophile.

CHEZ ARKANDIAS

Pages **202** à **210**
Lignes **1** à **196**
Pages **222** à **225**
Lignes **1** à **91**

261

Lire

1 De l'extérieur, à quoi ressemble la maison de monsieur Arkandias ?

2 De quoi se compose le jardin ? Quels sont les principaux arbres et arbustes ? Pourquoi monsieur Arkandias les a-t-il choisis ? Quelle est leur symbolique commune ?

3 Quels sont les principaux matériaux et les ornements qui composent la façade de la maison ? Permettent-ils d'expliquer qui est monsieur Arkandias ?

4 Comment peut-on caractériser l'intérieur de la maison de monsieur Arkandias ?

5 Qu'est-ce qui caractérise la porte de métal ? Où est-elle située ? Comment s'ouvre-t-elle ? Pourquoi, d'après vous, est-ce ainsi ?

6 Où se trouve l'atelier de monsieur Arkandias ? Pourquoi a-t-il choisi cet emplacement ?

Écrire

7 Vous décidez de construire une cabane qui vous ressemble. Vous prenez les matériaux que vous aimez bien et vous l'aménagez selon vos goûts. Décrivez ce lieu précisément de l'extérieur puis de l'intérieur. Votre description devra permettre aux autres de mieux vous connaître.

Chercher

8 Que symbolisent les incrustations faites dans la façade de la maison de monsieur Arkandias ? Aidez-vous d'un dictionnaire des symboles pour comprendre pourquoi il a ainsi décoré sa maison.

À SAVOIR

LES SYMBOLES

Le but du narrateur est de créer une atmosphère dans son récit, notamment à travers les descriptions. Pour cela, il va utiliser des éléments qui vont plonger le lecteur dans un contexte et faire appel à son imagination. Chaque élément est porteur d'un sens : les lieux (élevés, souterrains, obscurs, lumineux...), les références culturelles (le triangle, le soleil...), les matières et les couleurs (rubis, marbre noir, métal poli...), les animaux (la licorne, l'aigle, le griffon...), les chiffres (le 3, le 7...) ; tout cela permet d'imaginer ou de comprendre l'intention du narrateur. Un élément en symbolise un objet, comme le rouge symbolise le sang ou l'or, la richesse.

Lire

1 Dans ce chapitre, contrairement à ce qui se passe d'habitude, Bonaventure prend davantage d'initiatives que Théophile, pourquoi ? Quelles sont ces initiatives ?

2 Théophile est-il réellement en période d'aphasie ? Pourquoi est-il muet ? Qu'est-ce que cela prouve sur son caractère ?

3 Comment réagit Bonaventure quand son ami retrouve la parole ? Quel mélange de sentiments s'opère en lui ? Pourquoi ?

4 Pourquoi Bonaventure pense-t-il qu'il vaut mieux se débarrasser de la bague ? Comment arrive-t-il à persuader Théophile ? À quelle conclusion arrivent-il tous les deux ?

5 Quelle leçon Théophile tire-t-il de cette expérience ?

6 Et Bonaventure ? Pourquoi récupère-t-il la bague ?

7 Et le lecteur ? Quelles conclusions tire-t-il de tout cela ?

Écrire

8 Imaginez la conversation qui aurait pu s'instaurer entre monsieur Lavigne et Bonaventure quand il est dans la Rolls. Racontez en utilisant un dialogue.

9 Quand il entend Théophile parler, Bonaventure croit assister à un miracle. Racontez une chose qui vous est arrivée, à vous ou à un de vos proches, et qui vous a semblé incroyable, miraculeuse. Faites attention à utiliser correctement l'imparfait et le passé simple de l'indicatif.

Chercher

10 La bague va-t-elle resservir aux deux garçons ? Cherchez dans la suite de ce livre (*Arkandias contre-attaque*) l'utilité de cet objet magique.

11 Pour se dire bonjour, au revoir ou pour montrer leur accord, les deux garçons se touchent la main « de trois façons ». En France, on se serre la main ou on « se fait la bise ». Quels sont les autres comportements utilisés dans certains pays ?

LE DÉNOUEMENT

**C'est la façon dont se termine le récit, dont se dénoue l'intrigue. En général, c'est la fin des épreuves du héros qui s'en sort bien ou mal. Ici, la vie de Théophile reprend enfin son cours normal.
Souvent le dénouement est un moyen pour le narrateur de faire passer un message à son lecteur, une sorte de morale en lien avec la conclusion du récit.**

POUR COMPRENDRE

Lire

1 Théophile : Que signifient les racines grecques « théo- » et « -phile » ? Quelles indications donnent-elles sur le caractère du personnage ? Le nom convient-il donc bien à notre héros ? Appuyez vos réponses en donnant des exemples précis extraits de l'œuvre.

2 Bonaventure Doulouméo : En quoi ce nom est-il original ? Nous renseigne-t-il sur les origines du personnage ? Confirmez vos propos en étudiant la façon de vivre de la famille Doulouméo (repas, loisirs, etc.).

3 Agénor Arkandias : Pensez-vous que ce nom caractérise le protagoniste sur le plan physique et moral ? En quoi peut-on dire qu'Arkandias est mi-ange, mi-démon ?

4 Le personnel du collège : Madame Audibert, monsieur Griénez, monsieur Rosier. D'après leur désignation, essayez d'imaginer le caractère de ces personnes, puis vérifiez vos réponses grâce aux éléments du texte.

5 Les copains : D'après les sonorités de leur nom de famille, quelles sont les nationalités ou les origines de Vindinian, Chaboud, Paturel ?

6 Les commerçants :

– Quel est le nom de l'épicier qui fournit les œufs punais à Bonaventure ?

De quelle nationalité est-il ? Quel lien existe-t-il entre ce nom et son métier ?

– Quel est le nom du traiteur chinois ? En quoi ses origines expliquent-elles que monsieur Arkandias l'ait choisi comme fournisseur ?

7 Les lieux : Quel est le nom du café situé à côté du collège ? Qu'évoque ce nom ? En quoi se rapproche-t-il des thèmes du roman ?

Écrire

8 Inventez des noms de famille qui correspondent aux personnages qu'ils désignent. Comment appellerez-vous un homme très musclé, une femme bavarde, un enfant turbulent, et un professeur sympathique ?

9 Inventez des mots-valises en combinant des syllabes de mots différents. Par exemple, en utilisant les trois prénoms Nicolas, Philippe et Alexandre, on obtient des mots-valises comme Philanic, Lipaleni, etc.

À vous de jouer en utilisant par exemple des noms de famille empruntés à ce livre, ou le vôtre et ceux de vos ami(e)s les plus proches.

Chercher

10 Quels sont les noms de famille les plus fréquents en France ?

I) DES ÊTRES INVISIBLES

Voir sans être vu, entrer dans l'intimité de l'autre, s'immiscer partout sans difficulté… Quelle expérience fabuleuse ! Mais voilà, nous sommes soumis aux lois de la matière, campés *ad vitam aeternam* dans notre enveloppe charnelle…

Heureusement, la littérature prend le relais de nos désirs les plus fous et de nombreux êtres invisibles peuplent les romans. Pourtant, à en croire les écrivains, leur sort n'est pas toujours enviable…

Herbert George Wells (1866-1946)

L'Homme invisible (1897)

C'est un bien curieux voyageur qui s'installe un matin d'hiver dans l'auberge de Mme Hall. Son allure, ses actes, son caractère sont très étranges. Depuis son arrivée, de nombreux événements mystérieux bouleversent le petit village de Iping : l'argent disparaît, le mobilier danse. Un jour, Mme Hall excédée, questionne son hôte…

– Où donc avez-vous trouvé de l'argent ? Et d'ailleurs, avant que je reçoive rien, avant que je vous serve à déjeuner ou que je fasse pour vous quoi que ce soit, vous aurez à m'expliquer une ou deux choses que je ne comprends point, que personne ici ne comprend et que tout le monde est très désireux de comprendre. Je veux savoir ce que vous avez fait à ma chaise, là-haut ; et je veux savoir comment, votre chambre étant vide, on vous y a trouvé pourtant. Mes pensionnaires entrent par les portes, c'est la règle de la maison ; et c'est ce que vous ne faites pas ! Je veux savoir comment vous êtes entré. Et je veux savoir encore... »

Soudain l'étranger leva en l'air ses mains toujours gantées, frappa du pied encore une fois et cria :

« Assez ! », avec tant de violence qu'il fit taire Mme Hall.

« Vous ne comprenez pas, dit-il, qui je suis ni ce que je suis. Je vais vous le montrer. Parbleu ! je vais vous le montrer ! »

Il mit alors sa main ouverte sur sa figure, et, lorsqu'il la retira, il y avait, au milieu de son visage, un trou noir !

« Tenez ! »

Et, faisant deux pas en avant, il tendit à Mme Hall quelque chose que celle-ci, les yeux en arrêt sur cette face transformée, accepta machinalement. En voyant ce que c'était, elle poussa un grand cri, laissa tomber l'objet et recula en chancelant. Le nez – c'était le nez rose et luisant de l'étranger – roula sur le parquet avec un bruit sourd de carton creux.

Il ôta ses lunettes, et chacun dans le bar demeura bouche bée. Il enleva son chapeau et, d'un geste violent, arracha ses favoris et ses bandeaux. Un pressentiment passa comme l'éclair à travers le bar.

« Oh ! mon Dieu ! », cria-t-on.

Et tout le monde s'enfuit.

C'était plus épouvantable qu'on ne peut se le figurer. Mme Hall, frappée d'horreur, poussa un gémissement et se dirigea vers la porte de la maison. Jugez donc ! On s'attendait à voir des balafres, des difformités, des horreurs réelles – mais rien, rien ! [...] rien que l'on pût voir !

Joanne K. Rowling (1967-)

Harry Potter à l'école des sorciers (1998)

Harry Potter est élevé par un oncle et une tante qui le haïssent et lui cachent sa véritable identité : il est orphelin d'illustres sorciers dont la mort reste un mystère.

Le jour de ses onze ans, un géant vient le chercher pour l'emmener à Poudlard, la célèbre école de sorciers où une place lui est réservée depuis toujours. Là-bas, il va apprendre ce que tout bon sorcier doit savoir. À la pension, en compagnie de son ami Ron, Harry va de surprise en surprise... Pour Noël, il reçoit un présent peu ordinaire...

Il n'y avait plus qu'un seul paquet à ouvrir. Harry déchira le papier et un morceau de tissu très léger, d'une teinte argentée, glissa sur le sol où il forma un petit tas aux reflets luisants. Ron en resta bouche bée.

– J'ai entendu parler de ça, dit-il d'une voix sourde. Si c'est ce que je crois... Il n'en existe pas beaucoup et c'est vraiment précieux...

– Qu'est-ce que c'est ?

Harry ramassa le morceau de tissu brillant. En le prenant entre ses doigts, il eut l'impression de toucher de l'eau qu'on aurait transformée en étoffe.

– C'est une cape d'invisibilité, dit Ron, impressionné. J'en suis sûr, maintenant. Essaye-la.

Harry jeta la cape sur ses épaules et Ron poussa un cri.

– C'est bien ça ! Regarde !

Harry regarda ses pieds, mais ils avaient disparu. Il se précipita vers le miroir et ne vit que son visage qui semblait flotter dans l'air. Son corps, lui, était devenu invisible. Il remonta la cape sur sa tête et son reflet s'effaça complètement.

– Il y a un mot ! dit soudain Ron. Un mot dans le paquet !

Harry enleva la cape et lut ce qui était écrit d'une écriture arrondie qu'il n'avait jamais vue auparavant.

« *Ton père m'a laissé ceci avant de mourir. Il est temps que tu en hérites. Fais-en bon usage.*

Très joyeux Noël. »

Pierre Gripari (1925-1990)

Contes de la Folie Méricourt, « L'eau qui rend invisible » (1997)

Un jour, une sorcière rend visite à Pierre Gripari, auteur de contes pour enfants, pour le remercier de toutes les méchancetés qu'il écrit sur elle : elle trouve cela très drôle ! En signe de reconnaissance, elle propose de le rendre invisible, ce qu'accepte bien volontiers ce dernier.

La sorcière l'emmène chez elle et lui remet une bouteille invisible contenant de l'eau qui rend invisible. Elle lui conseille de faire très attention à l'endroit où il pose le précieux liquide car il risque de l'égarer. Pierre Gripari la remercie et rentre chez lui. Mais il fait une halte car son lacet s'est défait...

Crac ! Un bruit de verre qui se casse !

Je n'ai rien vu, mais j'ai compris : la bouteille est tombée du trottoir et s'est brisée dans le ruisseau. Presque aussitôt je vois comme un grand trou dans le macadam : c'est le bord de la chaussée qui devient invisible ! [...] Déjà les curieux se rassemblent, se posent des questions, parlent de téléphone, de pompiers, de police... Je me sauve, sans courir pour ne pas attirer l'attention, mais aussi vite que je peux ! [...]

Eh bien, le lendemain, en lisant le journal, j'ai appris qu'il y avait un grand trou dans le boulevard Lustucru, pas très loin de chez moi. Ou plutôt non : pas un vrai trou, puisqu'on pouvait marcher dessus, le sol restait solide... Les gens qui s'y aventuraient avaient la curieuse impression de marcher dans les airs. Certains même n'osaient pas, ça leur flanquait le vertige, car la terre, sur une large surface et jusqu'à une grande profondeur, était devenue transparente. [...]

Et puis, les jours suivants, comme l'eau magique pénétrait toujours plus profond dans le terrain, c'est tout le pâté de maisons qui est devenu invisible. Les pauvres gens qui l'habitaient rentraient chez eux en tâtonnant, la clé en avant, comme des aveugles. [...]

Enfin l'eau de la Seine est devenue invisible, et les ponts avaient l'air de flotter dans l'espace. Paris a disparu, sauf la butte Montmartre avec le Sacré-Cœur, qui est resté quelque temps suspendu en l'air comme une mosquée de rêve...

Quand la nappe phréatique, c'est-à-dire toute l'eau souterraine, s'est trouvée contaminée, alors les gens qui buvaient de l'eau, c'est-à-dire presque tout le monde, ont cessé de se voir les uns les autres. Quelques ivrognes seuls sont restés apparents, mais cela ne pouvait pas durer car la vigne, elle aussi, tire son jus de la terre...[...]

Bref, au bout de quelques mois l'on ne voyait plus rien, pas même la tour Eiffel, pas même le Mont-Blanc, car les pluies et les neiges, qui ne sont après tout que de l'eau évaporée, condensée, puis précipitée, les avaient effacés.

On ne voyait plus, le jour, que le soleil, sans le moindre nuage. Et la nuit, toujours claire, on voyait seulement la lune et les étoiles. Depuis longtemps, sur tout le globe, les gens ne sortaient plus de chez eux, tant ils craignaient de se perdre en s'éloignant de leur domicile. Plus de travail, plus de transports, plus de ravitaillement... L'humanité allait mourir de faim, de misère et d'immobilité ! [...]

Heureusement, la sorcière a eu pitié de nous.

II) DES RECETTES DE SORCIÈRES

Chacun garde en mémoire la baguette magique des bonnes fées et leur fameuse formule « abracadabra » lancée au-dessus d'un berceau ou à la face d'une citrouille. Mais quand il s'agit de sorcières, les auteurs rivalisent d'ingéniosité pour inventer les recettes les plus dégoûtantes et les plus inattendues. Les ingrédients sont, la plupart du temps, introuvables et la réalisation de la potion d'une complexité folle. En voici quelques exemples…

Gudule (1945-)

Au secours, je suis invisible (1998)
Nina, en vacances chez sa grand-mère, est une petite fille curieuse et téméraire. Elle se met en tête de délivrer les nombreuses grenouilles retenues chez Gaspard Torve. Mais la maison de cet étrange voisin est une véritable cabane de sorcier : des signes cabalistiques recouvrent les murs, des fioles d'ingrédients bizarres jonchent les étagères, des animaux gémissent dans des cages et puis surtout un gros livre est posé sur un lutrin…
Pour elle, les ennuis vont commencer !

Comment devenir invisible. C'est écrit en toutes lettres. L'imagination de Nina se met aussitôt en marche. [...]
À force de rêver, Nina s'excite toute seule.
–… Je pourrais faire ce que je voudrais sans que personne ne m'en empêche. Ce serait génial ! GÉNIAL ! ! !

Au fait, comment s'y prend-on ?

Dans un récipient de cuivre rouge, mélanger trois pincées de mandragore sèche, une cuillère à café de gelée de vipère, deux gouttes d'urine de porc-épic, un clou de girofle. Cuire douze minutes à feu doux en incorporant un jaune d'œuf d'hirondelle. Laisser refroidir. Ajouter un centilitre d'essence de papyrus et avaler en récitant cette formule :

Brise du sud, vent du nord
Chat qui griffe et loup qui mord
Lune d'argent et soleil d'or
Que la chair quitte mon corps.

Roald Dahl (1916-1990)

Sacrées sorcières (1984)

Un jeune orphelin est recueilli par sa grand-mère. Célèbre sorciérologue norvégienne, elle raconte à son petit-fils de nombreuses histoires de sorcières. Mais un jour, elle attrape une pneumonie et le médecin l'oblige à se reposer quelque temps dans un hôtel sur la côte sud de l'Angleterre.

Au même moment, dans ce même hôtel, se déroule le congrès annuel des sorcières anglaises en présence de la grandissime sorcière. Animées d'une haine terrible pour les enfants, ces dernières vont dresser des plans démoniaques pour les transformer en souris. Notre jeune héros et son camarade Bruno parviendront-ils à leur échapper ?

– **Donnez-nous la recette, ô Magnanimissime !** criait le public brûlant d'impatience. Révélez-nous le secret !

Des recettes de sorcières

– D'abord, il faut trouver quelque chose qui perrmette de rapetisser trrès vite oun enfant.

– Quoi ?

– Facile. Il faut seulement rregarrder l'enfant parr le mauvais bout d'oun télescope !

– Vous êtes sublime ! s'écria l'assemblée. Personne n'aurait jamais pensé à ça !

– Donc, vous prrenez oun télescope parr le mauvais bout, et vous le faites bouillirr jousqu'à ce qu'il rramollisse.

– Combien de temps ?

– Cela doit bouillirr vingt-et-oun heurres. Pendant ce temps, prrenez exactement quarante-cinq sourris brrounes. Coupez-leurr la queue avec oun couteau, et faites-les frrirre dans la brrillantine jousqu'à ce qu'elles soient bien crroquantes.

– Et les souris ?

– Laissez-les frrémir dans dou jous de crrapaud pendant oune heure. [...] Vous zavez noté ?

– Oui, Grandissime Sorcière, nous notons !

– Ensouite, prrenez votrre télescope bouilli, vos queues de sourris grrillées, vos sourris marrinées, et vous passez le tout au mixerr. Mixez à toute vitesse. Vous zavez alorrs oune belle pâte épaisse. Alorrs, continouez à mixer aprrès avoir ajouté le blanc d'oun œuf de grrognassier [...] vous mixez l'œuf, pouis vous ajoutez oun à oun les zingrrédients souivants : la pince d'oun crrabcrronche, le bec d'oun blablapif, le grroin d'oun cochon de vin et la langue d'oun chavélos. [...] Quand vous aurrez tout mixé, vous obtiendrrez oun magnifique liquide verrt. Intrroduisez oune goutte jouste oune gouttelette de ce prroduit dans oun bonbon ou dans un chocolat, et, à neuf heurres dou lendemain matin, l'enfant qui l'aurra crroqué se rretrrouverra trransforrmé en sourris, vingt-six secondes plous tarrd !

Éric Boisset (1965-)

Arkandias contre-attaque (1997)

Du mercure a disparu au collège. Bartosek est accusé, à tort, par le terrible Van Effenterre de l'avoir dérobé. Théophile et Bonaventure, les deux coupables, doivent absolument réparer cette injustice. Mais comment faire ?

Malgré leur promesse, ils se rendent à la bibliothèque pour consulter le Grimoire de Magie rouge, dans l'espoir de trouver une réponse à leur problème. Voilà que Bonaventure tombe sur une recette qui permet de commander une personne et de l'amener à faire ce dont on a envie.

De la confection du diadème de sujétion

Pour confectionner le diadème de sujétion, il convient de se procurer :
1. Une baguette de frêne longue d'une coudée
2. Un tendon de bœuf
3. Un fil de laine double long de deux coudées
4. Un serre-tête de nacre
5. Deux écus blancs poussés sur la plante appelée monnaie-du-pape
6. Un bâtonnet de cire à cacheter
7. Un bréchet de dindon

Couper la baguette de frêne de la main gauche au moyen d'un sécateur, tout en prononçant d'une voix forte et à trois reprises les paroles suivantes : « Cadenas, Cambouis, Coufignon ! » Cette formule lisse les fibres du bois, qui deviennent conductrices de la pensée.

Fendre verticalement la baguette de frêne et y insérer le fil de laine, en prenant garde que les deux moitiés de baguette ne se séparent.

Fixer le bréchet de dindon à la baguette au moyen du tendon de bœuf, puis enfoncer ce montage sur le serre-tête préalablement percé d'un trou. Le fil de laine doit pendre à l'intérieur du serre-tête sur une longueur d'environ une coudée.

Coller les monnaies-du-pape à l'intérieur du serre-tête à hauteur des tempes avec la cire à cacheter.

Dédoubler le fil de laine, puis le mettre en contact avec les monnaies-du-pape. Souder le tout avec de la cire fondue.

Pour assujettir un quelconque sujet, il suffit de se ceindre du diadème, puis de l'abaisser sur le front de manière à positionner la baguette entre les deux yeux dans le prolongement de la glande pinéale. Les monnaies-du-pape garnissant l'intérieur du serre-tête viennent se placer à hauteur des tempes préalablement rasées et enduites de salive.

Procéder ensuite de la façon suivante :

Orienter la tête en direction du sujet et joindre les mains dans le dos tout en prononçant à haute voix la formule : « Cadenas, Cambouis, Coufignon ! » Un rai de lumière bleue frappe la victime, qui entre en sujétion.

Toujours à haute voix, dicter ses ordres à l'assujetti. (Il est à noter que l'assujetti conserve l'usage de la parole et répond aux questions qu'on lui pose.)

Pour rompre la sujétion, ôter le diadème et répéter la formule inversée : « Coufignon, Cambouis, Cadenas ». L'assujetti ne garde aucun souvenir de la transe et croit simplement s'éveiller d'un songe.

Nota bene : En cas de réaction allergique, suspendre immédiatement l'expérience et consulter un apothicaire.

Éric Boisset (1965-)

Le Sarcophage d'outretemps

Décidément Théo et Bonav' exagèrent ! Voilà qu'ils ouvrent à nouveau le Grimoire de Magie rouge. Mais cette fois-ci encore, la situation est grave : Théo est responsable de la mort de Pacôme, son poisson rouge, et de Samantha, sa souris. Ah ! s'il n'avait pas laissé la fenêtre de sa chambre ouverte, ce gros chat roux n'aurait pas renversé le bocal du poisson et attaqué férocement sa petite souris. Il faut réparer cette faute, remonter le cours du temps et fermer cette fenêtre. Mais, avant toute chose, Théophile et Bonaventure doivent construire le sarcophage d'outretemps...

Pour confectionner un sarcophage de transit vers le cosmos jumeau, il convient de se procurer :

1. Un sarcophage de bois blanc sans nœuds
2. Quatre billes de chêne
3. Un gros pot d'argile rouge
4. Une pelote de fil suiffé
5. Deux gouttes de glu
6. Une boule de cristal
7. Quatre cent quarante-quatre disques de papier jaune d'un diamètre de quatre centimètres.

Modus Operandi :

Disposer le sarcophage de bois blanc sur les billes de chêne et l'enduire d'argile rouge.

Disposer les disques de papier jaune sur toute la surface du sarcophage en les pressant sur l'argile fraîche. Puis relier entre eux les disques avec des brins de fil suiffé.

Des recettes de sorcières

Placer la boule de cristal à l'intérieur du sarcophage, et opérer la jonction avec les brins suiffés amont et aval au moyen de deux points de glu.

Procéder ensuite de la manière suivante :

Prendre place dans le sarcophage et refermer soigneusement le couvercle.

Orienter la flûte en direction de la boule de cristal, et jouer l'air hyperchimique choisi :

Chaque mesure de l'air n°14 déplace d'un mois dans le passé.

Chaque mesure de l'air n°15 déplace d'un mois dans le futur.

On affine avec les airs n°16 et n°17, qui déplacent respectivement d'un jour dans le passé et d'un jour dans le futur.

NB : La moindre fausse note bloque définitivement l'expérimentateur dans le cosmos jumeau. Il est donc conseillé de mettre au point son testament avant de tenter l'expérience.

Pour la collection « Classiques & Contemporains », *Éric Boisset a accepté de répondre aux questions de Laurence Olier, professeur de Lettres et co-auteur du présent appareil pédagogique.*

LAURENCE OLIER : Où écrivez-vous ? Quand ? Sur quel support ?

ÉRIC BOISSET : J'écris chez moi, le soir de neuf heures à minuit. J'habite une ferme rénovée, en plein cœur du massif des Bauges. Tandis que les loups hurlent sous mes fenêtres, je tapote laborieusement sur le clavier d'un antique ordinateur à lampes. Ma frappe, très lente, s'accorde à merveille avec mon inspiration, qui n'est rien moins que jaillissante. Je progresse à petits pas cassés, comme l'âne de Francis Jammes, broutant des chardons au bord du chemin et testant mille et une combinaisons de mots.

L.O. : Pourquoi écrivez-vous ? Selon vous, l'écriture est-elle compatible avec une autre occupation ?

É.B. : J'écris pour égaler les Maîtres que j'ai admirés ! C'est pourquoi je ne me relis jamais sans tomber de haut. L'écriture n'est pas l'art d'exprimer des idées, mais l'art d'assembler des mots en vue de créer l'émotion. Il ne faut pas chercher la joliesse, mais construire une prose solide et efficace d'un point de vue narratif. « La prose est architecture, et non pas décoration d'intérieur », a dit Hemingway. Je souscris entièrement à ce point de vue. Quant aux autres occupations, elles constituent bien évidemment un mal nécessaire : écrire ne nourrit pas son homme, il faut aller au charbon !

L.O. : Quelle est la source d'inspiration de votre œuvre *Le Grimoire d'Arkandias* ?

É.B. : Deux lignes de Stendhal, trouvées dans le carnet qu'il portait au revers de son uniforme d'officier de dragons. Il y exprimait le désir de posséder un anneau magique d'invisibilité. À cette époque, j'ignorais tout de l'œuvre de Chrétien de Troyes ! J'ai cru naïvement que Stendhal était l'inventeur du concept. J'ai bien éprouvé quelque remords en lui piquant l'idée. Mais comme lui-même ne s'était pas gêné...

L.O. : Vous documentez-vous avant d'écrire ?

É.B. : Le moins possible, pour ne pas brider mon imaginaire, et aussi parce que je suis d'un naturel paresseux ! Disons que j'essaie d'éclairer avec art les trois bouts de décor que je place dans mes romans. Peu importe que tout soit faux, si au bout du compte, tout paraît vrai ! J'invente, je brode, je développe. Je procède par analogies et par déductions. Et au final, j'obtiens du « plus que vrai », c'est-à-dire du « surnaturel », au sens propre du mot.

L.O. : La magie est-elle un objet de fascination pour vous ? Pourriez-vous définir précisément ce qu'est pour vous la Magie rouge ?

É.B. : La Magie rouge est une des branches de la Magie des Couleurs, qui s'inscrit dans l'ordre des Disciplines Versicolores où se sont illustrés de grands maîtres tels que Greco de Curienne et Hugo de Savoie. Tout ce que je pourrais dire à ce propos se trouve exprimé à la perfection dans le sonnet de Rimbaud sur la couleur des Voyelles. Je vous invite à vous y reporter.

L.O. : Pour qui écrivez-vous ? Quelle place occupe le lecteur dans l'écriture de vos romans ?

É.B. : J'écris pour un lecteur idéal, qui aurait la même sensibilité que moi. Je ne cherche pas particulièrement à flatter le goût du public. D'ailleurs, j'ignore ce qu'il aime ! J'écris ce que je voudrais lire, tout simplement.

L.O. : Avez-vous des messages à transmettre aux lecteurs (notamment au sujet de la lecture, de la tolérance) ?

É.B. : La lecture est un merveilleux tremplin pour le rêve. L'imaginaire pistonne à pleins tubes ! Chaque lecteur fait œuvre de création. Il imagine les décors, les visages des héros, le ton de leur voix, et ces représentations sont différentes pour chacun. L'identification est donc parfaite ! C'est toute la supériorité de la lecture sur les autres formes d'expression artistique. Au cinéma, par exemple, tout le monde voit le même acteur. Idem avec les bandes dessinées, qui ne sont la plupart du temps que l'interprétation d'une œuvre écrite : le scénario ! Pour ce qui concerne la tolérance, je dirai que je suis allergique à toutes les formes d'intolérance, ce qui est en soi une marque d'intolérance, que j'assume et que je revendique ! J'aime la différence, le brassage ethnique et culturel. « Là où se croisent les races, jaillit la source de la culture ! »

L.O. : Que pensez-vous des cadres socioculturels ? Les règles de l'édition, les médias, les prix littéraires influencent-ils votre activité ?

É.B. : Je me soucie fort peu des règles de l'édition, dans la mesure où mon éditeur s'est toujours montré compréhensif avec moi. *Le Grimoire d'Arkandias* a été publié pour la première fois dans une collection dont tous les autres titres comptaient moitié moins de pages : on ne m'a pourtant pas imposé la moindre coupure, ni la plus petite retouche stylistique. Croyez-moi, ce respect du texte n'est pas monnaie courante dans le milieu de l'édition ! L'influence des prix littéraires est réelle, mais ne porte que sur les ventes, bien évidemment ! Quant à l'influence des médias, je suis mal placé pour en parler, n'ayant jamais été médiatisé moi-même. Mais je vois mal comment elle pourrait s'exercer sur les processus de création...

L.O. : Quel rôle joue votre histoire personnelle dans l'écriture ?

É.B. : Un rôle capital ! Mes jeunes héros sont le reflet fidèle de l'enfant que j'ai été. Leurs bêtises et leurs mensonges ont commencé par être les miens ! À présent, je ne mens plus du tout et ma conduite est irréprochable, bien entendu.

L.O. : Théophile, l'amoureux des livres, est-ce un peu vous ? L'école vous a-t-elle ennuyé ? Partagez-vous le point de vue de vos personnages sur les professeurs ?

É.B. : À la différence de Théophile, je lisais fort peu étant enfant. J'ai toujours eu davantage le goût des mots que celui des livres. J'ai grandi à la campagne, et ma prime jeunesse a eu pour décor les paysages rôtis de soleil du sud de la France. Je passais mes journées dans les bois. Chaque été, avec mes cousins, nous dormions dans une cabane que mon père nous avait construite dans la poutraison d'un vieux hangar. Nous attendions le soir pour nous échapper et gagner la rivière où nous jouions puis dormions à la belle étoile devant un feu de bois. Nous étions déguenillés, hirsutes, noirs comme des Cafres : le temps le plus heureux de ma vie ! L'école, c'était un autre monde. Je devenais un petit citadin aux cheveux pommadés et aux manières plus urbaines. Comme j'ai toujours eu une tendance naturelle à m'accommoder de toutes les situations, j'étais également à mon aise dans le cadre scolaire. Disons que je vivais en bonne intelligence avec mes professeurs : je les respectais, et en échange, ils me laissaient rêver à ma guise durant les cours.

L.O. : Quel type de lecteur êtes-vous ? Quelle place occupe la lecture dans votre quotidien ?

É.B. : La nouveauté littéraire n'est pas du tout mon fait. Je suis très sélectif, et je dois généralement ouvrir cinquante livres avant de tomber sur un style ou un univers qui m'accrochent. Alors, j'ai tendance à me tourner vers les classiques, en me disant qu'ils n'ont pas franchi sans raison le crible des siècles. Mais même là, il m'arrive d'essuyer de sérieuses déconvenues ! Je me force tout de même à lire quelques pages. Et si je me surprends tout à coup à songer au prix des endives ou à ma note de gaz tout en déchiffrant, je referme le bouquin et le flanque à la poubelle. Tout ce qui ne me passionne pas me tue d'ennui ! C'est vrai pour la lecture, mais aussi, de manière plus générale, pour tous les autres aspects de ma vie.

L.O. : Quel livre emporteriez-vous sur une île déserte ?

É.B. : Un livre magique contenant toutes les bibliothèques du monde ! Car à relire sempiternellement le même bouquin, je deviendrais chèvre ! D'ailleurs, j'emporterais plutôt une chèvre. Tenez, oui : j'emporterais la petite chevrette Ivridichi, qui caracole dans mon roman *Nicostratos* en faisant tintinnabuler son grelot.

L.O. : Quel est votre rêve de bonheur ?

É.B. : Une rente annuelle de 500 000 francs. L'argent n'a pas d'odeur, mais passé un million, ça sent bon !

L.O. : Que détestez-vous par-dessus tout ?

É.B. : Faire de la peine aux gens que j'aime, et la fraise de veau.

L.O. : Comment aimeriez-vous mourir ?

É.B. : De rire.

BIBLIOGRAPHIE

Quelques histoires d'hommes invisibles

– Thierry Lenain, *Un Chien dans un jeu de quilles*, Éditions Nathan, 1989.
– Robert Lauwrence Stine, *Prisonniers du miroir*, Éditions Bayard jeunesse, 1995.
– Gudule, *Le Microbe qui rend invisible*, Éditions Hachette jeunesse, 1999.
– Marie-Aude Murail, *Les Secrets véritables*, École des loisirs, 1990.
– Moka, *Un ange avec des baskets*, École des loisirs, 1998.
– Didier Convard, *À ce cher Romuald*, Éditions Magnard, 1999.

Quant aux histoires de sorcières, il est impossible d'y échapper dans une bibliothèque, à vous de choisir !

S'INFORMER AU C. D. I.

– Jean-Michel Normand, « Éloge de la citrouille », *Le Monde* du 30 octobre 1998,
n° 16721.
– Jean-Michel Normand, « Histoire de trouilles et de citrouilles », *Le Monde* du
2 novembre 2000, n° 17347.
– Caroline Carissoni, « Attention, revoici Halloween ! », *Les clés de l'actualité
Junior* du 26 octobre 2000, n° 266.

FILMOGRAPHIE

Sur le thème de l'invisibilité

– *L'Homme invisible*, de James Whale (1933).
– *Le Retour de l'homme invisible*, de Joe May (1940).
– *L'Homme invisible contre la Gestapo*, d'Edwin L. Marin (1942).
– *La Vie amoureuse de l'homme invisible*, de Pierre Chevalier (1970).
– *Les Aventures de l'homme invisible*, de John Carpenter (1992).
– *L'Homme sans ombre*, de Paul Verhoeven (2000).
– Les célèbres séries T. V. : *L'Homme invisible* avec Tim Turner et Johnny Scripps
en 1958, ou avec David Mc Callum en 1975 ; *Le Nouvel Homme invisible* avec
Ben Murphy en 1976.

Sur le thème des sorcières

– *Les Sorcières*, adaptation de Roald Dahl lui-même.
– *Un Amour de sorcière*, de René Manzor (1997).
– *Diables et sorcières, histoires vraies / histoires fausses*, d'Annie Breit Akawak
(1986).

– La célèbre série T. V. : *Ma Sorcière bien aimée* avec Elizabeth Montgomery de 1964 à 1972.

CONSULTER INTERNET
Sur l'homme invisible
– http ://sfstory.free.fr/films/invisible4.html

Classiques & Contemporains

SÉRIE ANGLAIS

Couverture
Conception graphique : Marie-Astrid Bailly-Maître
Illustration : Michel Crespin
Intérieur
Conception graphique : Marie-Astrid Bailly-Maître
Réalisation : Nord Compo, Villeneuve-d'Ascq
Remerciements de l'éditeur
À Éric Boisset, qui a joué le jeu de la collection « Classiques & Contemporains » avec amabilité.

© **Éditions Magnard, 1996**
© **Éditions Magnard, 2001,**

**pour la présentation, les notes, les questions, l'après-texte
et l'interview exclusive.**

**5 allée de la 2e DB 75015 Paris
www.magnard.fr**

Achevé d'imprimer en Décembre 2013
par «La Tipografica Varese S.p.A.»
Nº éditeur : 2013-1446
Dépôt légal : juin 2001

Certifié PEFC

Ce produit est issu
de forêts gérées
durablement et de
sources contrôlées

PEFC/18-31-264   www.pefc-france.org